U0091265

見鬼了才當後娘

2

文創風 1105

霓小裳 著

目錄

第二十二章

「啥？何氏，妳是想去縣太爺的公堂？」

見何月娘態度強硬，林棟當即翻臉，他怎麼可能甘心到手的好處沒了。

「今天我跟林姑娘，是要去一趟縣太爺的公堂，不過我們可不是去當被告的，我們是原告。」

何月娘這話一說，林谷雄就冷笑了。「我有婚約書，白紙黑字寫著呢，妳們想抵賴，門兒都沒有！走，去告她們！」

林棟也虛張聲勢。「何氏，我勸妳還是想明白了，真到了公堂上，妳再想賠償，那就不單單只是金簪跟金鐲了。」

「是嗎？你那意思是縣令大人也會贊同你們拿假婚書來騙人？」

何月娘的話把林棟懟得老臉一紅。「誰……誰說婚書是假的？這上頭可是有證明人的，雙方父母也都按了手印，這是真婚約書！」

「那咱們就走吧，去公堂，讓縣令大人甄別這婚書到底是假還是真。」

何月娘看小丑似的望著林棟，那眼神讓林棟心裡直犯嘀咕：這女人不會是查出了什麼吧？應該不會啊，為了保險起見，他雇人寫婚約書的時候，刻意沒選自己村裡會寫字的先生，而是捨近求遠去了小王莊。

只要寫婚約書的秦英沒有到場，那他們根本就不需要怕。

想到這裡，林棟也理直氣壯地道：「走，到了縣衙看誰挨打！」

正在這時，忽然幾個公差進了陳家。「誰是林谷雄？」

「我……我就是……」林谷雄臉上頓時變了顏色，但眾目睽睽之下，他再想走也已經不能了，只好硬著頭皮應了一聲。

「跟我們走一趟，有人把你告下了，縣令大人等著我們拿你到堂。」

帶頭的公差說話間，一揮手，就有兩個差役過去，一左一右把林谷雄挾持起來。

「公差大人，是誰告我？難道是城裡賭坊的？我……我是欠了他們幾十兩銀子，可我答應過今天拿回了訂親信物就還他們啊！」

林谷雄嚇得兩股戰戰，不住地解釋、告饒。

「是我告的你！」林春華在何月娘的眼神鼓勵下走出來，她冷聲斥責林谷雄。「你這個壞胚子，你吃喝嫖賭不做好事，還妄想用假婚書逼我嫁給你！我就是死也不會嫁你的！」

「誰說我的婚書是假的？那上頭有……」

林谷雄話還沒說完，人群裡就走出一個人，他沈聲說道：「我能證明婚書是假的。」

來人，正是小王莊的私塾先生秦英。

傍晚，陳家人從縣裡回來，個個臉上都掛著笑。

尤其是陳二娃，看林春華的眼神都是暖暖的。「林姑娘，妳今天在公堂上說的那些話，真是太有力了，連縣太爺都誇妳有膽識呢！我……真是佩服妳！」

「二哥，我……我也是在你們的支持下才敢說話的，所以，謝謝陳二哥。」

林春華的臉莫名其妙地紅到了耳根後。

「咳咳，娘，您餓不餓？要不咱們進屋吃飯吧？左右今天二弟是吃不下了！」

陳大娃一本正經地說道。

「大哥，我怎麼就吃不下？」

陳二娃好不容易地把目光從林春華身上收回來，不解地問陳大娃。

「人家讀書人都說，秀色可餐，你這不是在一飽眼福嗎？」

陳大娃說著，哈哈笑著進屋了。

何月娘他們也都捂嘴偷笑。

林春華頓時窘得捂著臉，跑去了後院的工具房。

「二姊，大姊是不是病了啊？怎麼她的臉那麼紅啊？」曉雯不解地問。

「我也不知道啊，回來的時候還好好的呢！」曉月搖頭。

「我知道為啥。」六朵跑過來，一臉的笑。「因為我二哥喜歡妳大姊，她害羞了唄！」

眾人瞠目。「妳……妳個六朵小小年紀，怎麼知道這些大人的事？」

「我當然知道，昨天娘給我們分酥糖時，娘說了，喜歡誰就把酥糖給誰，我跟二哥要，二哥說，他得留著自己吃，可是後來我看見二哥悄悄把酥糖給春華姊姊了。哼，都不給我！」

陳六朵一臉的不忿。

林棟跟趙遠因為做偽證，被岳縣令罰了三十兩銀子，這三十兩銀子最後都給了林春華。林春華用這三十兩銀子在陳家莊買了一個小院。

小院不大，正屋是連三間的格局，右邊有一個小廂房，西面是工具房跟茅房。小院買下來之後，陳二娃帶著幾個兄弟一起幫忙把院子裡裡外外收拾了一番。屋裡的碗筷也都是簇新的，這些都是陳家贈送的，美其名曰，安家溫鍋。

林春華感動得眼圈紅紅的，直說一定要報答陳家。

何月娘笑說：「那好啊，給我當兒媳婦吧！我院裡娃兒多，妳看上哪個，跟我說，我做主讓他娶妳，保證啊，他不敢對妳不好，否則我可不饒他！」

「嬸子，您看您，又拿我開玩笑。」林春華鬧了個大紅臉。

「這可不是玩笑，俗話說，男大當婚、女大當嫁，妳也及笄了，下頭還有兩個妹子，妳不尋個好夫君，將來妳這兩個妹子誰給她們撐腰啊！」何月娘的話直白而有理。

「好啊好啊，春華姊就給我二哥當媳婦吧，他的酥糖可都給姊姊吃了呢！哼，都沒給我！」陳六朵是個記仇的，估計酥糖的事，她得念叨上一段日子了。

林春華的臉更紅了。

何月娘心裡明白，這事有門兒。

但有些事總得順其自然才行，尤其是感情上的事，旁人推波助瀾可以，若是強硬地湊對，那反而不美。

可讓何月娘沒想到的是，這頭陳二娃跟林春華之間感情尚且不明朗，她家倒是來了稀罕親戚了。

來的是陳家娃兒們的表姨娘跟她的女兒褚辛辛。

「哎喲喲，我那可憐的表姊啊，她死得太早了，可憐這幾個娃兒啊，沒了親娘，那日子該過得多慘啊？」

表姨娘林翠娥邊乾號著，邊拿了帕子使勁擦眼角，眼角很快就被擦得泛紅了。

陳大娃他們你看我、我看你，誰都不知道怎麼說。

「娘，我要吃點心！桂花糕、糖酥餅、松仁糖、如意酥，哦，還有油炸小麻花，我都要吃！」陳六朵瞪著一雙大眼睛看著表姨娘表演，看著看著就餓了，小丫頭歪著小腦袋瓜看何月娘。「娘，表姨娘這不是活得好好的嗎？她怎麼說她家的娃兒過得好慘呀？表姊太可憐了，要不咱們家的點心也給她們吃一塊吧？」

林翠娥的乾號戛然而止。

好一會兒，她才回過神，指著陳六朵罵道：「妳個有娘生、沒娘教的臭丫頭，胡說什麼呢？妳表姊過得好著呢！怎麼就慘了？」

「那我們一家過得也好好的，表姨娘在哭啥呢？」陳二娃本來懶得跟這個表姨娘說話，但她竟罵六朵，這可不能忍。

林翠娥看看幾個娃兒，穿戴挺好的，面色也都不像之前那樣乾瘦，尤其是陳六朵以及幾個小娃兒吃得白胖，竟有幾分財主家娃兒的喜慶。

她語塞了。

「李氏，去弄點吃的給你們表姨娘，天色不早了，吃完了好回去。」何月娘起身欲走。

「誰……誰說我要走，我……我這次來是要長住，表姊已經沒了，留下一窩娃兒我怎麼能放心？我來呢，就是來照顧這些娃兒的，想來妳這個當後娘的不會反對吧？」林翠娥說著，挑釁的眼神看向何月娘。

「好啊，家裡多個免費的下人，我有啥好反對的？李氏，既然她不走，飯也不用做了，把院子裡的那堆衣裳交給她，讓她去河邊洗了，陳家不養閒人！」

說完，她牽著六朵的手回屋了。

被當作下人的林翠娥愣在那裡，耳邊猶自響著從正屋裡傳出來的陳六朵跟何月娘的聲音，陳六朵說：「娘，我不喜歡表姨娘。」

「為啥？」何月娘問。

「我都不哭了，她還哭，羞羞羞！」

院子裡林翠娥的臉紅一陣、白一陣，跟開了染坊似的。

半山腰的院子終於蓋好了。

何月娘又請了木匠來，給屋裡打造了些家具擺設，仔仔細細地收拾了一番後，竟看起來比村裡的陳家正屋還要更漂亮齊整。

給泥瓦匠們結算了工錢後，她又把黃文虎帶去了山腳下河邊的空地上，把自己要建造一個工坊大屋的打算說了，圖紙也畫了一張簡易的。黃文虎是個通透的，幹活是一把好手，又仔細問詢了一些要求之後，就帶領瓦匠們開工了。

陳家在山腰處建小院，村裡沒誰說啥，畢竟那東山是人家陳家花費銀子租賃下來的。

但河邊的空地似乎就不完全屬於陳家了吧？

馬上就有人說閒話了。「陳家租的是東山又不是南河，憑啥他們能在河邊蓋大屋啊？」

也有人心態比較正，聽不得這種酸的辣的，馬上駁了一句。「你有銀子，也可以去蓋啊，跟陳家蓋一樣的，保准沒人說你啥！」

「你瞧上那何氏了？這樣幫著她說話？」對方怒了，嘴上沒把門的就把渾話說出來。

那人也怒了，一拳打在他門牙上，還恨恨地罵道：「說大話，掉大牙了吧？活該！」

村裡鬧得沸沸揚揚的，何月娘只當聽不到。

反正里正陳賢彬說了。「妳就悶頭蓋妳的，誰不樂意讓他找我來，我自然能對付他。」

一日，林翠娥出門半晌才回來，進院就沈著個臉，聲音尖酸地說道：「陳家一直都是老實本分的人家，誰承想大年姊夫臨死做了一件愧對祖宗的事，如今村裡都攪鬧得不成樣子，這讓陳家的列祖列宗在地下怎麼能安心？」

「陳家的列祖列宗不得安心，妳心疼了？那簡單，妳一頭撞死，下去安慰安慰他們唄！」何月娘白了她一眼。

「我說得不對嗎？妳那壞名聲把陳家的風水都給壞了，以後四娃、五娃娶親，六朵嫁人，都成了問題。」林翠娥說著，又要做出一副呼天搶地的哀號狀。

何月娘蹙眉，手一伸抓住她的衣服領子，往外就丟了出去。「陳家好端端的，妳想號喪出去號去！」

說完，她把屋門關上。

在院子裡被摔了個四仰八叉的林翠娥剛要號哭，屋裡扔出來一句。「妳再弄出一點動靜來，就從陳家滾出去。」

林翠娥頓時噤了口。

她不能走，尤其是現在這時候。她一走，她家那老頭子褚大就得丟一條腿、丟半條命。林新勇是個心狠手辣的，他還跟盜匪混在一起，褚大被他們抓了起來，說不定隨時都會被砍斷一條腿。

可這能怪誰？誰讓褚大是個好賭成性的，他跟林新勇在鎮上相遇後，兩人一拍即合，馬上就去賭坊了，結果呢？褚大運氣差，輸得褲子都當掉了，還欠下了十兩銀子的債務。賭坊的人把他捆在樹上，使勁地打，這時候林新勇出面，把十兩銀子的賭債還了，褚大才得以被放回了家。

褚家把林新勇當作是恩人來對待，對他言聽計從。

林新勇出手闊綽，完全是一副做生意發了大財的架勢，他又再次把褚大帶去了賭坊，這回，褚大賭了一個痛快，全因林新勇說贏了是褚大的，輸了算他的。

褚大有恃無恐，三天兩夜都在賭坊裡混跡，到最後，他出賭坊時，林新勇給了他一張紙，紙上寫著：欠林新勇債務一百兩銀子，三日後連本帶利還清，不然拿一條腿來抵債！

褚大一下子就傻了。

他質問林新勇。「不是你說的，要讓我玩個痛快，輸了算你的嗎？」

林新勇冷笑。「我是把銀子借給你，又沒說不要你還，你想賴帳？」

他說著，把手放在唇邊，使勁一吹，發出尖利的口哨聲。

聲音剛落，就見從角落裡走出來幾個彪形大漢，這幾個人一看就不是好惹的，冷冷的目光如同刀子般射過來，褚大不由自主地打了一個哆嗦。

「我……我一定還，我這就回去拿銀子。」

「你家裡一文錢都沒有，你怎麼還？我看你是想偷偷逃跑吧？」林新勇不屑地說道。

「新勇，再怎麼咱們也是表親戚，你不能這樣絕情吧？」褚大驚恐地看著林新勇。

林新勇忽然就哈哈大笑起來，笑畢，他說：「這世上別說是表親了，就是一個娘肚子裡爬出來的親兄弟也得明算帳！廢話少說，今天你拿不出銀子來，那就捨去一條腿吧！」

說著，他一揮手，就有一個彪形大漢噹啷一聲，把大刀從刀鞘裡抽了出來，面露凶光地逼近過來。

褚大嚇得尿了褲子，撲通一聲給林新勇跪下了。「你說，我怎麼做，你才能放了我？」

林新勇聽了這話，盯著褚大的臉看了好一會兒，這才冷笑著說道：「我倒是有件事要你去做，只要你做到了，達成我的心願，那這筆錢就一筆勾銷。」

褚大從林新勇陰險的眼神裡瞧出來一種陰謀得逞的得意，他隱隱明白，林新勇要他做的絕非是什麼好事，但事已至此，他再怎麼都不能捨去一條腿吧？

「你……你說，我要怎麼做？」他聲音哆哆嗦嗦地問道。

正屋，何月娘正在跟李芬商議把窗戶都量好尺寸，明天一早讓陳二娃駕車去城裡買一些棉布回來，何月娘要給每個窗戶上掛上窗簾。

這在李芬看來，就是極大的浪費，可她又覺得婆婆說得有理。

窗戶上沒個窗簾遮擋，兩口子晚上做點小遊戲都得提心弔膽，生怕被什麼人從窗外瞧見了。

「李氏，妳要明白，妳是陳家長媳，妳肩上有開枝散葉的重任，妳爹在那一世眼巴巴地瞧著呢，妳可不能讓他盼太久啊！」最後，何月娘語重心長地說道。

李芬紅了臉，但還是訥訥地應了。

再想想，窗戶上掛個簾子的事，似乎就一點都不浪費了。

「表姨，我……我想跟您說幾句話。」

正在這時，褚辛辛走了進來，她小臉上表情皺皺巴巴的，一看就是心裡有事，嘴上又說不出來的樣子。

何月娘斜睨了她一眼，語氣淡淡的。「妳要是想說跟妳娘有關的事，那就免了，我沒那閒工夫。」

褚辛辛一怔。

按常理，對方不是應該說，妳甭為難，妳娘的事跟妳無關，妳是個好姑娘……諸如此類的話安慰她嗎？她進門之前可是故意暗暗掐紅了自己的手心，把眼圈都給逼紅了，裝出一副我有這樣的娘，我也很痛心，可我除了難過、難為，還能做啥的模樣。

「表姨，我的意思是，我……我很喜歡大樹和二寶兩個小娃兒，想多照顧照顧他們，也好讓二哥騰出手來專心做事。」

褚辛辛腦子反應還是挺快的，原本的小心思被何月娘一句話堵了回去之後，她看著正在炕上玩著的兩個孩子動起了另一番心思。

「大樹跟二寶還小，分清是非的能力太弱，我不能把他們交給旁人去帶，老話說，學好不容易，學壞一出溜，我作為他們的奶奶，不得不防啊！」

得，人家何氏一句話又打了回票，話裡話外的還帶出了對褚辛辛人品的懷疑。

這險些把褚辛辛氣了一個倒仰。不過，幸好她算是有點腦子的，忙忍下了想對何氏破口大罵的衝動，悻悻地說：「表姨說得都對，我知道了。」

說完，她小臉就垮了下去，幽怨地看了何月娘一眼後，默默地轉身出了屋。

「娘，我怎麼覺得這個辛辛表妹有心事呢？」

李芬是個腦子裡沒啥彎彎曲曲的，她心腸也好，見不得旁人惆悵。

「她的心事何止一件、兩件？」

何月娘鄙夷地冷哼一聲，旋即又對李氏道：「以後妳多對大樹、二寶上上心，別讓沒娘的孩子再被人給帶壞了！」

「嗯，我知道了。」李芬答應了。

中午，陳二娃從河邊回來，剛到門口就看到辛辛表妹低著頭站在那裡，一隻手緊緊地捏著一條帕子，時不時地把帕子往眼角上蹭一蹭。

「表妹，妳怎麼在這裡？」

「二表哥……」褚辛辛恍如見了救星似的，淒然喊了一聲，抬起頭來，滿眼的淚水。

「怎麼了？」

陳二娃是陳家最善言辭的一個娃，但在跟女人相處上，他卻顯得經驗不足。前妻劉氏在時，他為了過得安寧些，多數都是聽劉氏的，但後來劉氏離開了，他對女人也就沒了什麼興致。

不過，事情也有變化，他的變化起始時間是從結識了林春華開始，林春華是個溫婉又善解人意的女子，她為了兩個妹妹所遭受的苦楚，讓陳二娃很是心疼，他生平第一次有了一種想要給一個女人關懷的衝動。

但似乎每次面對林春華，他又不敢靠得太近。

他不是一個人，他有兩個娃，而她呢？美好如春天裡的盛世芳華！

「二表哥，我娘說要把我說給一個瘸子當繼室，那瘸子家裡已經有五個孩子，最小的孩子都快有我大了。我……我不願意，可我娘說了，我爹欠下賭債跑了，我們娘兒倆沒了依靠，我……我就得把自己賣了，給我娘尋一個依靠！二表哥，我……我真不想嫁給一個老不修啊！」她的眼淚撲簌簌地直往下落。

「表姨怎麼這樣？表妹，妳別怕，我去找表姨說說，不，讓我娘跟表姨說，我娘說話很厲害的，她一定能說服表姨。」

陳二娃當即表現得義憤填膺，邁步就要往院子裡走。

「二表哥，你……你就不能幫我嗎？」褚辛辛滿眼希冀地看向陳二娃。

「我？我進去找表姨說，就是在幫妳啊！表妹，妳放心，表姨只是一時糊塗，妳是她的親閨女，她怎麼都不會捨得把妳推進火坑的。」

說完，他竟真邁開大步走進院，邊走還邊喊著。「表姨，我有事跟妳說！」

褚辛辛忙不迭地從外頭追進來，一手扯住陳二娃的胳膊，面帶羞臊地說：「二表哥，我的事，我自己能解決的，你不用管了。」

她剛才跟陳二娃那番關於瘸子的說辭，根本就是臨場發揮，也沒跟她娘林翠娥串供，她不能讓陳二娃去找林翠娥，萬一她娘說漏了呢？

「妳剛剛不是還在哭嗎？」陳二娃不解地看著她。「妳想怎麼解決？」

「我……」褚辛辛忽然覺得很煩。這陳二娃看似明白人，其實也是個糊塗蛋！

「我想我娘還是疼我的，我打定主意不嫁，她也沒啥法子。二表哥，你是回來吃飯吧？飯菜我們都做好了，就等你們回來吃了。」

「表妹，妳也會做飯？」陳二娃驚了一下。

他可是知道，他這個小表妹打小就給表姨當眼珠子似的疼著，還總是說：「我閨女面相好，皮膚好，身材也不錯，將來尋個有錢人家嫁了，我的好日子也就來了。」

所以，別說是做飯了，就是針織女紅，林翠娥也不用褚辛辛插手，只要她留在屋裡好生養著小身板，只等有朝一日，那有錢的公子哥兒來了他們這兒，那她姿容出色的閨女不就有了機會？

「我、我會啊，知道二表哥辛苦，所以，我怎麼都要做出一道菜來給你品嚐品嚐。」褚辛辛說著，就快步走進廚房，從灶臺一角端出一盤炒青豆遞給陳二娃。「表哥，你嚐嚐我的廚藝。」

陳二娃本不想嚐，但礙於褚辛辛一臉央求的表情，他實在是不好意思拒絕，當即拿起筷子就要去挾青豆吃，卻在這時，林春華掀開廚房的簾子走了出來。

見此情景，林春華忙阻止道：「陳二哥，這青豆只是剛在熱水中燙了一下，壓根兒還沒炒過，這時的青豆是半生不熟的，吃了會中毒的呀！」

啊？中毒？陳二娃吃驚地看向褚辛辛。

褚辛辛也傻眼了，她看看那盤子青豆，再看看陳二娃臉上升起的怒意，她嚇得說不出話來，好一會兒才蹦出來幾個字。「我……我不知道……這青豆還沒熟透啊？」

「二哥，我這就去把青豆炒炒，等一下就能吃了！」林春華忙把盤子接過去，進了廚房。

「林姑娘，妳不用急的，我也不是十分喜歡吃……」

陳二娃話沒說完，褚辛辛就把小嘴噘起來了，她很不屑地朝著廚房努努嘴說道：「二表哥，這個女的怎麼那麼壞啊？明知道我是要把炒青豆拿給你吃的，她卻不把青豆炒熟了，這會兒若不是我們幾個都在，她還指不定怎麼騙你們呢！」

「表妹，別胡說，林姑娘不是那樣的人。」陳二娃不喜褚辛辛這樣說林春華，一時不悅地蹙起眉頭。方才她說青豆是自己做的，怎麼話一轉又是別人的錯了？

可惜，褚辛辛根本沒留意到他的表情變化，依舊一個勁兒地數落林春華，還說：「林村的人都在背後說林春華是個不要臉的破鞋，她看上的東西，人家都不想賣給她呢！」

「表妹，以後不許妳再這樣說林姑娘，林姑娘是個好人，不是她細心照顧，她那兩個妹妹早就沒了！如今事已至此，我們才想著幫林姑娘和她兩個妹妹度過難關才好呢！」

陳二娃聽不得旁人說林春華不好，哪怕對方是自己表妹也不成，當即他就毫不留情地斥罵。

「表哥，你怎麼都不信我？我可是你的親表妹啊！」褚辛辛嘟嘴想哭。

還沒哭出動靜來呢，就聽一個陰惻惻的冷硬的聲音在耳邊響起，說：「我兒子說得對。」

褚辛辛跟陳二娃都被嚇了一跳。

何月娘冷著臉走了出來，她看看自家二娃兒，再看看褚辛辛。

「你們雖說是表兄妹，不過也都到了適宜婚嫁的年紀了，以後還是少湊在一塊兒。我兒呢，要保持一個好父親、好男人的形象，為將來給我們陳家娶一房好兒媳做準備。至於辛辛妳，妳得聽妳娘的話。女大當嫁，妳娘別說讓妳嫁個瘸子，就是把妳嫁給有錢的財主當小妾，妳也得聽，不然就是不孝，就是逆女！這逆女的名聲可是臭大街，千人指、萬人罵的。」

「嗯，娘說得對，以後我會注意的。」陳二娃很順從地應了。

「走吧，去瞧瞧林姑娘給咱們做了啥好吃的。我越來越發現，你大嫂的廚藝啊，不成，得好生跟著林姑娘學一學。」何月娘說著就帶頭往廚房走去。

「嗯，娘說得是，林姑娘的確做飯做得很好吃。」陳二娃由衷地讚道。

瞧著這娘兒倆一前一後進了廚房，接著裡頭就傳來他們跟林春華的說笑聲，褚辛辛氣得直跺腳，就差指著鼻子罵：你們這不就是假正經嗎？說什麼，男女授受不親，怎麼，陳二娃跟我是男女，跟林春華就不是了？我呸呸呸，一個個眼珠子都是瞎的，我比林春華不知道好多少，你們卻看不見。

晌午，一家人圍在一起吃午飯。

褚辛辛因為生氣，推說身體不舒服，沒來吃。

陳家人也不在意，多個人還得多耗費些糧食，他們才懶得管呢！

不過，林姑娘可得好好吃飯，她太瘦了，又忙了一上午，陳家的幾個娃兒都爭先恐後地去請林姑娘過來跟他們一桌子吃飯。

林春華本來是不想的，她說白了就是陳家雇來的幫傭，怎麼能跟主子一起吃飯呢？但陳家幾個娃兒，尤其是陳六朵說啥都非讓她一起來，說急了，小丫頭還哭唧唧地念叨。「我二哥把酥糖都給姊姊吃了，六朵都沒撈著吃，嗚嗚……」

林春華哭笑不得。

小六朵啊，妳這是埋怨嗎？如果是埋怨陳二哥把好吃的給了我，那妳不是應該不讓我去你們那桌吃飯嗎？免得陳二哥再把好吃的讓給我才對呀！

可妳這又哭又埋怨的，我著實是弄不懂妳到底想幹啥啊？

「好了，一起吃吧，也不算什麼事，在哪兒不是吃？快點吧，吃完了還一堆事等著呢！」

何月娘一錘定音，林春華不好再推辭，只好將將坐了半邊身子，就著桌角吃了半碗粥。

一碗粥沒吃完，外頭院子裡就傳來急促的腳步聲，緊跟著門簾響動，一個人快步走進來。

「嬸子，二娃哥，不好啦，有人在咱們工地上鬧事！」

進來的是秦鶴慶，他一腦門汗珠子，氣喘吁吁的。

第二十三章

「什麼人鬧事？」陳二娃倏地站起來。

「不清楚，人就是你們莊子上的，說是也要在河邊蓋大屋，要把咱們上頭的河都給填上……」秦鶴慶停了一下，喘過一口氣後，接著說：「黃師傅說，他們這就是想把上游的河水截斷了，導致咱們即便在下游蓋了大屋也沒水用。」

「娘，我去看看！」陳二娃說著就要往外走。

「二娃，娘跟你一起去。」

何月娘在蓋大屋之前就預料到會有阻力，但沒想到，會來得這樣快。

等他們趕到河邊，那裡已經鬧成一片了。

黃文虎師傅帶著一幫陳家請來的瓦匠們擋在一夥人的前頭，黃師傅氣呼呼地說道：「你們這就是胡來，想要截斷陳家人的用水，阻礙他們蓋大屋！」

「胡說八道，我們才懶得跟一個小寡婦糾纏呢！我們也想蓋大屋，怎麼，這南河還成了陳家的，許他們家蓋大屋，就不許旁人？我還告訴你了，就是把里正請來，我也照蓋不誤，除非陳家放棄，那我還得考慮考慮呢！」

說話的人是張路生，陳大年的後爹。

「我們當家的說得對呀，許州官放火，那就得允百姓點燈，不然哪有天理啊？」

趙氏也在人群裡小聲攛掇那些人站出來反對陳家蓋大屋。

「娘，是奶奶……」陳二娃臉都綠了。

他們陳家這是上輩子做了什麼缺德事，才攤上這樣的奶奶啊？怎麼她就是看陳家大房不順眼，非要把他們一家子擠兌得沒法活？

「哼，她也配！」何月娘冷冷啐了一口，然後撥開眾人走了過去。

「東家，我瞧著這幫人就是故意的，他們是得了眼紅病，這才把上游的水流截斷，想要逼著妳向他們低頭，給他們好處，才能用上水！」

黃文虎壓低了嗓音又說：「我已經派徒弟去找里正了。」

「黃師傅，沒事，咱們蓋的大屋不用水。」

「啥？」黃文虎驚愕。

誰家住新房不得用水啊？

「不過，黃師傅，你也知道，蓋這樣的大屋怎麼也得八十兩銀子吧？」

「嗯，連工帶料足足要八十五兩之多呢！」

黃文虎蓋了半輩子的房子，只要知道這房子的大小尺寸，所須的一切用料，以及人工的費用，他基本上就能計算個八九不離十。

「很好啊，就讓他們蓋，大家一起蓋，更顯得熱鬧不是？」

何月娘的嘴角揚起一抹似有若無的嘲笑。

「都在這裡鬧烘烘的做什麼？一個個都吃飽了撐的是不是？眼見著就是春播了，你們不去自家田裡忙著，在河邊鬧啥？」

里正陳賢彬板著臉，瞅了一眼張路生他們，冷冷地問道：「你們這是在做什麼？」

「我們……我們蓋大屋！陳家蓋得，我們也蓋得！」趙氏搶先嚷嚷上了。

遭了陳賢彬一個冷眼。「我跟妳爺們說話，妳一個老娘兒們跟著摻和啥？怎麼，妳爺們在家裡慣著妳，出門來，本里正也得慣著妳？也不知道妳那長得是啥心腸，後來生的娃兒是妳親娃兒，和前夫生的陳大年就不是了？妳這副恨不能把他的後人都給搓揉死的模樣，真讓人寒心！」

「我……我家波兒他們都孝順我，可陳大年那幾個娃兒呢？見我就跟見了仇人似的，我可高攀不上他們，打今兒起，我們之間沒啥關係，他們見了我也不必喊我奶奶，我呢，也不當他們是孫子、孫女，大家井水不犯河水，各自蓋各自的大屋。」趙氏一臉嫌棄地啐了一口，罵道。

「很好！」何月娘笑道：「大夥兒都聽到了，可不是我娃兒他們忤逆不孝，是這位老嫗見不得這幾個娃兒，既然她說了兩家老死不相往來，那就按照她的話辦吧！」

「這趙氏也是，骨血骨血，砸斷骨頭還連著筋呢，她說斷就斷了，對得起她死去的大兒大年嗎？」有人不屑地嘀咕。

也有人道：「這倒也好，陳家這幾個娃兒沒趙氏牽累，日子沒準兒會過得更好呢！」

「就是，趙氏能給大年那幾個娃兒啥啊？不去搜刮他們就不錯了。」

就在大家議論紛紛的時候，里正陳賢彬沈聲問張路生。「你確定要在這裡填河蓋大屋？」

「當然確定！想要我停止除非……」

張路生的話還沒說完，陳賢彬就接了話。

「那好吧，我作為里正也希望村裡人人都能住上大屋。今兒我把話撂下，村裡誰想在這裡蓋大屋都行，但只要動土了那就得有始有終，別把這裡給糟蹋得一團亂再放棄，那樣的話，我可不依！」

「那……那是，我們說蓋就蓋，陳家蓋得起，我們張家也蓋得起！」

張路生脹紅了老臉，咬著牙說道。

「那就繼續蓋吧，大家都散了吧。」陳賢彬揮揮手，眾人作鳥獸散。

陳家人跟黃文虎等工匠一起回到了工地上。

這邊張家人見狀有點傻眼了。

他們一早就舉家神氣活現地來填河，表示他們要跟陳家一樣在河邊蓋大屋的決心，為此他們還雇了鄰村的牛車，拉了一早上的泥沙過來填河，本來只是做一個裝模作樣的噱頭，目的就是要陳家人害怕他們蓋成大屋後沒水用，低聲下氣地來跟他們商議賠償的事。

萬沒想到，人家根本不鳥他們！就連里正也對他們蓋大屋的事似乎還挺支持？這從哪兒說起啊？

他們全家算算手頭也就只有十兩銀子，這還是閨女三鳳的婆家送來的彩禮，根據兩家商定好的，彩禮最後三鳳是要帶到婆家去的。他們折騰了一早上，連牛車帶泥沙就花費了二兩多銀子，再接著往下蓋，他們倒是想，可銀子從哪兒出啊？

張路生抓耳撓腮，趙氏則跟隻母猴子似的，扠腰上竄下跳，指著張路生破口大罵。

「你個廢物，不是說好了，咱們掌控了上游的水源，就制住了他們的要害，只等著他們來跟咱們講和，給咱們拿好處嗎？你要啥大爺，蓋大屋，那得多少銀子，你算過嗎？」

「我……我這不也是沒法子，話趕話說到了，我總不能半途而廢吧？妳也看出來了，何氏那娘兒們根本不買帳！」張路生也是一頭虛汗，感覺自己就是隻被放在火上煎熬的螞蟻。

「我倒是有個好法子，可以幫你們。」

正在這時，他們身後傳來一個蒼老的聲音，來人是陳家家族族長陳通。

「我來呢，是想幫你們的。你們不是沒錢蓋大屋嗎？我有個法子，能讓你們迅速有很多錢，足夠你們蓋大屋了。」陳通也沒囉嗦，直奔要點。

「啊？真的？」張路生驚愕地看著他。

「我說了，我是來幫你的，幫你得到很多錢，蓋大屋，把何氏那個臭寡婦給比下去，最好能困住她，不讓她新建的大屋有水用。我就不信了，她一個人能離得了水？只要你捏住了上游的水源，那她就得對你服服帖帖的聽話，拿錢出來求你賞給她一點水。」陳通這話說得語速平緩，似乎是篤定能給張家一個出路。

張路生下意識地追問了一句。「那你說我怎麼才能得到……得到足夠蓋大屋的錢，要知道，那可不是一筆小數目。」

「不就是八十兩銀子嗎？你張路生張張嘴，記記帳，銀子就到手了。」

陳通的話越發引起張路生的注意，不過，沒等他發問，陳通就把嘴巴湊到張路生耳邊，嘀咕了一番。

張路生越聽越高興，一張老臉笑了起來。「好！這個法子好，等把何氏那賤女人給制住了，咱們只管去陳家拿銀子就成了！」

「嗯，說得對，那個賤女人也不是咱們村的，憑啥在這裡興風作浪？我就不信咱們莊子裡的男人都不如一個老娘兒們。」

陳通的話就跟一碗新鮮出爐的雞血似的，給張路生灌下後，他立刻就帶著一家子往村裡去了。

第二天晌午，何月娘才從林翠娥的嘴裡得知一個消息，說是張家正在發動村裡人往他那裡存錢，那利息可比鎮子上的銀莊給的利息高多了。

張路生說了。「你們來存錢，就是為了掙利息，但如果你們不想賺錢了，想把錢拿回去也是可以的，我這裡講究的就是存錢隨意，取錢也隨意，一切都是你們自己說了算。」

何月娘掀起上眼皮瞅了瞅林翠娥。「妳把妳閨女的私房錢都押上了嗎？」

「我、我這也是為了大賺一筆啊！」林翠娥似乎意識到了什麼，但本能的又不想承認，只很不服氣地咕噥。「我閨女的錢就是老娘我的，我拿去使使，掙了錢就還給她，不，我還給她雙倍的錢！」

「別怪我沒提醒妳，小心血本無歸！」何月娘冷冷地睨了她一眼，說道。

「我呸呸呸！老天爺啊，壞的不靈、好的靈，仙人勿怪，她嘴巴臭是她的錯，不怪我的呀！大吉大利，觀世音菩薩保佑我一定能賺得盆滿缽滿，過上大富大貴的日子呀！」

林翠娥這一通天上一腳、地上一腳的念叨，把陳家第三代最小的娃兒大樹給惹得一臉茫然，他轉頭看看何月娘，再看看林翠娥，而後小嘴嘟嘟囔囔著就往外邁動小短腿兒。

「大樹，你去哪兒？」李氏急忙追上去。

「大伯娘，我去喊大夫來，姨奶奶病了呀！」

大樹的話還沒說完，李氏急忙去堵他的小嘴。「樹寶兒，大伯娘也覺得你說得對，但這話……不能說出來，在心裡默默地想就好了呀，不然……」

她這話還沒說完呢，那邊林翠娥就吆喝起來了。「我說這一早上怎麼有烏鴉在我頭頂上亂飛呢，原來是招惹了你這個小災星啊，你敢咒姨奶奶得病，我、我打你……」

「妳敢！」何月娘目光如刀地射向她。「妳胡說八道一通，我沒怪妳把大樹嚇著了，妳倒還覥著臉想打孩子？妳也不低頭瞧瞧，妳站在什麼地方呢？這裡是陳家，在我陳家，大樹就是我們的寶貝，他想說啥說啥，想幹啥幹啥，妳瞧不過，那就帶著妳閨女走，我們不留！」

「妳……妳……我是來我表妹夫家裡，表妹夫不在了，這個家還是姓陳，我走不走，妳說了不算！」林翠娥氣得轉身就往屋裡去，末了還氣呼呼地丟回來一句。「妳越盼著我走，我越不走，我得留在這裡，替我表妹夫看好這個家，別被妳這個家賊給搬空了！」

砰！屋門被關上了。

屋子裡一下就傳出褚辛辛貌似苦口婆心的勸說。「娘，後表姨說得對呀，咱們是在陳家，大樹雖小，但也是陳家的主人，他即便惹了您，那也是童言無忌，您不能跟一個小娃兒一般見識不是？娘，您聽我一句，好好對大樹，二表哥都會看在眼底的，您將來老邁了，身體上有個小病小災的，二表哥不會不管您的。他是那麼好的人，您要相信……二表哥……」

這一番話，聲音說大不大，說小不小，反正正好讓院子裡的何月娘等人聽了個清晰明白。

正好林春華端著一盆水從廚房出來，也好巧不巧地聽到了，褚辛辛更是一聲又一聲的二表哥，叫得親熱。

林春華聽了，端著盆子的手微微抖了一下，但還是很快控制好了情緒，把盆裡的水倒掉後，回廚房忙活去了。

「呵呵，這個褚辛辛還真是有演技，不去當戲子簡直屈才了！」何月娘冷笑。

這段時間，陳三娃又吃了兩副張老大夫開的藥，人不但精神了很多，做事說話也更有了思量。

如今陳三娃每天都隨著陳二娃去東山上種金銀花，閒暇的時候也會幫著山上的人記記帳，他雖沒正式讀過書，但不知道是不是天性聰穎，竟一拿筆就會寫一些簡單的字，帳本記得也是條理清晰，連沒讀過書的老農都能看得懂。

這倒是讓陳二娃數次在何月娘跟前誇讚，說：「三弟不知道是不是因傻得福了，如今也頗有幾分帳房先生的模樣了。」

何月娘聽了自然是歡喜，當著眾人的面給了秀兒五十文錢，說：「這都是秀兒照顧得上心，成天熬藥也細心，三娃這才得以康復，所以，秀兒是陳家的功臣。」

陳家的娃兒們都為三娃高興，並沒有一個人因為那五十文錢而不滿。

只是林翠娥娘兒倆私下裡不滿何月娘的這種偏心行為。

林翠娥說：「我看那傻子能好，完全是二娃的功勞，沒二娃成天帶著他、教他，他好得了嗎？那個何氏就是個被豬油蒙了心的，老是偏心秀兒。辛辛，妳記著，以後要是妳跟二娃成了事，妳就是秀兒的二嫂，她得對妳恭順，不然妳就好生教訓教訓她，讓她把五十文錢吐出來！」

「哼，秀兒不就成天圍著何氏轉，拍她馬屁嗎？娘，我就說您，再別跟何氏明著幹，您真把她惹急了，把我們趕出去，我跟二表哥還沒那啥，咱們可怎麼辦啊？」褚辛辛跺腳，扠腰，氣呼呼道。

「好，好，我都聽我閨女的，以後啊，我不理那何氏，好生撮合撮合妳跟二娃。閨女，妳放心，我是二娃的親表姨，他娘都聽我的，他敢不聽那就是忤逆！」

「哎呀，娘，您可別把那麼大的罪名扣在二表哥頭上，人家還指望著他能有出息，將來跟著他享福呢！」褚辛辛一臉嬌羞地扭著腰肢，搖晃她娘的胳膊，說道。

「哈哈，好！我看啊，咱們家這回被林新勇那個混貨逼了一下子，反倒是逼出好日子來了，他說讓咱們來禍害陳家，可沒說，禍害其中哪一個人啊？只要妳跟二娃成事了，那咱們就鬧分家，拿著二娃分的錢離開這裡，只要有錢，上哪兒不是過好日子啊？」

「嗯，都聽娘的。」褚辛辛佯裝羞臊，捂住了臉。

「哈哈，看把我閨女給臊得。閨女別害臊，女人都得走這一遭，一回生、兩回熟……」

「哎呀，娘，您說啥呢？啥一回生、兩回熟啊？您還盼著我跟二表哥再和離怎麼的？」

褚辛辛不滿地嘟起小嘴。

「哎喲喲，瞧瞧我這張嘴！」林翠娥假意地在自己臉上輕輕打了一下，道：「我知道，我閨女這是對二娃動心了，我哪會盼著你們和離啊，我只盼著你們越過越好，我呢，也跟著沾光享福！」

何月娘聽了陳二娃的話後，也去了幾次山上，留心觀察了三娃，發現這孩子真應了那句話，不鳴則已，一鳴驚人。他一改之前的渾渾噩噩，對各種事務的處理上也表現得比他的年紀要來得更沈穩一些，有些地方甚至比二娃考慮得都要周全。

山上這些人一開始還不服氣三娃，覺得東家讓一個傻子來管理他們，簡直就是侮辱他們。

後來經過跟三娃的接觸，也都服氣了。

甚至有人說：「之前三娃是傻嗎？人家那是大智若愚！」

何月娘聽了這些議論，真是心滿意足。

她來陳家後，最擔心的就是三娃的病，現在三娃好了，她的心事也去了大半。心情一輕鬆，她就想做點自個兒喜歡的事。好久沒打獵了，她手都癢了。

一大早，她就拿了弓箭進山。

在春天打獵是有講究的。

老獵手們都謹記，春天不打雌，雌也就是母獸。

這個季節是野獸們繁殖的季節，打了母獸，就等同於一屍兩命。獵人們都知道，打獵是老天爺賞飯吃，所以，獵殺，但不殺絕，這是一條任哪個獵手都不敢違背的規則。

許久沒打獵了，何月娘興致勃勃的，她暗暗地盤算著這回要打一個大傢伙回去，肉呢可以燉了給娃兒們打打牙祭，至於獸皮拿到鎮子上賣了，也能換回不少錢來。

打定主意後，她便悄悄在獵場設了一個陷阱。

給野獸們設陷阱，比較常見的是一種叫地箭的，也叫地槍。

簡單來說，就是把弩箭埋在一棵樹或者灌木叢下，用一根絆線連在弩機上，橫在野獸常走、留下腳印的路上，再用樹葉和草把線藏起來，大型的野獸，如野豬、鹿、麃子等踩到絆線以後，弩箭會射出來，兩、三公尺之內就能要了野獸的命。

地箭埋好之後，何月娘就爬上一棵大樹。

這棵樹樹冠很大，枝葉橫生，正好就搭成了一個可供人舒舒服服半靠在樹幹上的地方。

大概過了半個多時辰，忽然她就聽到動靜，低頭往下看，見一隻麃子正往這邊跑過來。牠跑得有點急，根本沒想到腳下會有陷阱，所以一腳踩上絆線時，弩箭就急速彈射而出，正射中了牠的咽喉，這隻麃子連聲音都沒發出來，當即就栽倒在地，死了。

何月娘從樹上下來，看著地上的死麃子，她搖搖頭。

「你怎麼這樣蠢笨啊？換個聰明點的，牠識破機關，再跑了，然後我去追，那樣追上去再宰殺，還有些成就感，現在怎麼覺得就好像我是守株待麃呢？你就是那隻傻乎乎一頭撞進陷阱的傻麃子啊！」

不管怎麼說，獵物是打到了，她看看天色也不早了，就揹起獵物回了村。

這隻麃子體長一百二十公分左右，重量在五、六十斤的樣子。

陳大娃把麃子處理好之後，肉被李氏拿去做了紅燒麃子肉，皮則放進筐子裡，吃了晌午飯後，何月娘打算把麃子皮帶去鎮子上的皮貨店裡出售。

東家改善生活，自然也沒落下黃文虎等幾個泥瓦匠，何月娘也把里正陳賢彬叫來了，一幫老爺們在院子裡喝著高粱酒，吃著麃子肉，那豪爽勁兒就別提了。

她吃了點飯後，就揹起麃子皮出門了。

「娘，大哥喝酒了，我駕車送您去。」四娃從院子裡追出來，說道。

陳四娃看起來就是個陽光少年，膚色有點黑，不過，顯得更結實健康。

何月娘認真地看了她家小四娃一眼，伸手摸摸他的頭說：「怎麼？你三哥成天跟著二哥忙，你也閒不住了？」

陳四娃有點靦覥地笑道：「我……我不想種金銀花。」

「哦？那你想幹啥？」何月娘倒來了興致。

「我也不知道，就是覺得自己不適合種東西。」陳四娃撓撓頭，但很快又眼神堅定地看向何月娘。「娘，四娃不是懶，四娃就是覺得想做好一件事，必得先喜歡這件事，我……不喜歡，最起碼不像二哥、三哥那麼喜歡種金銀花。」

「嗯，好，娘明白了。」何月娘笑著點了點頭。

娘兒倆趕到鎮上皮貨店時，正好瞧見一個外地來的客商在跟皮貨店掌櫃的談皮貨生意。

就聽那個矮胖的皮貨商說道：「老馬啊，說實話，你們這裡的皮貨質量真是不錯，尤其是你處理過的這些麂子皮，這簡直就不能稱作是皮了，而應該叫做綢。這些綢啊是製作上等裘皮的原料，只是可惜啊，你這裡的麂子皮太少了，不然我就能多要一些。」

「唉，江老闆啊，我也是沒法子啊！現在能打到麂子的獵手幾乎沒有了，我這不也在發愁嗎？」皮貨店老馬長吁短嘆著。轉頭一看，他便瞧見何月娘他們了。

視線又順著他們落在了背簍裡的麂子皮上，頓時喜出望外。「哎喲喂，陳家大嫂子啊，妳可真不禁念叨，剛說到麂子皮，妳就給送上門了，妳說說，這巧勁兒！」

他邊說，邊指揮著小夥計把背簍從何月娘後背上解下來。然後便是一番的泡茶倒水，還破天荒地讓店裡的夥計去對面點心鋪買了兩、三樣點心，說是給孩子吃。

不過，點心擺在桌上，坐在桌邊的陳四娃似乎對點心根本不動心。

他眼睛四下裡打量著皮貨店，再聽姓江的貨商在絮絮叨叨地說著皮貨太少，他有銀子買不到好貨的苦惱。

店主老馬也是直搖頭擺手，表示自己愛莫能助。

何月娘把這一切都看在眼底，眉眼間露出一抹會心的笑意。

一塊麂子皮最後賣了五兩銀子。這有點出乎何月娘的意外，前世她也沒少去皮貨店賣過麂子皮，不過都沒賣上這樣一個好行情。

臨走時，馬老闆還千叮嚀、萬囑咐的，要她以後有了好麂子皮一定要緊著他們家皮貨店，他保證給一個旁人給不出的價格來。

何月娘抿嘴一笑，道：「馬老闆，我一定會再來的，不過，到時候我的麃子皮未必須要您拿錢來買。」

「啊？那是啥意思？陳家大嫂子，妳這話說得我倒是糊塗了。」

馬老闆一臉迷糊。

何月娘笑了笑說：「您別急，回頭咱們定然會再見的。」

第二十四章

從皮貨店走出來老遠，陳四娃還禁不住往後看了幾回，邊看眉心邊蹙成個小疙瘩，像是心中懷揣著莫大的心事一樣。

何月娘帶著他去了趟糧食鋪子，買了些米麵。

又去了趟肉鋪，割了十斤豬肉，還拿了一桶誰也不要的豬腸子，後者是買豬肉，肉鋪老闆白送的，說是這種東西髒乎乎的，沒人願意要，不送人也得丟。

何月娘卻笑嘻嘻地表示。「老闆，以後我割肉都到你這裡來，你這豬腸子能不能都給我留著，我有別的用處。」

「沒問題。」

肉鋪老闆姓尤，是個膀大腰圓的漢子，一臉的絡腮鬍子，看起來有點嚇人，不過，一手割肉功夫倒是精湛，想要一斤，他絕對不會多割出一兩來，不多不少，就一斤！

何月娘讚了老闆幾句，說他刀功了得。

尤老闆哈哈一笑，也不瞞人，說道：「我這個人啊，壯實粗笨，手上有勁兒，但準頭不成，一開始賣肉，別人想要一斤肉，我總是不能割到精，買肉的都以為我是故意多割一些給他們的，話裡話外的嘲諷我，我聽了很生氣，就對割肉上了心，沒事的時候，我就練割肉，天天練，一年年下來，準頭有了，幹活也索利了，哈哈。」

「尤老闆真是用心做事呀！」何月娘話是誇尤老闆的，但眼神卻是看向陳四娃。

陳四娃原本還皺著眉頭，聽了尤老闆一番話，眼神驟亮，好像是從中參透了什麼道理似的，再看一張小臉竟因為興奮增添了幾分神采。

孺子可教也！

何月娘暗暗欣慰。

經過張老大夫的醫館時，何月娘進去買了一包薑汁紅糖，是買給李氏的。

李氏在生三寶時，正趕上她前婆婆林氏病危，一家子忙得腳不沾地，哪還有人伺候她這個坐月子的？

而她也壓根兒沒坐啥月子，生了孩子，在炕上躺了三天就下地忙著照顧孩子，伺候一家老小的吃喝拉撒了，因為手沾了涼水，落下了畏寒的毛病，一到月事，她就手涼腳涼，風一吹，全身都禁不住地發抖。

這樣的體質，怎麼利於給陳家誕下子嗣呢？

薑汁紅糖是有暖宮作用的，多喝喝，對她身體恢復有好處。

另外她還請張老大夫開了一副藥，也是給李氏調理身體的。

這年頭，別說是藥鋪紅糖了，那就是一般的紅糖，普通人家的婦人也沒捨得買的，見後娘給大嫂又買紅糖，又買藥的，陳四娃眼圈微紅，輕輕呢喃了一句。「謝謝娘！」

何月娘見他這樣子，知他是個懂得感恩的孩子，當下就故作生氣，白了他一眼道：「跟老娘還客氣，你是把老娘當外人了嗎？」

「娘，我們都當您是最親的人！」陳四娃聲音有點沙啞。

「好了，別廢話了，走，娘帶你吃包子去。」

娘兒倆去了朱記灌湯包。

這朱記灌湯包是鎮上有名的特色小吃，簡簡單單的一個小店，每天晌午排隊買包子的人卻能排出老遠。

「四娃，你知道為啥買這家包子的人特別多？」何月娘跟陳四娃邊排隊，邊說話。

「是他們家包子好吃。」陳四娃看看周遭的人，說道。

「四娃，你記住，無論你以後去哪兒，做什麼，都要用心去想，用眼睛去觀察。」

何月娘說著，壓低嗓音說道：「你瞧瞧這朱記灌湯包外頭的幌子上寫著，八枚銅錢一屜包子，老價格五十年不變！你再瞧瞧隔壁那賣包子的幌子上寫著的卻是十文錢一屜包子。很明顯，差了這兩枚銅錢，讓顧客願意來朱記。那你知道為啥這家朱記包子鋪可以便宜兩文錢嗎？」

「娘，這……您也看出來了？」陳四娃不解地搖頭。

「傻小子！剛才咱們割肉那肉鋪尤老闆跟這朱記包子鋪的老闆娘是兩口子。朱記用的肉是最便宜的，所以才可以比旁人便宜兩文錢。」

何月娘的話讓陳四娃驚得下巴都要掉了。「娘，您怎麼知道他們是兩口子啊？」

「你瞧！」

何月娘指了指正在朱記裡忙活的一個半大小子，這小子有十一、二歲的模樣，長得很結實，一張臉活脫脫就是從尤老闆臉上複刻下來的，而且，他這會兒手裡端著幾個收拾好的盤碗，走到老闆娘跟前，喊了一聲。「娘，我把桌子收拾好了！」

老闆娘笑著摸摸他的頭，誇了句。「我兒能幹，比你爹更能幹！」

「原來他們真是一家子啊！」

陳四娃這回服氣了。「娘，您太厲害了。」

「娘不厲害，但娘用心去觀察了。」何月娘說完，眼神希冀地看著陳四娃。

陳四娃用力點點頭。「娘，我記住了。」

娘兒倆吃完包子，又買了四屜包子，帶回去給幾個小的也解解嘴饞。

眼見著就要進村了，一路上都默不作聲的陳四娃忽然開了口。「娘，我……我想去學做皮貨生意。」

「哦？你想好了？」

何月娘一路上儘管裝著假寐，其實一點都沒錯過陳四娃的一些小動作，這娃兒一會兒拿眼神偷瞄她，欲言又止，一會兒又長吁短嘆，彷彿覺得他想要做的事千難萬難一樣，畢竟，他再把何月娘當作是親人，她也不是他的親娘，她會支持他的那些妄想嗎？

「嗯，想好了，我覺得自己很適合做那個。我想研究那些皮毛，想把它們處理成最好的材料，賣出最好的價格。娘，我知道，如果我去皮貨店做學徒，人家未必肯收我，而且，一旦我去了，家裡的事我不但幫不上忙，可能還要從家裡往外拿錢，我……我對不住大家……」說著，他低下了頭。

「四娃，你抬起頭來。」何月娘眼神淡淡地看著他。「你知道娘這一路對你說那些話的用意了嗎？」

「我知道，您是讓我做事多觀察，多用心……啊？娘，您是早就知道我想幹啥了嗎？」陳四娃又驚又喜。

「廢話，就你那點小心思，老娘用眼角餘光一瞧就明白了！臭小子，就差把心事寫臉上了，還在老娘跟前裝啥裝？」

「娘，我……我是怕您不同意。」

「四娃，娘告訴你，你們兄弟幾個，每個人娘都不會禁錮著你們，只要你們有想法，有膽識，想去做點事，娘都會支援。但是，娘還得告訴你，你既然選擇了一條路，那就得好好去走，不能半途而廢，更不能懈怠懶惰。娘還想跟你說，其實那朱記灌湯包，之所以被那麼多人捧場了那麼多年，價格低是一個原因，另外一個原因是朱記老闆娘的為人十分的仁善，她的包子不但賣給一般的顧客吃，還會給乞兒免費吃，也給落難的可憐人免費吃，更給一些老弱婦孺免費吃，一年年下來，她施捨出去的包子不知道有多少。眾人看在眼底，都對她的為人佩服，這樣一位老闆娘，你說誰會不支持她？」
「娘，我知道了。」
「四娃，老話說，不想當將軍的士兵不是好士兵！你學做皮貨，就要有將來自己開鋪子的打算。但是，娘得提醒你，你必須有朱記老闆娘的仁善之心，生意才能做好，也才能長久。」
「娘，四娃不敢說將來會怎樣，但四娃一定會記住娘的話，好好做事，好好做人！」
「嗯，好孩子。」
娘兒倆說話間，就進了院子。
院子裡，李氏正跟秀兒在洗衣裳，衣裳洗完了，兩個人一人扯了一頭的床單正用力擰著水，擰得用力了，李氏晃了一下，立時就捂住了後腰，吃痛地哎呀一聲。
「大嫂，還是我來吧！」
四娃忙上前去把床單接過去。
「不是說，這樣的活妳別幹嗎？再不聽，就回娘家去吧，陳家可養不起妳這樣愚孝的兒媳婦！」
何月娘把藥包跟紅糖包往李氏手裡一塞，人就冷著臉進屋了。
李氏看清楚手裡的東西，眼圈一紅，眼角就濕潤了。
屋裡，何月娘已經跟大樹、大寶他們鬧騰起來了。

「都過來，快，喊奶奶，誰喊的聲最響亮，奶奶這裡有肉包吃哦！」

「奶……」

「奶……奶……」

一時間，滿屋子的童音嘹亮，夾雜著何月娘樂得哈哈大笑。

院子裡，陳大娃他們也剛好收工回來。

陳大娃看到李氏手裡的東西，知道是何月娘去鎮子上帶回來的，當下也是默默地紅了眼圈。

陳二娃聽著自家兒子奶腔奶調地喊何氏奶奶，也是感動不已。村裡當奶奶的老嫗不知多少，但能對幾個小娃兒如此上心的，恐怕只有他們這後娘了。

他扭頭看到林春華從廚房出來。

林春華也正好看過來，四目相對，兩人都對彼此笑了笑。

「嬸子對幾個小娃兒真是好。」林春華解下圍裙，打算往自己家回了。

「二娃，外間屋的籃子裡還有一屜包子，你讓林姑娘帶回去給兩個妹妹也嚐嚐。」

屋裡傳來何月娘的話。

「好。」陳二娃忙不迭地進屋，取了包子出來，遞給林春華。

「陳二哥，這……太貴了，還是留給幾個小娃兒吃吧！」林春華紅著臉推辭。

陳二娃瞅了一眼正屋窗子，那裡何月娘再沒出聲，他一把把往外走的林春華拉回來，硬把包子塞給她，眼神帶著溫暖地看著她。「妳不許讓自己活得那麼累，有什麼事說出來，我幫妳扛！」

「陳二哥……」林春華輕呼了一聲，再想說什麼，嗓子眼裡已經被堵住了。

她緊緊抓著包著包子的紙包，低著頭，匆匆地就離開了陳家。

「臭小子，光說不練啊！她買的那小院是個泥地，昨天晚上下大雨，院子裡積水，一地泥濘，她都沒法走，她那兩個妹子就更難走了，你還不過去幫著鋪個路出來。」

屋裡，何月娘的聲音再度響起。

陳二娃當即明白，剛才他家後娘不是沒聽見林春華的推辭，只是把表現機會讓給了他，現在，他家後娘又給他指出了一條通向林春華心頭的路。他就納悶了，她怎麼知道林春華院子裡泥濘不堪的，一整天，他家後娘都去了鎮子上，也沒去林家啊？

似乎猜到了他的疑惑，正屋何月娘又嗔罵了一句。「一窩傻娃兒，老娘再不瞪大了眼珠子，你就等著打光棍吧！早上林姑娘來的時候，鞋上的濕泥都快漫過腳面了，外頭街上都鋪了青石路，自然不會有泥濘，那自然就是她那小破院子裡的事了。」

「哦，哦，娘，我這就去！」

陳二娃暗暗地在心頭為他家後娘豎起大拇指。

嘖嘖，我娘不去當神斷都可惜了！這眼神，太毒！

三日後的早上，何月娘進山了一趟，不到中午，她就揹著一隻麃子去了鎮上。

看到她背簍裡的麃子，比上次的還大，還皮毛油光發亮，皮貨店的馬老闆笑得眼睛瞇成一條縫，親自從櫃檯後頭走出來招呼何月娘。「我說這一大早頭頂上喜鵲就叫個不停，果真是有貴人來啊，陳家大嫂子，妳來得可太及時了，我正急需要一塊上好的麃子皮呢！」

他當然不會實話告訴何月娘，那江老闆昨兒剛派人來說，要訂購一塊上好的麃子皮，價格隨馬老闆決定，只要皮質好就成。

這可是送上門的賺錢好買賣，可馬老闆愁的是沒麃子皮啊！

哪知道，想啥來啥，何月娘這一來可是給他解了難題了。

看著馬老闆笑得那一臉老褶子都開了花，何月娘心裡有了數，所以，她不疾不徐地將背簍放在腳邊，接過馬老闆親自倒的茶，輕輕抿了一口，道：「馬老闆，上回我說了，我再帶來麃子皮，未必就是要你拿銀子來換呢！」

「那妳到底是啥意思啊？」馬老闆更是一頭霧水。

不過，他可在心裡打定主意了，不管何氏提啥要求，他都得應下，江老闆是他的大主顧，每年他這皮貨店裡大部分的進項可都仰仗著人家呢，現在人家開了金口，他哪敢不滿足啊？

「我呢，有個小要求。主要馬老闆能答應我這條件，那以後我每個月都能供給皮貨店一張上好的麃子皮。」何月娘說道。

「真的？那可太好了。」馬老闆喜出望外。

不過，轉而他又猶豫了，問：「妳說說要求是啥？」

「我兒子想到你這鋪子裡來當學徒，學你怎麼料理那些皮貨的。」

何月娘和盤托出自己的盤算。

馬老闆的笑僵在臉上。

「為難？」何月娘見他神情，問道。

「陳大嫂子，妳有所不知，我這處理皮貨的手藝是祖上傳下來的，有祖訓，傳子嗣，不傳外人啊！」馬老闆真想一口回絕何月娘，可他又著實對何月娘說的那個每個月一塊麃子皮很是動心。

一塊麃子皮處理好了，再賣給江老闆那樣的大主顧，倒手就能賺足足三十兩銀子。每個月一回，那可一年下來就是三百六十兩銀子！

想到這裡，馬老闆覺得自己的一顆心都要從胸腔裡蹦出來了。

「那……看起來我兒跟馬老闆真是沒這個緣分了。」

何月娘眼神霸道，自然能瞧出來這會兒馬老闆的內心是掙扎的，一方面想要賺每個月這一張麃子皮的銀子，另一方面又不想違背祖訓。

她乾脆站了起來。「馬老闆，我這個人爽利，絕不會為難他人，既然如此，那我就走了，再去旁家試試。」

「陳大嫂子，如果我把麃子皮的價格再給妳翻一倍呢？」馬老闆急忙攔住她。

「呵呵，馬老闆，依你看來，在我這個當娘的心裡，是銀子重要，還是我娃兒重要？我雖是個後娘，但娃兒懂事，很得我心，娃兒長大了，如今想要學做點事，將來過個出息的好日子，我即便是個後娘，那也只能是全力支持啊！」

何月娘說著，已經打算把背簍提起來了。

鎮上有三家皮貨店，不過另外兩家都沒馬老闆這家大，處理皮貨的手藝也著實沒馬老闆精到。

「老闆，我有個主意。」

一旁一直聽著的管事劉章湊到馬老闆耳邊，嘀咕了幾句。

馬老闆一聽，先是猶豫了一下，而後看了看何月娘，再想想這段時間街上對於這個女人以及陳家的一些談論，大家都說，何氏是個能耐的，把陳家一窩娃兒帶得比他們爹陳大年在的時候還要好，那日子已經漸漸地起來了。

他咬咬牙，說道：「陳家大嫂子，想讓我收妳兒子當學徒也有一個法子，我跟我娘子只有一女，我想……」

他的話沒說完，何月娘就搖頭了，截斷他的話。

「馬老闆，我是想讓我兒子當學徒學手藝，並不是想要把兒子給賣給旁人入贅。我陳家日子再過不下去，我也斷斷不會動了讓娃兒入贅他家的打算。所以，這事你呢，還是免開尊口！」

此時，她心下已經不快了。

不過一個皮貨店而已，她家四娃真想學，她就不信沒法子，實在不成，慢慢尋個路子，把四娃送進知州城去，那裡的皮貨店更多，她就不信找不到願意接受她家四娃當學徒的。

「那……那認妳家娃兒當乾兒子，成不？我……我總得有個由頭好跟祖宗交代啊！」見她已經揹了背簍走到門口，馬老闆是真急了。

這似乎可以。

何月娘站住，轉過身看著馬老闆。「只認乾兒子！」

「嗯，只認乾兒子，不涉及兒女親家，不過……」馬老闆小眼睛亂轉著，然後諂媚地笑道：「不過呢，我這裡得跟陳大嫂子打一個商量，一個月，妳給我送兩張麃子皮來，咱們這買賣就成交了。」

這其實對何月娘來說也不是什麼難事。

她是個愛打獵的，為了四娃，一個月進山兩次、三次的也不是不可以，不過，她還是想扳回一局。「那價格呢？比之前翻一倍？」

馬老闆都想抽自己兩耳光了，這翻一倍的話的確剛才是從他嘴裡說出來的，可那是他怕何月娘真走了啊！但話已出口，他想收回來肯定是不可能了。

他苦笑訴苦。「陳家大嫂子，真不是我小氣，既然我都願意收了四娃這乾兒子了，那咱們就是一家人了，可這買賣歸買賣，感情歸感情，實在是做不到翻一倍啊！不然這樣，以後呢，一張好的麃子皮我給妳開七兩銀子。」

「八兩！」何月娘還價。

「唉，成！八兩就八兩，我只當是給我乾兒子四娃的見面禮了！」

馬老闆咬牙切齒地應下了。

其實，他心裡早就盤算了，從這裡多給何氏的三兩銀子，將來要翻一倍從江老闆那裡賺回來，左右人家江老闆是大老闆，不差錢，根本不在乎這三兩、五兩的。

回到家，何月娘把事情跟幾個娃兒說了。

當聽說，每個月她要給皮貨店送兩張上好的麃子皮，陳四娃當即就紅著眼說：「娘，我不去當學徒了，那麃子皮哪是那麼好打的啊！打獵還有危險，我不能……」

啪一聲，何月娘就把手裡的水杯拍在桌子上了，她冷著臉，瞪著陳四娃。

「你之前跟娘怎麼說的？你說，你認定了要學這皮貨的手藝，娘信了你，才會去跟馬老闆談的，如今談妥了，你又要打退堂鼓，你這是給老娘丟臉，還是打你們陳家祖宗的耳光呢？沒出息的貨！」

「娘，您別氣，四弟是心疼您，怕您為他太受累了！」

陳二娃見何月娘動了氣，忙勸解。

「我受累我願意，誰讓我是娃兒的娘呢？你們一個一個都給我記住了，老娘知道你們都是好的，才願意掏心掏肺地對你們。老娘不求你們說些鹹的淡的、感激老娘的話，只求你們一個個能精精神神地把日子過好了，有了出息，不給你們那死鬼老爹丟臉，老娘也不算白白給你們當一回娘。」

何月娘的話擲地有聲，直把幾個娃兒都說得低下頭，個個肩頭抖動，看得出來是動了真心，感動哭了。

隔天，何月娘又進了一次山。

不過這回她是受了傷回來的。

第二十五章

獵殺麃子一般用的是伏擊法。

麃子喜歡在林緣、荒山腳下活動，伏擊麃子必須在天亮前或者黃昏後埋伏好，要像獵狼一樣的絕對蔭蔽，逆風埋伏。

何月娘在凌晨就進了山，先設置好了埋伏，又悄悄隱蔽在一邊。

大概過了半個時辰，就見一隻麃子走進埋伏，牠是出來覓食的，很機警地四下裡張望了一番後，就要往牠早先中意的覓食地走去。這時，何月娘悄悄丟了一塊小石子過去，石子打不打得中麃子無所謂，主要是驚動麃子，麃子在一瞬間停下，扭頭循聲去望。

何月娘的弩箭也就在這時射了出去。

不知道是這隻麃子特別的聰明還是湊巧，何月娘弩箭射到時，牠忽然身形往旁邊一竄，堪堪就避開了弩箭。

「好！」何月娘都禁不住為這麃子的機敏喝了一聲好，但她此時也顧不得隱身了，從地上彈躍而起，飛快地奔向麃子。

麃子越跑似乎距離越遠，但何月娘並不焦急。她是最瞭解麃子性子的，逃命中的麃子有個致命的缺點，那就是喜歡回頭看獵人是不是追過來。

每每在牠這一回頭的瞬間，奔跑速度便會慢了下來，警惕性也降低了，就是這個時候，一擊不中的何月娘手中弩箭再次如同飛一般射了出去。

麅子應聲倒地。

這時，東方已經露出魚肚白了。

新的一天開始了，何月娘將麅子裝進背簍裡，剛欲揹起離開，卻忽然覺得有一雙冰冷的眼睛直直地盯著她，她不由得打了一個寒噤，危機感陡升，她將背簍放置一旁，再抬起頭來，一頭黑灰色的狼出現了，牠陰森森的眼神掃了一眼旁邊背簍裡的麅子，嘴裡低低地發出狼嚎。

何月娘明白了，這是半道躥出來打劫的了。

她快速調整好情緒，然後搭弓上箭，嗖嗖嗖幾支冷箭射出去之後，狼快速地閃避開了。

何月娘沒想著去獵殺這頭狼，她只想快速地離開這裡。

狼是群居的，誰知道這一頭狼的背後有沒有別的？

但就在她往前走了幾步，快要出谷口時，身後一陣陰風快速襲來，她警覺地朝旁邊側身，卻頓時感覺到手臂傳來刺痛，低頭去看，見幾道血痕豁然出現在手臂上，血順著她的衣袖往下淌。

她怒了。

從背簍一側抽出一把尖銳的匕首，迎著那頭衝過來的另外一頭狼刺了過去。

狼是從半空中躍過她頭頂，試圖將她撲倒在地，一口咬斷她的咽喉的。

而何月娘卻半分都沒動，她微微仰頭注視著撲來的狼，眼見著狼到了跟前，她幾乎都能聞到狼嘴裡發出來的難聞的氣味了，倏然，匕首刺出，寸寸沒入狼的咽喉。

狼死了。

但何月娘的手臂傷勢也不輕，狼爪子深深刺入她的肉裡，傷口見骨。若不是倉皇中，狼出擊的力道不足，她這條手臂的筋脈就要給狼爪子挑斷了。

任是這樣，等她揹著麃子回到陳家時，整個人的面色也是慘白了，前腳剛邁進院子，人就一頭栽倒在地。

何月娘再度醒來時，已經是黃昏了。

張老大夫笑著對她說：「陳家大嫂子，妳這命啊可真大！」

可不是嗎？兩次在老大夫的手上轉危為安，換一般人誰行？

何月娘苦笑。「張大夫，您可別譏諷我了，我這也是……」

「娘，我不去當學徒了，您再別進山打麃子了，嗚嗚……」

陳四娃撲在何月娘身上，嚎啕大哭。

何月娘摸摸他的頭，連說了幾次。「我沒事，你不要哭……」

但情緒激動的陳四娃，哪控制得住，他哭得跟淚人似的，一再地檢討自己，說都是他連累娘受傷，他就不該妄想別的，該跟哥哥們一起去種地、拉腳的。

他絮絮叨叨還在哭訴，何月娘佯怒，蹙眉、瞪眼，低低地吼道：「閉嘴，你哭得老娘煩死了！」

哭聲戛然而止。

「娘，對……對不起！」陳四娃哽咽著。

「李氏，我讓妳給四娃準備的被褥跟衣裳呢？都拿給他，明天一早，送他去皮貨店當學徒！」

接過李氏遞來的溫粥，何月娘喝了一大口，溫潤的粥順著食道滑下胃裡，頓時一股暖融融的感覺充溢全身。

她舒服地輕嘆了一聲。「唉，這粥沒滋沒味的，你們這是趁著我受傷，想虐待我啊？還不快去給我炒兩顆雞蛋？不，炒仨。樹兒啊，你過來奶奶身邊，一會兒跟奶奶一起吃炒雞蛋。」

「奶……」

大樹眼淚汪汪地看著她被包紮的手臂，白色的紗布還是被血滲透了，小傢伙撲到跟前，小嘴對著滲血的地方輕輕吹著。「奶奶，我爹說，吹吹就不疼了。您還疼不疼啊？」

「奶奶不疼了，都是我家樹兒吹得好啊！」何月娘眼底泛起一層亮光。

「樹兒要一直給奶奶吹吹……」

大樹小嘴嘟著，鼓著腮幫子不停吹著。

第二天一早，李氏遵從張老大夫的囑咐，給何月娘的手臂換了紗布。吃過早飯，何月娘就讓大娃把一張麃子皮和兩張狼皮一起搬到了馬車上，秀兒拿了一個軟墊子鋪在馬車裡，何月娘吊著胳膊坐了進去。

陳大娃駕車，四娃坐在大娃身邊，兄弟倆嘀嘀咕咕不知道說些什麼。

等他們到了皮貨店，馬老闆已經跟管事劉章等在門口了。

昨兒下午，馬老闆就得知了，何月娘獵了一頭麃子，順帶著還有兩頭狼。這可把馬老闆給喜壞了。麃子皮好，狼皮也好啊，上好的狼皮甚至比麃子皮都有價值，這一起拿到江老闆面前，不愁他不給個好價錢！

於是，一大早，他就屋裡屋外地踱步了，時不時地踮腳往西邊眺望，望眼欲穿之際，何氏他們來了。

「哎喲喲，陳家大嫂子，妳可是來了，快下車，我讓人準備好了茶點，妳下來用點，知道妳受傷了，我還從江湖人那裡弄來點外傷藥，據說，這可是藥到傷癒的神藥呢！」馬老闆那老臉都笑成一朵花了，邊說邊指揮著鋪子裡的小夥計幫大娃兄弟倆把皮貨從車上搬下來。

果然是好皮啊！油光發亮的，稍稍一處理，那就是上等的貨色，嘿嘿，這回賺頭大了！

馬老闆的眼前金光四射，一只只小金元寶在飛啊飛。

兩隻狼皮和一隻麃子皮，共賣了三十兩銀子。

馬老闆討好地說：「陳大嫂子，妳可是大能人啊，進山一趟就得了三十兩銀子，這抵得上四、五戶人家一年的嚼用了，嘖嘖，了不起！」

他這話裡就有點酸溜溜了。眼看著三十兩銀子出手，他有點心疼。

不過，何月娘可不是那種任他隨口編排的主兒，她冷冷地掃了馬老闆一眼。「馬老闆，你現在後悔還來得及，我家四娃還沒正式拜師呢，要說起比誰更會賺錢，你馬老闆敢說第二，誰敢說第一啊？動動嘴皮子，一張麃子皮就能給你賺回來比我這高出兩、三倍的價值，馬老闆，咱們明白人不說暗話，咱們倆到底是誰更了不起呢？」

「啊？哈哈哈，對、對，咱們倆都了不起！」馬老闆訕笑了幾聲，遮掩了尷尬。

「馬老闆。」

不過，何月娘似乎並不想就此放過他，反倒是很認真地看了他一眼說道：「原本呢，我是不同意四娃來當學徒的，這孩子在我手底下雖說是農家，但也沒吃過啥苦頭，真要到了旁人手底下，難免就有個參差不齊的。馬老闆，我有話說在前頭，我娃兒呢，是長身體的時候，不管什麼時候，你都不能不讓他吃飯。」

「這個自然！」馬老闆臉上神色正經了幾分，看看陳四娃，說：「這娃兒一看就是個好的，他虛心好學，我也會盡心竭力地去教，我們師徒之間，不會有什麼講不透、說不明的，妳放心！」

「那就好。」

何月娘給一旁的大娃使了個眼色，大娃即刻回到馬車邊，從裡頭拿出來二十斤豬肉，五斤點心，兩疋中等成色的布料，外加一對金鑲玉的耳墜子。

這是給馬老闆的拜師禮。

看到這些東西擺在桌面上，連一向自詡見多識廣的馬老闆都驚了一下，這份拜師禮，別說在這小鎮上，那就是到知州城去找，也難找出第二份來。

他頓時覺出了何月娘對這個小四娃的重視來。

原本他還以為，何月娘之所以把陳四娃送來當學徒，就是想把繼子一個個都趕出家去，她一個人落得個清靜，沒想到，事情根本就不是他琢磨得那樣。

人家這後娘真心實意對待陳家四娃，順了他的心思，希冀將來這娃兒能有個好前程！

連陳四娃跟陳大娃都驚呆了。

啥時候，後娘準備了這些好東西？

這樣的好東西就白白送人了？

陳四娃眼圈紅紅的，又心疼，又感激。

「四弟，你可得好好學，不然白費這些好東西了。」陳大娃是個誠懇老實的，話一出口那就是實打實的心裡話。

「嗯，我一定早早學成。」也省了娘每個月得給馬老闆這裡送來兩張麃子皮。

陳四娃暗暗攥緊了拳頭。

行完拜師禮後，何月娘要走，她把陳四娃叫出門。「四娃，古語說，師父領進門，修行在個人，你要明白，任哪一個師父對徒弟也是有所保留的，徒弟想要學到師父全部的本事，那就得眼快、手快、心快，別悶頭瞎幹，要機靈一點，明白嗎？」

陳四娃用力點頭。「娘，我曉得。」

何月娘轉身要走，卻又站住。「四娃，娘跟你說，出門在外，咱們不主動欺負別人，但別人想欺負咱們那也不成。你有啥事就託人捎信給娘，娘一定來！」

「嗯，我知道了，娘。」

陳四娃努力想要擠出一個笑臉來，可是，看看後娘還吊著的胳膊，以及她為了給自己準備拜師禮所做的一切，他再怎麼都笑不出來，反倒是眼圈紅紅的。

可他不想讓何月娘看到他哭，就竭力地忍著，死死地咬住唇，從唇上傳來的痛感逼著他，把到了眼角的眼淚憋了回去。

轉天就是端午節了。

何月娘跟陳大娃回到家，把買的東西從車上搬進院裡。

「娘，糯米已經洗好，粽子葉也都泡好了，您真打算包那麼多粽子啊？」

李氏有點捨不得。

往年陳家過端午節，也就按照人頭包幾個粽子，大人都捨不得吃，多半是省給孩子們吃了。現在就何月娘準備的這些糯米，少說也能包五、六十個粽子，這……也太多了吧？

「妳去把這包紅豆煮了，搗成泥，再加上糖，大寶、二寶她們都喜歡吃豆沙餡的粽子，再包一些大棗的，對了，肉的也要包一點，東西都買好了，妳讓秀兒幫妳一起去辦吧！」說完，何月娘就進屋了。

李氏會過日子她是知道的，但有些耗費是必要的，省不得，況且他們現在又不缺銀子。家裡蓋大屋請了泥瓦匠，尤其是黃文虎黃師傅，做人最是有原則，說話辦事都很仗義。何月娘做人的信條就是，別人瞧得起她，對她好了，那她就要多幾倍地回報人家，不然這世上做了好事的好人不是得心寒嗎？

這些她不會跟陳家幾個娃兒詳說，老話說，多說不如多做，時間久了，經歷的事多了，她的所作所為自然能影響到幾個娃兒，那時候，他們做人做事的格局也會跟著變大的。

不過，她進屋去換了身衣裳後，繫上了圍裙就又出來了。

她是出來處理那些豬大腸的。

看著她處理那些平常家裡再怎麼不富裕，誰都不會去碰的豬大腸，李氏他們也是目瞪口呆。

何月娘也沒讓他們幫忙，就任他們在一旁看著，她一板一眼，認認真真地把豬大腸都給處理得乾乾淨淨了。

晌午，她親自下廚，做了一盤辣椒炒大腸，這一道菜，讓陳家幾個娃徹底服氣了。

滿桌子人，就褚辛辛不吃炒大腸。

她心裡很是嫌氣地嘀咕：果然是乞丐出身，還吃那種東西呢。

「二表哥，你可別吃了，小心把肚子吃壞了。」她攔著陳二娃。

「二哥，辛辛表姊都是為你好，你就別吃了，留點給我們吧！」小六朵小嘴諷刺著，就去陳二娃跟前搶著挾菜吃。

「我還沒吃飽呢！」陳二娃趕緊又挾了一筷子，邊往嘴裡送，邊不滿地睨褚辛辛一眼。

「表妹，妳不愛吃，並不代表別人也不愛吃！」

「二表哥，我也是為你好啊，你怎麼就……」就是個榆木腦袋呢！哼！

褚辛辛噘起嘴來，滿臉不快。「娘，您看看二表哥，他怎麼就不理解我的心呢！」

「二娃，你表妹滿心滿眼裡都是你，你再說些渾話，我可不依你！你們娘去得早，我是你們的親姨，以後你們的事都得我來管，我可不能任由旁人把你們給帶壞了！」

林翠娥也沒想到，這豬大腸竟如此的好吃，她吃得滿嘴流油，但說出來的話裡夾槍帶棒。

「林翠娥，妳說話不含沙射影的，妳會死啊？吃著老娘家裡的飯，妳還數落老娘的不是，妳找抽啊？」何月娘啪一聲把筷子給拍桌子上，瞪林翠娥。

「我……我就是那麼一說，也沒指名道姓的，妳撿什麼罵啊？」

林翠娥悻悻地咕噥著，低頭去吃飯了。

閨女辛辛跟陳二娃還沒成好事呢，她可不敢在何月娘跟前胡來，再被姓何的趕出去，那不是啥都白費工夫了嗎？對了，趕緊吃，吃完了，好去張家問問，我那錢的利息啥時候給啊？

她暗想著，手下扒拉飯的速度就快了幾分。

天擦黑，林翠娥從張家回來，很難得不拿著長輩的架子，擠出滿臉笑，道：「大娃媳婦，妳今兒忙了一天了，也累了，碗筷我來洗吧？」

這話唬得李氏手裡的碗筷險些沒拿住，她驚疑地轉身。「表姨，您是吃多了……」撐得說胡話了？

「妳這個……」到了嘴邊的傻子，林翠娥又嚥了下去，她繼續裝出一副長輩的慈祥模樣。「唉，你們沒個親婆婆疼，我這心裡呀……」

話沒說完，就覺得有一道冰冷的目光朝自己射來。

她不用看就知道是誰在拿眼刀子剜她呢。

當即忙又重新換了話頭。「我老讓你們這幾個娃兒伺候著，心裡過意不去，幫著你們洗洗碗啥的，我還是能做到的，走吧，別囉嗦了，今兒表姨幹活，你們就在旁邊看著。」

不由分說，她一手拽著李氏，一手拉著秀兒，三人直奔廚房了。

「咦？娘，表姨不對勁兒呀！」小人精六朵眨巴著大眼睛，看向她家睿智的親後娘。

「她還能翻出大天來？」

何月娘輕描淡寫的一句，根本沒把林翠娥那點小心思和小動作放在眼裡。

林翠娥是個貪財的，所謂無利不起早，她上趕著對李氏和秀兒示好，用意無非是錢。

如今全村人幾乎家家戶戶都把銀子存到張路生那裡了，大家都數著手盼著利息能一日蹦三高，不勞而獲的錢財來得多容易啊！

林翠娥今兒出門去了一趟張家，回來就跟李氏她們套近乎，這目的不明顯是想跟她們借錢？

不，不是借錢，或許在她心目中，要錢才是真正目的，把要來的錢再送去張家存上，連本帶利的都是她的，這美夢作的，她夜裡睡著了，都能笑得鼻涕泡冒出來吧？

「娘，我去瞧瞧哦！」

六朵見她家親後娘沒啥表示，她自己呢，又擔心老實的大嫂跟三嫂被林翠娥給騙了。

不一會兒，六朵一臉憋悶地從廚房回來。

「娘，您快去管管吧，表姨把大嫂跟三嫂的錢都拿走了，她說會還的。哼！我覺得，表姨根本不會還，大嫂跟三嫂太笨了！」

小傢伙噘著小嘴，語氣裡頗有點不滿。這不滿是對她家親後娘何月娘的。

何月娘把她從地上抱到了炕上，戳戳她的小鼻尖。「妳這是在跟娘生氣？」

六朵不回答，實際上就是回答。

嗯，人家就是生氣了嘛，人家都能瞧出來表姨是黃鼠狼給雞拜年沒安好心，娘就看不出來？娘怎麼就不阻止表姨呢？

何月娘的表情變得嚴肅起來。「六朵，妳要明白，娘不能陪著你們一輩子，就如妳幾個兄嫂，還有妳，你們早晚都是要自個兒應對生活中的事。妳也說了，今兒表姨這番動作，妳都能看出來她用意不純，難道妳大嫂跟三嫂就真的看不出？是，妳大嫂比較老實，可能看不出，那麼妳三嫂呢？她可不是個笨的，很顯然，她也知道表姨的用意是啥，可她們還是借錢給了她，那說明啥？」

嗯？好像娘說得有理呢！

六朵噘著的小嘴放鬆下來。「娘，那說明啥？」

「說明妳三嫂她們心地好，把表姨當作長輩，不過是一點小錢，即便她借錢不還，那也不影響什麼，但以後，她們瞭解了表姨的真實嘴臉，估計表姨下回就是說得天花亂墜，妳嫂子也不會再上當了。」

「哦，哦，我知道了，這就是五哥說的，吃個鉗子，長個心眼！」小六朵歡欣地說道。

「又胡解釋妳五哥的話，那叫吃一塹、長一智！」何月娘被她逗笑了。

「娘，我沒胡解釋，五哥是說長啥智的，我不懂啥是智啊，五哥就說，是心眼。那不就是吃一把鉗子，長一個心眼嗎？」

小六朵正經八百地給出了自己的解釋。

「哈哈！」何月娘大笑著，在她小臉上親了一口。「我這古靈精怪的閨女啊，妳說說，將來哪個少年郎敢娶妳啊，這小嘴，太厲害了！」

「娘，我不要少年郎娶，妳娶我吧，娘比我還厲害呢！」

「哈哈哈！」這回何月娘笑得前仰後合。「好閨女，妳誇人也一箭雙雕啊，自誇還帶著誇老娘，嗯，我閨女眼光就是高啊！」

第二十六章

端午節早上陳家剛開門，黃文虎的徒弟小柳子就急匆匆地來了。

「嬸子，不好了，幫咱們蓋大屋的幾個泥瓦匠正在鬧騰著要走呢！」

「走？去哪兒？」何月娘一怔，問道。

「都是張家人搞出來的，這幾日，張波悄悄地到咱們工地上去，尋了幾個泥瓦匠嘀嘀咕咕地說個沒完，我師父趕了他幾次，他都厚著臉皮回我師父，說什麼，大路朝天各走半邊，陳家租下了東山，可這山腳下的地界也不是他們家的，他想來就來，想走就走。後來，還是我師父動怒了，拿了棍子嚇唬他，他才走的。沒想到，今兒早上就有幾個泥瓦匠跟我師父說，他們要去張家做事，還說張家給的工錢足足是這邊的兩倍，還問我師父要不要一起過去。我師父勸了他們一早上，他們執意不肯留下，沒法子，我師父才讓我來請嬸子去一趟的。」

小柳子邊抬起袖子擦頭上的汗，邊把事情的經過說了一遍。

「娘，這可怎麼辦？咱們大屋蓋到現在，正是用人的時候……」陳二娃也有點慌了。

「慌什麼？秀兒，去給小柳子倒碗糖水。」

何月娘反倒是不疾不徐，把手頭正給六朵梳頭的活幹完了。

「哎呀，嬸子，我哪有心思喝糖水啊，我師父還在那裡等著呢！」

小柳子都納悶了，這陳家嬸子怎麼就不著急啊？雖說他師父的瓦匠活在十里八村是數得著的，可蓋房子這事，也不是一個人能幹得了的啊！

「小柳子，你不把糖水喝了，我就不去了。」

何月娘是瞭解黃文虎師徒倆的，都是實心實意的人，他們焦急也是真替陳家焦急。不過，這事明擺著就是張家的陰謀，他們就是想讓陳家不能繼續蓋大屋了，眼下急也沒用，有張家的雙倍工錢做誘惑，那些瓦匠怎麼會不走？

沒法子，小柳子只好把糖水喝了。嘴一抹，他急吼吼的又道：「嬸子，您快跟我去瞧瞧吧，這都火上房了，您怎麼……」

他繼續抬起袖子擦汗。

等何月娘他們趕到工地時，工地上就只剩下黃文虎師傅一個人了。

「東家，真是對不住，我沒勸住他們。」黃文虎的臉上是歉意的表情。

「黃師傅，這不關您的事，您是個實誠人，我得感激您。」

何月娘瞧了一眼張家工地那邊，經過幾日的折騰，那邊蓋的房子地基已經打好了，這會兒倒是沒幹活，張路生帶著仨兒子，手提肩抬地搬了些東西到工地上，把東西一擺開後，這邊才看清楚，原來是些雞鴨魚肉做的菜，連帶著旁邊還有一罈子的酒。

張路生扯了嗓子在講話。「諸位爺們，我張路生感激你們大家抬愛，肯到我這邊來幫忙幹活。你們放心，我姓張的的不是個娘兒們家家的，做事摳摳索索的，打今兒起，我張家管飯，天天都是這好吃好喝的，工錢呢，就咱們說好的，比旁人家高一倍，房子蓋完了，我張路生一文錢都不會少你們的，還每人給你們包個大紅包。」

底下有人鼓掌叫好了。

「張東家辦事就是敞亮啊！」

「可不是嘛，這吃的喝的，哪家東家及得上？張東家，你放心，這活我們肯定給你們幹得索利索利的，比別人家強上一百倍！」有人附和著說道。

「大家就吃起來，喝起來吧，甭客氣，敞開了吃，管夠！」

張波也竭力扯著嗓子邊說，邊朝這邊沒好意地笑。

於是，一幫人開始傳杯換盞地吃喝起來，邊吃還邊數落陳家辦事怎麼不地道，工錢少，吃得差。

「娘，我過去跟他們講理去，咱們給的工錢就是時下的公道價格，吃喝雖不是大魚大肉，但也頓頓有葷腥，比起一般的東家，咱們家算是仁義了，他們怎麼能離了這裡就背後損咱們呢？」陳大娃氣憤不已。

「你若去了，就正中張路生的下懷了，他們就是想逼著咱們不能蓋大屋，跟他們屈服，然後他們乘機跟咱們提條件，要銀子呢！」何月娘冷冷地說道。

「對，東家說得對，少東家，你可不能衝動！」黃文虎也忙幫著勸。

「可是，瓦匠們都走了，咱們這大屋怎麼辦啊？」

陳二娃也稍稍冷靜下來，但看著蓋了一半的大屋，他愁眉不展。「實在不行，咱們也提提工錢？」

「不成！」何月娘當即否決。「張路生打定主意跟咱們槓，你提一文，他會提兩文，你提三文，他就提四文，他始終會壓咱們一頭，咱們是為了蓋房子，又不是銀子多得到了打水漂的地步。」

「嗯，東家說得不錯。」黃文虎略略思量後，說道：「東家，妳要是信得過我，今天我就回村裡一趟，我有幾個至交好友，他們都是幹瓦匠的。不過我來的時候，他們手頭都有活，所以我才沒把他們一起找來，如今呢，也沒別的法子了，我回去賣賣面子，說啥也把他們給叫來，那樣工地上瓦匠就夠了，小工呢，有李家兄弟幾個幫襯著，這大屋就能蓋下去。」

「黃師傅，那太好了。」

何月娘其實心裡也發愁，但聽黃文虎如此一說，她眼睛一亮，忙表示感謝。

「東家客氣了，我信東家的為人。妳肯對毫無血緣關係的幾個娃兒這樣負責，那就說明妳是個好人，好人辦事遇到波折了，我能伸把手幫一下，就必須得幫，妳就放心在家裡等著吧。」

黃師傅說完要走，卻被何月娘攔住了。

眾人回到陳家，何月娘讓李氏把事先就準備好的各種餡料的粽子十二個以及五斤肉，一包點心，一罈子的杏花陳釀都搬到了馬車上，這是給黃師傅的端午節節禮。

黃文虎不肯收，直說，這太貴重了。

他幹了半輩子的泥瓦匠，哪家東家會這樣下血本給準備節禮啊？一般的，在誰家幹活，趕上過節，能做幾個菜，燙一壺酒，還有黑麵饃饃的吃喝一頓，那就不錯了。

這陳東家也太……

黃文虎師徒是眼角濕潤得離開的。

「娘，現在看來，您給黃師傅準備的這些東西是值得的。」

李氏知道了工地上發生的事後，對何月娘這種未卜先知的決定讚不絕口。

「李氏，妳是陳家長媳，以後有很多事，都得由妳來做主。妳要記住了，為人做事，妳先把仁義做到了，旁人在關鍵時刻就不會對妳下黑手。」

何月娘的話也不單單是對李氏說的，陳二娃他們也都個個點頭表示記住了。

「當然，也有那種，對他掏心掏肺，他還會坑妳的，遇上了這種貨，咱們只當是花錢買了教訓，送出點吃的餵狗了。不過，吃一把鉗子，長一個心眼，你們若是下回還在同一個人身上上第二回當，那就是你們自個兒蠢，怨不得老天不憐憫你們了。」

「娘，那個鉗子……」五娃兒一頭霧水。

「這是六朵說的，你問她吧！」何月娘笑道。

「哈哈，五哥，有啥問題不懂呀？你問六妹啊，六妹給你答疑解惑呀！」

六朵得意地扠著小蠻腰，歪著腦袋朝著陳五娃壞笑。

入夜，涼風習習，陳家人都各回各屋去睡了。

何月娘也打算睡下，可翻來覆去的總是睡不著，總覺得最近有點將啥事忘記了。

在她又一次翻身，面朝上，眼珠子滴溜溜地盯著屋頂的時候，她終於不能不承認，她一直惦記著死鬼陳大年。他可有幾天沒出現了，怎麼了？被下頭那個大老給打得魂飛魄散了？

「你個死鬼，到底去哪兒了？」她小聲咕噥。

「我下去幫太爺爺辦了件事。」

隨著話音，從屋裡牆角陰影處飄出來一個白影子。

白影子不像之前那麼淺淡了，陳大年的面部表情也能依稀看得見，他眼角是帶著笑意的，笑嘻嘻地看著自家媳婦在炕上翻來覆去地烙大餅。

「怎麼，想我想得睡不著了？」

一個枕頭不客氣地丟了過去，枕頭穿過白影子落在了地上。

陳大年彎腰把枕頭撿起來，又放回到何月娘旁邊，何月娘乘機伸手去掐他的手臂，但依舊落了空，她不由得恨恨道：「憑什麼啊？連打隻鬼都不能，還讓人活嗎？」

「妳別氣，等我……那個啥以後妳再使勁虐，我保證不哭，行不？」

陳大年看著她發狠又懊惱的樣子，真是好氣又好笑，但想想，她為陳家娃兒做的這些事，他心裡又莫名地疼。

他伸出手去，想要摸摸她的秀髮，她倒是沒躲，可手卻在虛空中從她的頭部穿了過去。

「哼，一隻慫鬼，連耍個流氓都不成！」她不屑地道。

不過，轉而忽然想到一個很現實的問題，這死鬼對人不能怎樣，那他對女鬼，是不是就能那個啥？

她眼珠子滴溜亂轉地盯著他看，他乾笑。「別瞎琢磨了，我除了妳這個女人，對女鬼不感興趣。」

「那……你的前妻呢？」

她歪著腦袋意味不明地看著他，有點像是淘氣的小孩兒，在問當家長的心目中到底最喜歡哪個娃兒。

「她早就投胎去了。」陳大年說道。

其實他心裡也疑惑，怎麼他死後從來沒有在腦子裡閃過一絲的念頭，要去找找林氏呢？林氏畢竟給自己生了幾個娃兒，處起來也沒啥毛病，是自己太過無情無義嗎？

他不由得打了一個冷顫。

落在何月娘的眼中就是他虛幻的影子沒由來的晃了一下。

「怎麼？你冷？」

「不是，我就是一魂二魄，沒啥冷不冷的感覺。」他苦笑。

「那你哆嗦啥？哦，我明白了，這幾日不見你，你是不是真去見了你前妻？這是抽空來見我一回，又怕被她發現了，所以嚇得打冷顫？」

她一邊腦補，一邊做出一副拳打腳踢的架勢出來。

「打住，打住，不是那麼回事，我壓根兒沒見過她，何來的怕她？再說了，即便她知道了我來見妳，又怎樣？妳也是我的娘子，我死後不能忘懷妳，也在情理之中。哎呀，不是，我跟妳說這些做啥，我來是想告訴妳，要防著林翠娥一點，她那男人褚大在林新勇手裡，就林新勇那壞貨，憋不出什麼好屁來！」

「還用你說？」何月娘撇撇嘴。「對了，你覺得林春華怎麼樣？我瞧上她了，想讓她給咱們二娃當媳婦。」

「嗯，那姑娘不錯，是個妥帖人，不過，她的命裡還帶一大劫，躲不掉呀！」

陳大年的話讓何月娘吃了一驚。

「真的？那……」她首先想到的就是，那跟二娃的婚事還是算了。

二娃這娃兒被劉氏坑了一次，還沒回過神來呢，再娶個林春華，遭個啥大難的，她這個當後娘的瞧著不忍心。

「太爺爺說，這事得看二娃，二娃如果認下了林姑娘，那咱們還真得跟她同舟共濟。」

「那也成，就等著看二娃的吧！」何月娘也點了點頭。

兩人又說了一會兒話，陳大年也知道了工地上瓦匠們都被張家挖走的事，他說：「沒事，妳安心，明天一早黃師傅就帶人來了，咱們的大屋能蓋起來。」

一人一鬼，也不知道哪來的那麼多話，絮絮叨叨地就到了半夜。

「我走了，妳快點睡吧，累了一天了。」陳大年有點戀戀不捨。

「滾，滾！知道我累了，還來纏著我說些有的沒的？」

何月娘沒好氣地趕他走，她自己倒是不好意思承認，其實，一人一鬼面對的時候，多半都是她在叨叨念念，陳大年只是關鍵時刻給她指點個一句、兩句，外加順便誇她幾句，讓她心裡覺得舒爽後，話也就說得更多了。

晚上，何月娘作了一個夢，夢裡她也死了，在陰曹地府找到了陳大年，她高高興興地說道：「死鬼，我來了！」

陳大年倒是一臉震驚。「妳來幹麼？我正想盡辦法要出去，妳卻跑到這裡來了。」

「只要咱們在一塊兒，死了還是活著，不都一樣嗎？」

她說出這話時，身後忽然傳來一個女人的聲音。「不要臉，妳連個妾都算不上，竟覥著臉來纏著我男人？」

何月娘一驚，扭頭去看，就見一個披頭散髮的女人，張牙舞爪地朝她撲來。

「死鬼，救我！」她大喊一聲，嚇醒了。

隔日，黃文虎果然帶著五、六個工匠過來了。

這讓何月娘安心不少。

早飯是蒸包加小米粥，外加兩盤的小鹹菜。

幾個工匠師傅吃得讚不絕口，說：「東家做的飯好吃。」

何月娘也不臉紅，直接認帳。「接下來就仰仗諸位師傅們了，飯食上你們放心，我會親自下廚，拿出最好的手藝來，保證讓你們吃得舒坦！」

「對，我娘廚藝可好了呢！」李芬一臉坦然地幫著後婆婆胡說八道。

因為家裡有兩幫人吃飯，東山上種金銀花的工人們的飯食，陳家如今也管了，不過，在伙食上稍稍比蓋大屋的工匠們差一點點，說起來也就是比工匠們少一道葷菜。

工匠們是兩葷兩素，外加一個湯。

主食都是雜麵的大饃饃，數量不限制，管飽。

每天晌午，陳二娃跟陳三娃分開，一人往東山送飯，一人往大屋工地那邊送。

大屋工地近一點，三娃年紀小，陳二娃就讓他往大屋那邊送，他則挑著擔子往東山上送。

院子裡，林春華剛幫著陳二娃把饃饃裝好，陳二娃把扁擔往肩膀上一放，林春華很自然地就幫著他去提籃子。「林姑娘，籃子重，不用妳沾手，我自已能拎得動。」

陳二娃也同時伸手去提籃子，一下子，他的大手就握住了林春華的小手了。

溫潤，柔軟，陳二娃的腦海裡把能想到的可以用來形容一隻美妙小手的辭彙都聚集起來了。

兩個人一剎那都愣住了。

她任憑他攥著她的小手，他任憑她如暖玉的小手帶給他無比暢意的感受。

「二表哥，我幫你去送飯吧，你一個人挑著這麼重的東西也太累了。」

正在這時，褚辛辛邊說著，邊往這邊來了。

倏地，兩人鬆開了手。

林春華的臉都紅到耳根子了，她忙忙地低下頭，轉身回廚房。

陳二娃愣愣地盯著她纖細的背影，心頭依舊回味著那種碰觸的溫柔，若是能開口大喊，他一定會喊：林姑娘，我想一直握著妳的手，行不行？

第二十七章

「二表哥，我幫你拎著籃子吧？」褚辛辛去接裝饃饃的籃子。

陳二娃正在回想剛剛那一刻，壓根兒沒去聽褚辛辛說的話，只覺得她既然來拿籃子，也就順勢把籃子給了她。

「哎呀，好重啊！」

砰一聲，籃子掉在地上，險些翻倒了裡頭的大饃饃。

陳二娃這才回過神來，急忙抓起籃子。「妳拎不動，別去了。」

「我……我拎不動也要去，山路漫漫的，二表哥你一個人走著多寂寞啊，我可以陪著你聊聊天啊！」

褚辛辛很不滿陳二娃剛才把籃子遞給了她。

她就是說說而已好嗎？他一個大男人，見了她褚辛辛這樣嬌滴滴的小女子，不該寵著慣著，寸草都不讓她拿嗎？

但陳二娃往外走時，她還是跟在了後頭，邊走邊跟陳二娃剖白自己是怎麼怎麼對大樹、二寶好，又怎麼怎麼想著他，關心他，怕後娘何氏欺負他……

諸如此類的話，一開始陳二娃還勉強聽著，越聽眉頭皺得越深，到後來，見褚辛辛一路走著不停地指摘何氏，說她狠毒、嘴饞，甚至還說她來陳家就是貪圖陳家家產，想著霸占了這房子，再弄一個男人進來，聽到這裡，陳二娃實在是聽不下去了，他板著臉，冷斥了褚辛辛一句。「表妹，我娘對我們很好，妳如果再說三道四的，我可不慣妳！」

「啊？你……」

褚辛辛終於意識到，陳二娃對何氏就是鐵板一塊，想要在他這裡挑撥離間，那等同於滴水穿石的難度。

她這一琢磨的空檔，陳二娃已經邁開大步往前走了。

他走得很快，不再跟之前一樣放緩腳步，刻意地等著她。

褚辛辛氣得一跺腳。「二表哥，你等等我……」

哪知道，她越喊，前頭陳二娃走得越快，到後來，他竟直接走了條進山的小路，把她給甩下了。

褚辛辛欲哭無淚。

「壞表哥，我到底那點不如那個林春華啊？我……我比她好看，比她說話好聽，比她好一千倍、一萬倍，若不是我爹……遇到事了，你當我願意來你們陳家，纏磨你？你以為你是誰啊？不過是一個帶著兩個拖油瓶的沒人要的臭男人，嗚嗚……我限你趕緊回來跟我道歉，不然我……我這輩子都不理你了……喂！陳二娃，你快回來啊，我……好怕啊……」

一開始還只是氣，耍脾氣，到後來，看著四周都是一人高的茅草，茅草裡還時不時發出一點窸窸窣窣的聲音，那聲音讓人聽著渾身起雞皮疙瘩。

褚辛辛腦海裡出現一種長長的，滑膩膩的東西。「啊！蛇！有蛇！」她失聲驚呼。「救命啊！快來人啊！」

「蛇在哪兒？哪裡有蛇？」有人從茅草中跑到她身邊，四下打量一番，再看看她身上，別說蛇了，連根草繩子都看不見。

「嗚嗚，就是有蛇，你聽聽。」

褚辛辛見了這人，本能地喊了一聲後，直接撲進他懷裡，瑟瑟發抖。

「妳別怕，沒蛇！」

那人懷裡忽然多了一個溫軟的身子，先是一僵，而後眼睛亮了起來，同時他的手就開始在褚辛辛的後背上遊走。

「沒有蛇？」

褚辛辛豎起耳朵聽了聽，果然茅草叢裡再沒發出窸窸窣窣的聲響，她頓時醒悟過來，再仰頭一看，面前自己抱著的竟是個不認識的男人，而且後背上有隻手在不住地遊走、撫摸。

她驟然大驚，猛然一把推開那個男人，接著柳眉倒豎，怒罵道：「好你個登徒子，敢大白天的占便宜，我……我要喊我二表哥來把你抓起來！」

「妳二表哥已經走遠了，妳使勁喊吧！看他能不能聽得到？」那人嘴角浮出一抹嘲諷的冷笑。「妳就是陳家的表姑娘吧？我跟妳說，妳那二表哥是個和離過的男人，妳就是嫁給他，那也是個繼室，要給兩個娃兒當後娘，妳樂意？」

「要你管！」褚辛辛惡狠狠地剜了他一眼。「你是誰？你怎麼知道我二表哥的？」

「我怎麼會不知道他？按輩分，他還得稱呼我一聲三哥呢！」那人洋洋得意地道。

「你到底是誰？」

褚辛辛不屑地上下打量他，看他的裝扮就是個做苦力的，衣裳雖不是破爛不堪，但也漿洗得發白，有些地方還縫補過了，一看就是個沒錢的。

「我可是陳家老大的大舅子哥！是他們陳家的座上賓。」

李江下意識地挺直了腰桿，說出了自己的身分。

「你是李氏娘家的哥哥？」褚辛辛問出這話來，小嘴都要撇到耳根後了，她不屑地嘟囔。「一窩光棍漢，還當自己是豪富人家的公子哥兒啊？」

說著，她就邁步往山上走去。對方既然沒錢、沒身分，那還跟他囉嗦啥？

「哎，妳別走啊，我還有話沒說完呢！」李江忙跟了上來。「我知道妳是陳家表姑娘，妳姓褚，對不對？」

褚辛辛沒理他，心裡更是後悔。剛才怎麼就一下子撲進他懷裡了，這要是被旁人瞧見了，還不得壞了名聲，怎麼跟二表哥解釋？

她不作聲，李江倒也不惱，反倒是緊跟了幾步，接著道：「我看出來了，妳是對陳二娃有意思，不過，我明白地告訴妳，妳有意思也白搭，他那心裡有人了。」

「是誰？」褚辛辛驚疑。

「我要是告訴妳，有啥好處？」

李江反倒是覥著臉湊了過來，鼻翼間立時就聞到一股濃郁的香味，這是褚辛辛身上的胭脂粉味，他剛抱了個滿懷的時候就聞到了。

他使勁嗅了一口，接著就朝著褚辛辛露出曖昧不明的笑來。

「沒好處，你愛說就說，不說拉倒！」

褚辛辛不是個傻子，李江那表情就不懷好意，她怎麼會看不出來。

「喂，妳別生氣啊，我告訴妳還不成嗎？」李江見她又氣呼呼地往前走，忙追了幾步，伸手去拉她的胳膊，她反手就在自己臉上打了一巴掌。

「一個窮光蛋還想跟我拉拉扯扯，滾遠點！」

「陳二娃倒是有錢，但他待見妳嗎？」李江也有點惱了。「他心裡裝的是人家姓林的，妳自作多情有啥用？要我說，妳還不如跟了我，最起碼我是誠心實意地對妳，再說了，剛才咱倆都那樣了，妳身上那軟綿綿的地方我也碰觸過了，誰還會再要妳？」

「閉上你的臭嘴！我剛才……剛才以為是我二表哥！」

褚辛辛早就看出陳二娃喜歡林春華了，這會兒被李江戳穿，又想到方才被輕薄，更是又氣又怒，對著他就是一通臭罵。

「妳罵吧，反正不痛不癢的，但事實就是事實，妳跟我已經有了肌膚之親，若說出去，我無所謂，妳可是沒人要了。」

李江還一副妳罵得好聽，我真喜歡聽的架勢，直把褚辛辛險些氣個倒仰。

「行啦，妳也別罵了，罵人也挺累的，累壞了妳我還心疼。」李江又把自己左邊臉湊了過來。「喏，妳打吧，只要妳解氣，想怎麼打就怎麼打，反正打是情，罵是愛，我都挺喜歡的。」

「你……無恥！」褚辛辛終於明白，她這就是遇上無賴了。

「陳二娃倒是不無恥，可他珍惜妳嗎？」

李江說著從口袋裡掏出來一根銀簪子，簪子做工還算是精細，末端還鑲嵌了一枚白色的珍珠，論起款式跟質地來，這簪子應該算是鎮子上最流行的款式了。

「還得是我這樣的男人，打不還手，罵不還口，還給妳買簪子戴。」

褚辛辛的目光被那根簪子吸引了，她沒想到，這樣一個窮漢的身上竟帶著這樣一根做工精緻的好物件。

「拿著吧！這是我特意去鎮上給妳買的。」李江扯過她的小手，把簪子塞在她手裡。

「你早先就認識我？」褚辛辛疑惑了。

「妳長得這樣好看，我在陳家看見妳的第一眼就喜歡妳了。」

李江倒也不隱瞞，實話實說。「這根簪子我早就買好了，一直沒機會給妳，今天我幹活把手給傷了，去陳家找我妹子上點藥，正好就聽到妳要跟著陳二娃上山來送飯，我覺得這是個能跟妳說話的機會，就悄悄跟在你們身後。我不敢跟你們跟得太近，怕陳二娃發現，就一路沿著茅草叢走。」

褚辛辛明白了，她剛才聽到的茅草叢裡發出來的窸窸窣窣的聲音，根本不是蛇爬行時發出的，而是這個傢伙藏匿在草叢弄出的聲響。

「這個我不要，你也別喜歡我，我不會跟你有啥關係的！」

看看他那一身破爛的衣裳，再想想李家兄弟七人，六個打光棍的，褚辛辛一把將簪子又塞回給他。

「我也沒說真要妳嫁給我啊！」

說著，李江還重重嘆息了一聲。「唉！在我心目中，妳就是那天上的仙女，我這人間的凡人哪配得上妳啊！我就是……就是想對妳好，想見著妳笑，不管讓我做啥，只要妳高興我什麼都願意做的。」

「你少……」褚辛辛想說，你少說些甜言蜜語，對我沒用，但她忽然想到一個主意，當下就轉頭，刻意用一雙嫵媚的眸子看著李江。「你真的肯為我做任何事？」

「當然，妳讓我死，我馬上就死！」李江拍著胸脯，信誓旦旦。

你一個沒錢的蠢貨，死不死的我才懶得管呢！

褚辛辛心裡如是想著，但嘴上卻嬌滴滴地說道：「你既然心悅於我，我再怎麼也不能讓你去死啊！我……又不是蛇蠍心腸的女人。」

「對，妳是貌美如花的好女子。」李江討好地誇讚她。

褚辛辛沒忍住笑了。「那我跟林春華比怎樣？」

「她哪兒比得上妳啊！要我說，陳二娃那就是個瞎子，怎麼就能喜歡林春華那種古板的女人，妳這樣嬌滴滴的多好啊？身上摸哪兒都軟乎乎的……」

「你閉嘴！」褚辛辛驟然變臉，又對著他揚起了手。

李江近前一步，扯過她半空中的小手往自己臉上招呼了一下。「打，使勁打，妳越打我，我越覺得妳喜歡我！」

褚辛辛忽然想吐。

她忙收回手，白了他一眼。「再滿嘴胡說八道，我就不理你了。」

「好，好，我不說，我聽妳說。」

「我想讓你幫我個忙。你放心，這個忙對你來說，那可是頂天了的大好事。」

褚辛辛的眼底閃過一抹陰險的冷意。

一天，陳大娃正在大門口收拾東西，準備駕馬車去鎮上碼頭拉腳。

「妹夫，進城啊，捎上我！」這時，李江急匆匆從山上下來了。

到了西城門口，陳大娃停下了馬車，他先不進城，要去碼頭瞧瞧有沒有活。

李江下了馬車，也不跟陳大娃打招呼，甩袖子就走了。

陳大娃氣得咬咬牙，心裡琢磨，以後得讓李氏離這個老三遠點，不吃他的、喝他的，還得聽他訓斥，腦子有病才無怨無悔呢！

去了碼頭，正好遇上一艘早到的拉糧食的船靠岸了。

陳大娃就跟三個也早到的車伕一起忙活起這一船的活了。

一直忙到了晌午，這一船貨才算是送完了。

應了那句話早起的鳥兒有蟲吃，因為這一早來，陳大娃比其他的車伕多賺了四十多文錢。

他心情愉悅，駕車往城裡去，打算到集上去吃一碗肉湯泡餅，吃飽了再看看能不能在集上拉腳。下午不用多了，再賺個二十文錢，那一天的賺頭就有了，他也能歡歡喜喜地回家了。

集上的肉湯鋪子都是臨時搭建起來的帳篷，帳篷裡頭放著幾張簡易小桌板凳，趕集餓了的人就在這裡點一碗肉湯泡餅，熱呼呼地吃了，這趕集的興頭也就到達了最高點了。

陳大娃把馬車停在鋪子一側，他沒敢離得太遠，就近找了一個板凳坐下。

肉湯鋪的主人是一對三十多歲的夫婦，女人認識陳大娃，陳大娃對她招了招手，意思是跟上回一樣。

那女人忙過去跟在灶前忙的丈夫說了一聲，男人拿起一隻大笊籬，先往笊籬裡抓了些肉片，又掀開燒得翻滾的鍋，把笊籬帶肉片往熱湯裡一放，須臾就將笊籬又拿了出來，女人在旁邊麻利地遞過來一只八寸的大碗，笊籬的肉片倒入大碗後，女人又把舀好的熱湯傾倒在大碗裡的肉片上，男人捏了一些蔥花跟香菜灑在湯碗裡，於是，一碗香噴噴的肉湯就在夫妻二人如行雲流水般的配合下做好了。

餅是早就做好的，擱在一旁的蓋子上，女人一手端著肉湯，一手的盤子裡是兩張餅，肉湯跟餅放在陳大娃面前後，女人剛想要聊兩句，卻聽到外頭有人叫她。「老闆娘，給我來兩碗肉湯，要加肉的。」

她也顧不上跟陳大娃說話，去應付新來的客人了。

陳大娃本就不是個多話的，拿了筷子，就預備吃。

卻在這時，他聽到一個熟悉的聲音。「老混蛋，你出個價，只要東西好使，我沒有不給的。」

是兩個多時辰前跟陳大娃分開的李江。

陳大娃刻意地低下了頭，換了是李家別的兄弟，他都會馬上招呼他們過來一起吃，可這個李江太可惡，他不懂得疼惜自己唯一的妹子，作為李氏的丈夫，陳大娃實在是不覺得自己有什麼要跟李江親近的必要。

好在，李江這會兒好像正跟旁人有事，邊說話，邊路過了肉湯餅攤子。

陳大娃抬起頭往前看時，就只看到背影了。

那個被李江稱呼為老混蛋的男人，看年紀有五十多歲，走路一瘸一拐的，身形消瘦，寬大的衣裳穿在他身上就好像是被掛在了架子上似的，隨著他的走動，那衣裳就如同被風吹過飄飄搖搖的。

「陳大兄弟，你怎麼不吃啊？是今兒的口味不好？」老闆娘拿了一塊抹布過來擦拭旁邊客人剛走後油膩膩的桌子，見陳大娃愣神，疑惑地問了一句。

「哦，不是，味道跟之前一樣，我只是……覺得那個瘸子似乎在哪裡見過。」

陳大娃不是個擅說謊的，被人一問，就實話實說了。

「哦，你說他啊！」老闆娘隨著他的目光看了一眼，當即就道：「那徐老瘸可不是個啥好玩意兒，成天跟些江湖壞水在一塊兒，淨做些禍害人的東西，不知道坑了多少好人呢，尤其是哪家未出閣的姑娘若是被他給盯上了，那就壞了！沒準兒拿什麼迷魂藥把人給迷暈，綁到外地賣了。」

徐老瘸?!

陳大娃也聽說過這個禽獸不如的東西，比拐子還壞呢！拐子把大姑娘、小媳婦拐走了，圖賣了賺錢，徐老瘸呢，他就是個色狼，每回都是先把人給作踐了，再賣進青樓妓院。李江怎麼會跟這種人混在一起？

陳大娃也顧不上再吃肉湯餅了，他快速地從身上摸出幾枚銅錢放在小桌上，然後撒腳如飛就跟上了李江和徐老瘸。

當晚，林春華收拾完了廚房裡的碗筷，就打算回家了。

剛一出門，就遇上了何月娘。「嬸子，您有事？」

「嗯，妳跟我過來。」何月娘在前頭走，林春華也跟進了正屋。

正屋的炕沿上，陳二娃一看到林春華進來，忙起身，道：「林姑娘，妳坐！」

他則自覺地坐到炕前的一把椅子上。

林春華快速地看了一眼陳二娃，面上飛起一抹紅暈，但她很快就又低下頭，身子側著靠在炕沿那裡，也沒好意思盤腿坐，就歪著身子，一條腿支著地，一條腿微微搭在炕沿上。

「行啦，這裡就咱們仨，也沒外人，我也就不拐彎抹角，打開天窗說亮話了。」

何月娘瞥了一眼這二位的神情，一個嬌羞，一個不好意思，換個文言詞那就是郎有情、妾有意！既然如此，她也就甭說些多餘的了。

「我呢，把你們倆叫來，是想問問，你倆心裡有沒有對方？這事呢，還挺急的，你們也甭害羞，一句話的事，說明白了，我呢，也好想想下一步。」

這話一說，本就只坐了半邊身子的林春華羞窘得一哆嗦，險些沒坐穩。

「老二啊，你是男人，你先說。」

何月娘給陳二娃遞了一個眼色，那意思是：這時候，你就別裝了，快點表白吧！

「娘，我……我聽您的。」

陳二娃一句話沒把何月娘氣死。

她拿眼刀子瞪了陳二娃一眼，想罵你個沒出息的貨！

但終究還是她養的娃兒，她得給他維持著面子，所以她挑起眉說：「我說了算啊，那好，明兒我就做主跟你辛辛表妹提親了，左右她早就對你動了心思……」

「別，娘，我對表妹沒想法！」陳二娃一下子就急了，倏地站起來，眼神熱切地望著林春華。「我……我心裡只有林姑娘一個人，這輩子除了林姑娘，我誰也不娶！」

哈哈，這小子，必要時還真得激一激。

何月娘笑出了聲。「這不就是了，幹活你聽為娘我的，娶媳婦，那是你自個兒的事，你可別聽我的。我啊，最擅長亂點鴛鴦譜了。比方說，我剛才還琢磨著要把林姑娘介紹給李氏的娘家三哥李江呢。」

「嬸子，我……我不……不認識李……李江，不能嫁他！」

這下輪到林春華嚇一跳了，她徹底坐不住了，站在地上，急得臉都脹紅了。

「那妳想嫁誰啊？俗話說，女大當嫁，妳就算是為了妳兩個妹子，妳也應該早些尋個好人家嫁了啊！」何月娘抿嘴笑。

「我……」林春華快速地往陳二娃那裡看了一眼，而後又快速地低下頭，訥訥道：「嬸子，我……我知道陳二哥是個好人，我……我……」

「妳怎樣？」何月娘趁熱打鐵，緊逼一步。

「我……我聽他的。」

林春華說完這話，雙手捂著臉，都不好意思抬頭了。

「哈哈，這不就是了？你們都不小了，喜歡就說出來，我也好給你們謀劃謀劃。不過呢，眼前有件事，這事若不能順順利利的過去，你們倆的事成不成還兩說呢！」何月娘說到後來，臉色也嚴肅了很多。

陳二娃跟林春華相互對視了一眼，兩人都很疑惑地看向何月娘。

第二天一早起來，陳家散出消息說，這天是何月娘的生日，東家過生日，那是得好好樂呵樂呵，所以呢，何月娘吩咐下去，晌午陳家請客，東山種植金銀花的雇工，以及河邊蓋大屋的工匠們都到陳家來吃席，吃完了，下晌就放假。

聽到這消息，山上山下的人都挺高興的。

不過，再怎麼山上以及山下的工地上都得留人看守。

這個時候誰不想下山去吃席啊？傻子才願意在山上吹風呢！

陳二娃想出了一個法子，抓鬮！

他寫了一些鬮，放在笸籮裡，雇工人手一個，所有的鬮裡就一個是有字的，是個留字，其他都是空白的。雇工們抓鬮後打開，見是空白的就高興得哈哈笑，獨獨有一人展開紙，紙上有一個留字。

這人是李江。

其他人見他抓著留字了，都以為他會鬧騰，但沒想到，他竟笑呵呵地說道：「成啊，反正我這幾天身上起疹子，喝不得酒，索性我留守，你們下去喝個痛快。」

眾人聽了面面相覷。

這還是斤斤計較，貪小便宜的李江嗎？不過，既然他願意，那還有啥好說的？

自然是晌午一到，所有人三三兩兩地往村裡陳家走去。

陳家院子裡，李氏、秀兒以及林春華都有條不紊地忙著，食材是陳大娃一早駕車趕早市買來的，雞鴨魚肉都有，還都挺新鮮的。

李氏嘴笨，但手還挺巧的，蒸了一鍋的桃餑餑，拿紅顏料染了一塊麵，雕出了一朵朵桃花，加上綠菠菜汁和麵做的葉子，每個壽桃上都開了那麼一朵粉色的小花，花的兩邊分別是新綠新綠的兩片葉子，別提多好看了。

飯菜做得差不多了，何月娘往食盒裡裝了幾樣菜式，又拿了兩個白麵餑餑，要李氏往東山上送給她三哥李江。

李氏應了一聲，剛要拎著食盒走，卻聽三寶哇的一聲哭了起來，小丫頭指著她大寶姊姊。「嗚嗚，娘，大姊搶了我的桃花，嗚嗚，我要桃花……好看的桃花……」

這孩子也不知道今天怎麼氣性那麼大，竟哭得上氣不接下氣，眼見著小臉都給憋紅了。

李氏嚇得忙把她抱在懷裡，輕聲細語地哄著，同時厲聲呵斥大寶，要她把三寶的桃花還給她。

沒想到，大寶也哭了。「我沒拿三寶的桃花，這是我自個兒的桃花。」說著，她攤開手，手心裡果然是一朵做得並不漂亮的桃花，那是幾個娃兒用大人們做桃花剩下的粉色麵團自己做的桃花。

這是怎麼回事？

李氏被兩個孩子哭傻了，剛要拽過大寶打兩下，算是嚴刑逼供一下，沒想到，一旁看著的二寶跟大樹也齊齊地哭了起來。「嗚嗚，我們也沒拿……我們沒桃花……」

原來這兩個小的不會做桃花，本來就委屈得不行，這會兒見大寶、三寶哭了，她們也湊上熱鬧了。

一時間，幾個娃兒來了個四重哭，直把李氏吵得腦袋疼。

何月娘皺眉。「行啦，妳也甭去山上送飯了，連幾個娃兒妳都整不明白！」

「嬸子，不然我去送吧？」林春華說話間，把繫著的圍裙解下來，從地上拎起了食盒。

何月娘正想說點什麼，這會兒就見褚辛辛從屋裡出來。「還是我跟林姑娘一起去吧？路上也好做個伴。」

「也好，這食盒重，路上林姑娘拎不動了，表姑娘妳就換換她。」

何月娘看看那四個哭得鼻涕一把、淚一把的娃兒，嘆聲氣。

褚辛辛暗暗地捏了捏自己袖袋裡的東西，鄙夷地白了何月娘一眼，心道：我長這樣大，我娘都捨不得指使我做這做那，妳算哪根蔥啊？我幫她拎食盒？她就是個窮幹活的，能跟我這金枝玉葉的貴人比嗎？

兩人出了門，一前一後往東山上走。

到了小院時，天正正午，該是日頭最盛的時候，可是，不管是林春華還是褚辛辛都覺得越走近小院越渾身冷颼颼的。兩人下意識地抬頭去看，就見小院後面是一片小樹林，樹木長勢正好，葉子遮天蔽日的，把初夏的燥熱都給擋住了。

「怪不得這裡這麼涼，原來是有樹蔭啊！」

褚辛辛說著，推開小院的門。「親家三哥，我跟林姑娘來給你送吃的啦！」

「喲，原來是兩位小美人親自來給我李江送飯啊，我可真是豔福不淺啊！」

李江從裡頭走出來，滿臉滿眼的陰邪之氣，目光不懷好意地在林春華跟褚辛辛的身上輪流打轉。

「咳咳！」褚辛辛乾咳兩聲，狠狠瞪了他一眼，嘴上卻嬌滴滴地道：「哎呀，這食盒重得呀，我們倆換著拎還累得夠嗆，親家三哥，你還不趕快幫林姑娘接食盒啊？」

「對，對，表姑娘說得極對！我李江是個憐香惜玉的好男人，哪能讓小美人受累啊！」說著，他三步併作兩步就奔林春華來了。

「你……你不要過來！」

林春華被他這來勢洶洶的樣子給嚇著了，忙不迭地往後退。

「小美人兒，三哥我就喜歡妳這欲拒還迎的樣子，嘖嘖，太迷人了！來吧，讓三哥好好疼疼妳！」說話間，李江就到了跟前了。

林春華手裡的食盒砰一聲掉到地上，她轉身欲跑，卻被旁邊的褚辛辛一把拉住。

褚辛辛無比得意地獰笑著。「賤人，敢跟我搶男人，這回我就讓妳知道得罪了我，是個什麼下場！」

「妳跟他早就謀劃好的，想要害我？」林春華聲音顫抖。

「哼，妳現在知道已經晚了，我勸妳乖乖聽話，跟這位李三哥成就好事，也好讓我二表哥知道知道妳是怎樣下賤的破爛貨，看他還對妳心心念念不？」

褚辛辛說著，一把將林春華推向李江。「別說本姑娘不體恤你，李江，你都二十的人了還沒嚐過女人的滋味，快去嚐嚐吧！放心，我會留在這裡給你們把門，你們啊，就好好縱情一歡吧！」

「哈哈，好！」李江面露淫邪的笑，狠狠一把將林春華帶入懷中。

林春華掙扎，但她一個弱女子哪是一個男人的對手，很快就被李江拽進了正屋。

第二十八章

「哼，活該，賤人！」看著屋門被李江一腳關上，賭辛辛狠狠往地上啐了一口。「二表哥，你快點來啊，你來了就能看到那個賤人的不堪入目了！」

她在院門口等了一會兒，也是為了等陳二娃來。

過去了半盞茶的工夫，她又回頭望望正屋那裡，隱隱覺得似乎哪裡有什麼不對。

而且，這裡怎麼那麼冷啊？

沒有風，她卻被凍得瑟瑟發抖。

不由得，她抱住了雙臂，一步一步靠近了正屋屋門，她將耳朵貼近，試圖聽聽裡頭的動靜。

不該啊，怎麼從李江跟林春華進去，這屋裡就一點聲音都沒有。難道那個賤人林春華還真的很享受跟男人廝混，所以壓根兒沒掙扎？

再或者，李江給林春華灌了太多從徐老瘸那裡弄來的迷魂散，導致她根本失去了意識，這會兒正由著李江在裡頭為所欲為呢？可那就更不對了！

如果李江已經得手了，那這會兒他應該在裡頭折騰，這床上的折騰不可能一點聲響都沒有啊？

她正琢磨著，忽然身後一陣冷風襲來，緊跟著，她還沒來得及回頭去看到底怎麼了，她就被一股強大的力道給直接推進了屋裡，猝不及防，她一個趔趄，險些摔倒。

好不容易站穩了，卻發現屋裡靠牆角的一張竹床上，李江直挺挺地躺在那裡，他哼哼唧唧的，身體不住地扭動，臉色也脹紅成了豬肝色，兩隻手不停地在半空中抓撓，嘴裡發出含含糊糊的聲音。

「辛辛，寶貝兒，快……快來啊……我……我等不及了……」

「這個混蛋！」褚辛辛大怒。

李江這個混蛋怎麼敢在這時候喊她的名字？

她很想衝過去，使勁搧他幾耳光，但這會兒她想到了一個問題，林春華呢？她怎麼不在竹床上？這到底怎麼回事？

砰！

卻在這時，原本敞開的屋門忽然像是被什麼人狠狠摔上了，然後那種讓褚辛辛無法抵禦的冰冷的力量又出現了，它裹挾著褚辛辛到了床邊，那裡有一張小木桌，桌上有一個碗，碗裡看起來是半碗無色無味無害的水。

但褚辛辛知道，那是李江兌了迷魂散的藥水。

更讓她沒想到的是，一種無形的力道按住她的頭，同時那半碗藥水徑直飛到了半空中，在她驚愕地張大嘴巴時，那半碗水就無聲無息地灌進了她的嘴裡。

她想躲，可是，整個頭部都被狠狠地箝制住了，她無法動彈，更無法閃避。

藥水下肚，那股怪異的力量也消失不見了。

但很快，她的身體就發生了變化，一股無法遏制的躁熱迅速地在她身體裡湧動，她雙目赤紅，雙頰緋紅，滿心滿腦子裡都在渴望……渴望一個能把自己從這慾火焚燒的境地裡解脫出來的男人身體！

陳二娃飛奔進屋，把蜷縮在角落裡，捂著雙眼的林春華攬腰抱了出去。

「陳二哥，他們……他們怎麼能這樣無恥！」

林春華哭得梨花帶雨，渾身抖若篩糠。

昨天晚上陳家孀子跟她說出李江跟褚辛辛想要用陰毒的法子算計她時，她其實還是半信半疑的，她自認並沒有得罪李江跟褚辛辛。

可當這一切都如何月娘說的那樣發生時，她被嚇壞了，同時也恨極了那一對狗男女！

院子裡，陳二娃拿出乾淨的帕子把她臉上的淚水擦掉。「以後不會再有人敢傷害妳了，我保證！」

他的大手緊緊握住了她的。

四目相對，脈脈含情。

兩人下山走的是另外一條小路，那條小路一般人不走，是何月娘進山打獵時發現的一條捷徑。他們兩人避開旁人的耳目，悄悄回了陳家。

於此之前，何月娘頗為大聲地問李氏。「怎麼林姑娘跟辛辛還沒回來？不會是出了什麼事吧？」

李氏是個不會說謊的，當即搖頭，表示自己不知道。

「娘，不會有事的，李三哥對辛辛表妹很照顧的，昨兒辛辛表妹戴了一根新簪子，那簪子可好看了，表妹說是李三哥送的呢！」秀兒說道。

「妳……妳胡說！辛辛心裡只有二娃，怎麼會要別的男人的簪子？」林翠娥當即跳腳。她這幾日一直忙著盯張路生一家，天天過去問自己的銀子到底漲了多少利息了，根本沒顧得上去管她閨女，也壓根兒沒留意到閨女頭上多了一根新簪子。

「秀兒沒瞎說，我也看到那根簪子了。」李氏也做證明人。

「我告訴妳們，等一下辛辛回來若是沒這回事，我饒不了妳們！」林翠娥氣呼呼地說道。

「都別吵了，等人回來一問不就都清楚了？」何月娘瞪了林翠娥一眼，隨後就安排了幾個人一起去東山看看，為啥林姑娘跟褚表姑娘還沒回來？

卻在這時，陳二娃跟林春華從外頭進來了。

一看到他們，何月娘佯裝驚訝。「林姑娘，辛辛呢？她沒跟妳一起回來嗎？」

「嬸子，我……我半道就被表姑娘趕回來了，她說她跟李三哥早就認識，李三哥的飯食她一個人去送就行了，我怕她拎不動食盒，要跟她一起去，她發了火，說我敢跟著她，她就讓李江打死我！我沒法子只好往回走，在路上遇到陳二哥，我們就一起回來了。」

林春華這一番話，把林翠娥說得直接蹦了起來，她手指著林春華，大罵。「妳個賤人敢壞了我閨女的清白，我……我撕爛妳的嘴！」

說著，她就要撲過來，卻被陳二娃給擋住了。

「表姨，林姑娘沒亂說，我見表妹拎著食盒很吃力，就想去幫她送，可是，她不肯，非要自己去送，我沒法子，只好隨了她。」

這一番解釋，還不如不說呢，誰都聽得出來，這褚辛辛非要一個人去送飯的原因，無非就是為了李江唄。山上的人都下來吃席面了，小院裡只有李江，這孤男寡女的同處一室，嘖嘖，能發生點啥，不用猜也知道了。

「不……不可能！辛辛絕對不會對那個李江有什麼想法！」

林翠娥氣得大喊大叫。

但她再怎麼扯著嗓子替褚辛辛爭辯，一切都已經無法挽回了。

很快，去東山找褚辛辛的幾個人回來了，他們沒空著手回來，幾個人抬著一塊門板到了院裡。

板上躺著的正是褚辛辛，她頭髮凌亂，神情亢奮，就是被人捆綁在木板上，她也在使勁扭動著身體，嘴裡不住地發出淫穢的浪聲來。

即便她身上被人蓋了一床薄毯子，但也能清晰地看得到她是衣衫不整的，甚至領口處都被撕裂了，一看就是之前狀況慘烈，她跟人瘋狂地顛鸞倒鳳過。

眾人驚呆。

林翠娥出來，鬼哭狼嚎地就撲在褚辛辛身上，話中意有所指。「閨女啊，娘的心肝肉啊，妳……妳這是怎麼啦？是不是誰陷害妳？妳跟娘說，娘把她給撕碎了……」

「我……我要……我還要……快……快給我……」

哪知道，她閨女回應她的卻是一疊聲的淫詞浪語，直把林翠娥給嚇得，忙用手捂住了她的嘴，同時喊叫旁人。「你們還愣著做啥？快點把她抬進屋啊！」

她本就不是個會說話的，這會兒又氣急敗壞，那語氣直接就是命令，眾人你看我，我看你，最後都集中注意力看笑話似的看著她，那意思很明顯是：妳以為妳是誰啊？妳讓我們做啥我們就做啥？左右丟人的是妳閨女，干我們屁事？

林翠娥險些被氣得背過氣去。

但她又無計可施，只好自己去解捆住褚辛辛的身上的繩子，想要把她抱回屋。

「我勸妳還是別解開她，她這個時候正在興頭上，繩子一旦解開了，這滿院子的老爺們可禁不住她禍害！」

把褚辛辛從山上抬下來的劉魁不屑地撇撇嘴，小聲跟旁邊的人道：「嘖嘖，你們是沒瞧見，剛才我們去了小院，屋門大敞著，她跟那李江兩人都從竹床上折騰到地上了，那戰況不可謂不激烈啊！看得我們都不得不豎起大拇指佩服這一對狗男女！」

「不對，這事不對！姓何的，妳先前說了，去山上送飯的除了辛辛，還有林春華，現在我閨女出事了，林春華怎麼沒事？這事一定是她暗中和李江合謀陷害我閨女的。我可憐的辛辛啊，就這樣被林春華那個小賤人毀了，我要去告她，還有妳何氏，妳也是算計我閨女的人，我不會善罷甘休的！」

林翠娥豎著眉，瞪著眼，大聲謾罵。

「妳可真會倒打一耙。妳閨女跟李江有私情，關林姑娘什麼事？我原本只是讓林姑娘一個人去送飯，是緒辛辛非要去，妳不會想說妳閨女這是和我們合夥害她自己吧？」

何月娘這話得到了在場幾個人的贊同，他們的確聽到是緒辛辛積極地自己要求去東山的。

「你們這是串通好了，欺負我們娘兒倆！」林翠娥氣急敗壞地嚷嚷。

「我要是妳就先顧好自己的閨女，少在這裡血口噴人！而且我們也沒時間聽妳嘰嘰喳喳，今天是我家二娃跟林姑娘訂親的日子。」

說到這裡何月娘笑著跟大家說：「二娃跟林姑娘情投意合，他們都是好孩子，我也心疼這兩個孩子，他們都在過日子的過程中受了苦，可他們都沒放棄做一個好人，我很欣慰，所以今天請大家來就是為了向大家宣布我們陳家馬上就要娶親辦喜事了，到時候還請大家都來捧場吃喜酒！」

眾人這才明白，今日哪是何月娘的生辰宴，而是陳二娃和林春華的訂親宴。

於是他們紛紛向何月娘表示祝賀。

也就在這時候林春華和陳二娃一起走進院裡，陳二娃的手裡拎著一個包袱，包袱打開，裡頭是一套布料普通但做工精細的衣裳。

林春華說：「嬸子，這個是我為您做的，謝謝您了！」

何月娘接過衣裳，眉開眼笑。「無功不受祿呀，為啥原因謝我呢？」

這就是明知故問，林春華的臉登時紅透了。

「娘，春華的意思是，謝謝您促成了我們的事。她不好意思。」您就別追根究柢的問了呀！陳二娃見林春華窘迫，忙幫著解釋，還朝著何月娘直眨眼睛，那意思分明是：您別嚇著她呀。

這就心疼媳婦了？

何月娘忍住笑，故意板著臉。「老話說娶了媳婦忘了娘，你這還沒娶呢！」

陳二娃見何月娘生氣，嚇壞了，忙著解釋。「娘，我沒有……」

「沒有什麼？你明擺著不幫我說話了。」何月娘看著陳二娃急著跟自己解釋，又怕林春華生氣的樣子，覺得好笑，她使勁憋著不笑，但眼神卻落在林春華的身上。

林春華面色緋紅，很羞澀，可看到陳二娃窘迫，忙低著頭訥訥道：「您別氣惱，以後我會和陳二哥一起孝順您的。」

「妳的意思，我這不單單是娶了個兒媳婦，而且又多了個閨女？」何月娘笑了。

「嗯，打今兒起，嬸子就……就是我的親娘。」

這話一說，林春華的頭低得更低了。

訂親宴辦得自然是不錯的，村裡很多人都說，林春華姊妹仨是苦盡甘來了，畢竟誰都知道陳二娃的為人，他雖然和離過劉氏，但那都是劉氏作妖作的。

入夜，陳大年又飄飄悠悠從角落裡現身。

何月娘在等著他。

「把褚辛辛和李江算計到一起的是你吧？不是說好了嚇唬嚇唬她就行了，如今褚辛辛那樣子，林翠娥鬧著要去告狀，你說怎麼辦？」何月娘沒好氣地瞪了他一眼。

「她不怕滿世界的人都知道她閨女沒了名節，她就去告啊！」陳大年咬牙，如果他有牙的話。「想算計我兒子喜歡的女子，他們是當老子不存在嗎？」

何月娘白了他一眼，那意思是：你存在嗎？

死鬼陳大年訕訕道：「我就算只剩下一魂二魄那也是娃兒們的爹。現在我的準兒媳有劫難，我不可能不管。」

何月娘癟癟嘴。「那好啊，娃兒們的爹，你說吧現在怎麼辦？林翠娥對天發誓，褚辛辛是在陳家吃苦的，所以她們這輩子都不走了，吃定陳家！」

「她想得美！」陳大年跳腳。

連著三天，林翠娥都作了同樣一個夢，夢裡她男人褚大渾身都是血，被人按在臭水溝裡，眼看就要被嗆死了。

林翠娥驚呼著醒了，發現自己身上的衣裳都被汗水浸濕了。

連著三天都作同樣一個夢，林翠娥坐不住了。

早上起來，她揪住李氏破口大罵。「是妳家的人禍害了我閨女，這筆帳怎麼算？」

李氏是個老實的，本就覺得三哥李江跟褚辛辛滾了床，很是缺理，如今再被林翠娥質問咒罵，她一下子沒了底氣，怯生生地問：「表姨，是……是我三哥不對，我也不知道他怎麼就做出這樣的事了。」

「一句妳不知道事情就完了？我告訴妳，沒完！我要去告你們……」

林翠娥的話還沒說完，陳大娃就黑著臉進來，高大的身軀把李氏擋在身後。「李氏是我陳家的人，李江的事情和陳家無關，妳想告李江趕緊去，別在陳家叫囂！」

這話把林翠娥氣個半死，她指著陳大娃罵。「臭小子，我可是你們的親姨娘，你……你敢忤逆我，我……」

「我娃兒忤逆妳？虧妳說得出來！妳算什麼東西？跑到我們陳家擺譜？妳閨女跟李江在山上做出了醜事，妳一個當娘的不嫌丟人，還到處嚷嚷，我也是服了妳的臉皮了。不過我警告妳，這裡是陳家，妳想撒潑得先過我這關。」說著何月娘冷著臉怒視林翠娥。

林翠娥被何月娘的眼刀子嚇得一哆嗦。何月娘是什麼人物她可清楚。那是雙拳打死大蟲的主兒，她林翠娥骨頭再硬也硬不過野獸啊！

「哎喲喲，我可怎麼辦啊？閨女被人欺負了，卻沒個地方說理，我……我不活了，你們都別攔著，我今天就死給你們看！」說著她身體往後一弓，做出要撞牆的姿勢來。

何月娘一扯李氏。「都退後，別耽誤她投胎。」

林翠娥呆住，憤懣地看向何月娘。「妳……妳……」她想說我這還沒死呢，妳就盼著我投胎？

良久，她忽然雙手捂臉，低低地哭了起來。「我可怎麼辦啊，她爹還在那個混蛋手裡救不出，閨女又這樣，我……我是真沒活路了啊！」

「李江，既然你來都來了，就沒膽子進來嗎？」何月娘沈聲對著外頭喊了一嗓子。

一個唯唯諾諾的身影從院門後走了進來。

「好啊，你個缺德的，你還敢來！」林翠娥一見李江，怒不可遏，也顧不得哭了，跳起來就衝向他去，先是在他臉上撓了兩下，李江的臉上頓時出現幾條血痕，但他卻不敢反抗，低著頭任憑林翠娥在他身上又掐又擰又甩耳光的招呼。

李氏看得眼圈泛紅，想要去勸說，但被陳大娃拽住，低聲勸道：「他犯的錯，他必須自己承擔後果，誰也幫不了他。」

李氏只能扭過頭，不去看李江被林翠娥搓揉，後來乾脆回房了。

「妳夠了吧？」眼見著李江身上被林翠娥抓撓得沒幾塊好肉的時候，何月娘冷冷說道：「事情的起因是妳那好閨女因妒忌想害林姑娘，她利用李江對她的好感，讓他買來迷魂散，若不是二娃心裡有林姑娘，那天跟去山上把林姑娘半道截回來，那被李江這混蛋禍害的人就是無辜的林姑娘了！所以……」

何月娘冷冰冰看了林翠娥一眼。「妳閨女這是咎由自取，害人不成反害己！」

「不可能！我閨女那麼善良做不出這樣的事！妳……妳誣衊好人！」

林翠娥怒斥李江。「是你，一定是你對姓林的起了壞心眼，我閨女好心給你送飯，你把她當成了林春華，這才害了我閨女，對不對？」

「嬸子，我心裡只有表姑娘一個人啊！怎麼會對別的女子動心？我……我看表姑娘被林春華氣哭了，就答應幫她買迷魂散，可是我也不知道為什麼最後我會和表姑娘在一起了啊！不過，您放心，我心悅表姑娘，一定會對她負責的。」

「我呸呸呸！你個不要臉的窮光蛋，你還敢肖想我閨女？我閨女美若天仙，那是要嫁入矜貴人家做當家女主的，就你這樣的給我閨女提鞋都不夠！」林翠娥又欲上前撕打李江。

「妳打死他吧，他償命了，妳閨女就只能進勾欄院了。」何月娘這話止住了林翠娥。

她猛然間醒悟過來，她閨女已經失身了，即便再美若天仙，哪家高門大戶的公子會娶她回家做正頭娘子啊？

一陣頭重腳輕的眩暈，林翠娥一個趔趄差點摔倒。

又過了好一會兒，她才低低地哭了起來，哭訴她命苦，嫁了個男人是個賭鬼，成天不著家，惹了禍事還得她們娘兒倆替他奔波，又哭訴她閨女命途多舛，好端端的有錢貴婦命，怎麼就變成這樣了？

撲通一聲，李江跪倒在地。「嬸子，我李江雖然現在沒錢，配不上表姑娘，但我會盡力賺錢，給表姑娘好日子過，求您答應我娶了她吧！求您了！」

李江砰砰地給林翠娥磕頭，很快額頭就見血了，但他全然不顧，就好像流血的額頭不是他的一樣。

「哼！想娶我閨女，也不是不成！」林翠娥瞪著李江，從牙縫裡擠出來幾個字。

「嬸子，真的嗎？有什麼條件，您儘管提。」

李江還沒蠢笨到家，知道想要林翠娥答應嫁女，他是必要失血的。

李家沒錢，但陳家有錢，他妹子是陳家長媳，她不會眼看著自己娶不上媳婦的。

「拿一百兩銀子來，我就把辛辛嫁給你！」林翠娥獅子大開口。

李江怔了怔，下意識地摸了摸口袋，他的口袋裡還有十文錢，在陳家幹了兩個月，發的銀子他給褚辛辛買了手鐲，只剩下十文了。

從十文錢到一百兩銀子，這個差距大得不是一星半點兒。

何月娘噗哧就笑出了聲。「林翠娥，妳怎麼不去搶呢？」

一百兩銀子娶妳閨女？妳當妳閨女是九天下凡的仙女嗎？

「妹子，妳出來，三哥跟妳說點事啊！」

李江回過神來，開始喊李氏。

東廂房裡沒回應。

「妹子，妳可是我的親妹子，妳就眼睜睜看著妳三哥我娶不上媳婦嗎？妹子，我是要給咱們李家傳宗接代的呀！妳……妳就算不待見三哥，那妳也得對得起祖宗啊！」李江喊著。

還在外頭的陳大娃氣得都要過去搧他幾巴掌了。怎麼，你們李家開不了枝，散不了葉，還怪我家娘子了？我呸呸！臭不要臉的，虧你說得出口！

「妹夫，你不會見死不救吧？」見妹妹不答，李江又朝著陳大娃走來了。

陳大娃冷笑。「怎麼會？你不是要去見你李家的祖宗？我會親手送你上路的。」

「你……好你個陳大娃，你這是娶了李家的閨女就翻臉不認人？我們李家的閨女可是矜貴的，你想要繼續跟我妹子過日子，就拿一百兩銀子出來，不然我這就把我妹子帶走，讓你陳大娃打一輩子的光棍。」

李江暴跳如雷，一通咒罵，正鬧騰得歡，就聽一個蒼老低沈的聲音道：「你給老子閉嘴！」

李江訝異，扭頭一看，就見從院門外走進來幾個人，帶頭的是一個上了年紀的老漢，他看著老漢鐵青的臉色，不由得渾身一哆嗦，當即怯怯地喊了一聲。「爹！」

「你個孽障，別叫我爹，我沒你這樣的逆子！」

李大三步併作兩步到了近前，抬手就給了李江兩耳光。「丟人的混帳東西，你自己做的齷齪事，還想拖累你妹妹，老子今天就打死你，也省得你給你妹子添堵！」

說完，就又是一通拳打腳踢，何月娘見他打得拳頭都紅了，還讓陳大娃給他遞了根藤條，直把李江打得抱頭在地上翻滾。

李大打累了，氣喘吁吁地把手裡的藤條丟了。

「把這個孽障拖回去，老子回去繼續打！」李壯和二弟李青一起過去把李江扶了起來，兩人一左一右將他挾持在中間，準備離開。

「站住！」林翠娥大喊一聲。「你們想推卸責任，撒手不管了？」

「責任？妳覺得我們家這逆子有責任嗎？妳那閨女被抬回來的時候，嘴裡還是淫詞浪語呢，讓人不得不猜想，是她勾引了我兒子，我兒子這才做出了錯事，真論起責任來，我們倒是要追究妳閨女，害了我兒子呢！」

李大一看就是個種地的農夫，但沒想到話都說在點上，把林翠娥給噎得一愣一愣的。

「走！」李大對著何月娘抱拳，道：「親家，是我沒教好這個混帳東西，給妳添堵了，過幾天，我再來給妳賠不是！」

「親家說的哪裡話？咱們是親戚，用不著那麼生分，不過，我倒是覺得這事有點蹊蹺，哪個男人架得住女人的誘惑呢？」

何月娘話說出來，林翠娥氣白了臉，李大卻很感激地道：「成，我們先回了。」

「不行，你們不能走！」林翠娥幾步追上前，一把揪住了李大的衣裳。「我閨女本來是可以嫁入侯門的，現在就因為你兒子欺辱了我閨女，讓她不能再嫁個好人家了，你兒子這是耽誤了我閨女一輩子，這筆帳怎麼算？」

「妳還好意思跟我算帳？我倒要問問妳，妳閨女誘惑我兒子，害得他以後娶不上媳婦了，妳閨女耽誤了我們李家開枝散葉，這筆帳又怎麼算？」李大一把甩開林翠娥，指著她的腦門破口大罵。「妳等著，我回去找個明白人算算，妳閨女坑我兒子不能生兒子，要賠付多少銀子。回頭我就去妳家要銀子，你們在家好好等著！」

李大說完，又要帶著兒子們走。

「你……你們欺人太甚！」林翠娥跳腳大罵。

「欺人太甚？那也得妳是人啊！」

李大這話把林翠娥給氣了個倒仰。她手指著李大，哆嗦了半天，一句話也沒說出來。

「李三哥，你……你就真的忍心這樣對我嗎？我沒活路了，只能跳井了啊！」

倏然，褚辛辛從屋裡出來，哭唧唧道。

「辛辛……」李江看到褚辛辛哭，他捨不得了，撲通跪在李大跟前。「爹，您就答應讓我娶了辛辛吧，兒子這輩子除了她誰也不娶！」

李大又是啪啪兩耳光甩在李江臉上。「混帳東西，你還敢來威脅老子？你一輩子不娶？好啊，你可別娶，我們家也沒錢給你成親！很快，你二哥跟你四弟都要成親了，有他們，老子還愁沒孫子抱嗎？」

李壯帶著幾個兄弟到陳家幹活，兩、三個月下來，李大手裡也有了積蓄，不多，但仔細點花，還是能應付過去的，長久以來日子也能過得更好。

讓李大更高興的是，有人上門來給老二跟老四作媒了！

親事很快便定下了。李大兩口子商量，離成親還有三個月，讓幾個兒子好好在陳家幹三個月後，工錢都取出來，省著點花，也夠給兩個兒子操持個成親的儀式的。

可沒想到，老三卻在這時出了狀況。

「爹，我也是您的親生兒子，您不能這樣對我！」李江哀號。

「再囉嗦一句，老子打斷你的腿！」

李大冷冰冰地瞪了李江一眼，李江還要再說，卻見老爹左看右看，已經在陳家院子裡找到了一根小孩手臂粗細的木棍撿了起來。

那可跟藤條打在身上不同，他不由得身子一哆嗦，到了嘴邊的話不敢再說了。

李家父子幾個走到門口，林翠娥急得喊了起來。「一百兩銀子你們拿不出來，那就……八十兩，八十兩銀子我閨女就嫁給李江了！」

李家父子腳步未停。

「五十！五十兩銀子，已經是最少了！」林翠娥近乎歇斯底里了。

傳來李大一聲冷哼。「娶妻娶賢，就妳閨女這樣的，值五十兩銀子嗎？」

「三十……那就三十兩銀子，不能再少了啊！」林翠娥咬牙切齒。

李家父子已經出了陳家院門。

「二十兩！二十兩再不成，我們家老頭子就得給人砍死了啊！嗚嗚，我如花似玉的一個閨女難道不值二十兩銀子嗎？」林翠娥惱羞成怒，怒吼起來。

「爹，我求求您了，我這輩子以後賺的錢都交給您，只求您答應吧！」

李江撲通跪在大門口，央求道。

李大狠狠踹了他一腳，直接把他踹出去老遠，但李江不敢喊疼，直接又從地上爬起來，跪爬到李大跟前，苦苦哀求。

「十兩！就十兩銀子，妳們願意這就讓她跟著走，不願意，妳們就去縣衙告狀，把這個不爭氣的抓進大牢裡吧！」李大氣得甩手又給了李江幾耳光。「混帳東西，娶了這樣的女人回去，以後你可別後悔！」

「爹，我不後悔，我絕不後悔，求爹成全！」

李江的臉已經紅腫起來，但他全然不顧，從地上爬起來，跑到褚辛辛跟前，拉著她的手，兩個人一起跪在林翠娥的面前。「嬸子，求您成全，我……我以後賺了錢一定好好孝順您！」

「不成，十兩……」

林翠娥後頭的話還沒說完，李家的幾個兄弟就已經跑過來，強硬地把李江和褚辛辛分開，拖著李江就走。

褚辛辛當即哭起來。「李江……你不能這樣狠心啊！」

眼見著李家人越走越遠，林翠娥氣得跳腳大罵。「什麼東西？十兩銀子想娶我閨女，我閨女再不值錢，也不能就十兩銀子啊！我呸呸呸……你們滾……」

她的罵聲還沒停止，卻見一個女子的身影，從她跟前一閃而過。

她一時有些回不過神來，腦子裡浮出一個問題：這是誰？怎麼穿著跟我閨女一樣的衣裳？

等那女子追上李家父子幾個人，張口便道：「我答應嫁李江，但十兩銀子得給我！」

第二十九章

「辛辛?!」

林翠娥不得不面對現實。是，她的眼珠子沒瞎，她沒看錯，那個趁著她叫罵的時候，追上李家父子的人，的的確確是她的好閨女，褚辛辛。

「爹，答應吧！」李江滿面驚喜，也顧不得臉被打得腫疼，他很費力地對著褚辛辛擠出一抹笑來。「辛辛，妳……」

「十兩銀子是我的，你別妄想！」褚辛辛不屑地瞪了李江一眼。

李江訥訥。「是妳的，都是妳的……」

「成！」

李大自然沒有什麼可說的。褚辛辛馬上就是老三的媳婦，銀子給了她，那也是帶到了李家，總比給了林翠娥那個老虔婆，李家啥都撈不著要強！

「拿來！」褚辛辛對著李大伸出手去。

李大臉上一窘，他上哪兒弄十兩銀子啊！幾個兒子努力攢了兩個月，家裡不過才攢下一兩多銀子。

「爹，這是我娘給您的。」陳大娃跑了過來，遞給李大一個小布包。

布包打開，裡頭是十兩銀子。

「何氏，妳個吃裡扒外的，我才是陳家的親戚，妳怎麼把銀子給了他們啊！」

林翠娥捶胸頓足。

「銀子是我的，我願意給誰就給誰。」

何月娘懶得看她那氣急敗壞的嘴臉，回了一句後，帶著六朵跟大樹回屋了。

「大娃，回去跟你娘說，李家這回多虧了她，多謝她了，銀子以後我們一定還。」李大感激不盡地對陳大娃說道。

這次是何月娘悄悄派了陳四娃去李家莊找來李大，也跟他說過了，要硬氣，別讓林翠娥拿捏了。

李大本來是個較懦弱的性子，但仔細想想，何月娘的話的確是對的，在林翠娥這種女人跟前，越是委曲求全，估計她就越肆無忌憚的囂張，倒不如，硬氣一點，先發制人，直接把她的氣焰打滅。

果然，在李大的強硬之下，林翠娥不但沒攔住閨女嫁李江，還一文錢都沒撈著，這結果對李家來說，可是最好的了。

褚辛辛跟李江在回了李家莊後的第二天，就成親了。成親儀式很簡單，也就請了幾個李家本族的長輩來李家吃了頓酒，做了個見證，褚辛辛就綰髮成了李家婦了。

成親第二天，她鬧情緒，不肯起來和李家大嫂一起做早飯，被李家老太太從床上揪起來，按在地上打了一頓。那之後，她就不敢再耍千金小姐的脾氣，老老實實地早起做飯，幫著李家大嫂一起料理家務了。

陳二娃跟林春華是趕在過年前的十一月成的親。

這一個月裡，成親該走的流程，納采、問名、納吉、納徵、請期、親迎，陳家託了鄰居安家大娘為媒人，把每一步都走了一遍。其中在納征時，一般人家給出的彩禮無非就是雞鴨魚肉，外帶著三、兩吊的壓箱錢，但陳家給出的則是雞鴨魚肉除外，還有六疋布料，一套銀鑲玉的首飾頭面，外加十六兩銀子的壓箱錢。

這份豐厚的彩禮，在方圓百八十里的百姓們中那也是頭一份的。

成親當日，陳家足足請了二十桌客，村裡跟陳家交好的都來了，這且不說，連縣丞王中海也來了，他還捎來了縣令岳大力給的十兩禮金。

這可是整個陳家莊頭一回舉辦婚宴來得最高規格的貴客，一時間，陳家家族族長陳通以及陳家莊里正陳賢彬都來了。

當然，陳賢彬是陳家專門下請帖請來的，陳通呢，則是厚著臉皮，自個兒來的。

但此時，為了巴結縣丞王中海，陳通也顧不得陳家眾人鄙夷的眼光了。

陳二娃成親後第二天，陳家又傳出了好消息。

那天早上，林春華作為新媳婦，是要早早起來給一家人做飯的。

前一天，大嫂李氏就跟她說好了，早上她也會起來幫忙。但直到林春華把早飯都做好了，李氏也沒出屋。

林春華只當大嫂這幾日是因為婚事累著了，所以並沒在意，她和後來起床的三弟妹秀兒一起把早飯端到了桌上，又把幾個小的都叫起來，穿衣洗臉，忙了一會兒後，大家就齊齊整整地坐在飯桌旁等著吃飯了。

這時候，李氏還沒出來。

何月娘皺眉，看看陳大娃。

陳大娃也疑惑不解。「娘，我早上起來就去了河邊，臨走時還叫了她一聲，她倒是沒回應，我只當她是沒醒……」

陳大娃說到這裡臉色已經變了。

「還不快去看看？」

何月娘是瞭解李氏的，李氏不聰慧，但絕對是個踏實肯幹的，尤其今天是二弟妹嫁進陳家頭一天，她不可能睡懶覺，不起來幫忙操持家務。

「娘，李氏發燒了……」不一會兒，陳大娃就急急地跑出來，一臉驚惶。

何月娘倏地站起來。「你還愣著做什麼？快去把陳凡吉請來啊！」

陳凡吉早些年跟著張老大夫當過學徒，醫術是懂一些的，村裡百姓家中若誰得了傷風感冒之類的小病，都會喊陳凡吉過來瞧瞧，畢竟陳家莊離鎮上遠，且張老郎中出診費不便宜。

陳凡吉很快來了。

給李氏把脈之後，笑著跟何月娘說：「大年家的，在下給你們道喜了，李氏並不是病了，她是懷了身孕了！她的發燒的症狀，完全是因為腹中胎兒剛坐胎不久，又趕上你們家辦喜事，她操持得過於辛苦，所以才會有此症狀。這症狀不礙事的，你們等一下去鎮上請我師父張老大夫給開個養胎的藥方，熬了服下就好了。」

懷孕了？

這消息讓陳家人驚喜萬分，尤其是陳大娃，都笑得嘴巴要咧到耳根後了。

他們兩口子自從生下了三寶後，這快兩年了，李氏那肚子一直沒啥動靜。日子過得不好的時候，他們也不盼著有孕，可如今陳家的日子越來越好了，後娘何氏又數次在李氏跟前提及要他們努力再生個男娃，這就把李氏跟陳大娃的心思給說動了。

這段時間，兩人一直都很努力地做造人小遊戲，可無奈李氏的肚子一直沒啥動靜。

如今，終於懷上了，陳大娃怎麼能不高興？

李氏無力地躺在那裡，本來渾身躁熱，情緒怏怏的，一聽到陳凡吉說自己又懷孕了，她的臉上也露出了笑容。

何月娘轉身回了正屋，不一會兒，她又回來，給了李氏五兩銀子。「想吃點啥，就讓大娃去城裡給妳買，別苛待了我的孫子！」

她又遞給陳大娃五兩銀子。「你等一下去張老大夫那裡抓養胎藥，要好的。」

「嗯，娘，我知道了。」

陳大娃笑嘻嘻地接了銀子，礙著眾人都在，不好對娘子表示啥，他抱起了三寶，狠狠在小傢伙的臉上親了一口。「三寶，妳要有弟弟啦！」

「你又怎麼知道是個弟弟？」李氏紅了臉。

「我就知道，這回一定是個兒子！」陳大娃笑了，不過轉而又說：「閨女我也喜歡！」

李氏害羞地低下頭，心裡卻美滋滋的。

秀兒跟陳三娃回了他們屋。

秀兒悶悶不樂地坐在炕邊上，陳三娃想要說句安慰她的話，但想想大哥、大嫂高興的樣子，他自己的心情也變得很壓抑，竟一句話也說不出來了。

他們最初成親時，何月娘是找過秀兒的，跟她說讓他們暫時別要孩子。

至於原因，何月娘並沒有說。

秀兒曾悄悄問過三娃。「娘是不是不喜歡我，所以也連帶著不喜歡我生的孩子？」

陳三娃安慰她說：「不可能，娘若是不喜歡妳，就不會把妳從妳養母那裡救出來了，妳忘啦，當時陳家日子可不如現在，娘還是為了妳拿出了十兩銀子的彩禮。」

秀兒想想也是。

可為啥娘不讓他們要孩子呢？別人家的婆婆不都催著媳婦懷孩子嗎？

「這是怎麼了？一個個跟霜打了的茄子似的？」

簾子一掀，何月娘走了進來。

「娘……」秀兒忙站起來，把何月娘請到了炕上坐下。

「三娃，你跟你大哥去趟城裡抓藥，順便去皮貨店瞧瞧你四弟，給他帶點吃的去。」

「嗯，知道了。」陳三娃偷瞄了一眼秀兒，應聲出去了。

「秀兒，娘讓妳暫時別跟三娃要孩子，不是娘不想妳給陳家開枝散葉，是因為三娃的病剛見好，妳呢，年紀也小，一旦懷上了，怕對妳，對三娃，對孩子都不好，妳明白嗎？」

何月娘說著，遞給秀兒一個紙包。「這是一副滋補女人身體的藥，一個週期是三月，這幾個月的藥妳吃完了，咱們再找張老郎中把把脈，看妳的身體適合不適合要孩子了，郎中若是說沒問題了，那咱們立刻就要！」

「娘，我……我不是因為……」秀兒的臉紅成了柿子。

「瞧妳那嘴噘得都能掛油瓶子了，還說不是因為孩子？」何月娘笑道。

「娘……」秀兒更不好意思了。

「好了，別胡思亂想，娘可稀罕孩子呢，也希望你們每一房都能多多給陳家誕下子嗣，到那時，老娘我也享受享受兒孫繞膝的好日子！」

李氏懷孕的事，很快就傳到了李家。

李家老倆口急忙趕來探望，李大親自去河裡打了兩條活蹦亂跳的鯉魚帶來了，說是熬魚給李氏補身子。

何月娘笑著說：「親家，你這鯉魚啊，現在李氏是不能吃的。」

「為啥不能吃？我那閨女打小就喜歡吃魚的。」李大不解。

「她啊現在害喜，吃點旁的還好說，只要聞到了魚腥味，那是非吐個天翻地覆不可，我們家裡為了讓她能安安生生地吃點東西，已經多日沒見魚腥了。」何月娘笑著解釋。

「閨女這一胎跟上兩回生大寶、三寶可不一樣，那兩回閨女可是沒啥害喜，吃啥都成的。」李氏的母親娘家姓江，李江氏說著，眉眼裡就有了喜色。

「那咱閨女這一胎恐怕得是男娃了！」李大驚喜地道。

「爹，娘，您們可別胡猜，萬一……」

李氏忙制止她爹娘，怕萬一這一胎又是個女娃，婆婆何氏該不高興了。

「管他是男娃、女娃，是我們陳家的娃兒都高興！」何月娘一句話給李氏吃了定心丸。

「大嫂，吃碗雞蛋羹吧，這裡頭加了張老大夫開的滋補品，妳趁熱吃了，對娃兒有好處呢！」秀兒笑盈盈地端來了雞蛋羹。

「憑什麼啊？都是懷孕，別人吃雞蛋羹、吃補品，我就只能吃蘿蔔、吃大蔥？娘，我也要吃補品，我身子骨兒也弱。」

悄悄地站在窗外偷聽的褚辛辛，扯著林翠娥的衣袖撒嬌。

「妳想吃雞蛋羹，跟妳公婆去要啊！妳個不值錢的騷蹄子，十兩銀子就把自己賤賣了，現在後悔了？晚了！」

林翠娥氣呼呼地甩開褚辛辛的手，氣急敗壞地罵。「那十兩銀子呢？妳拿給我，老娘給妳買補品去。」

「沒了。」褚辛辛想都沒想就道。

「啥？沒了？哎喲喂，妳個沒出息的貨，妳這是人嫁過去，心也給李江了？十兩銀子都給他了啊？妳……妳可氣死我了！滾，滾，滾，只當我沒生過妳！」

說完，林翠娥氣呼呼地走了。她要去張路生家好好算一算，這些日子，她那本錢在張家得了多少利息了。

「嗚嗚，我好命苦啊！嫁個男人沒出息，懷了身孕，想吃點好的都沒有。」

褚辛辛在院子裡嗚嗚地哭起來。屋裡，李家老倆口一臉窘迫。

李江氏說：「親家，讓妳看笑話了，這個褚氏就是個不消停的，仗著懷了身孕好吃懶做，成天指使作踐她大嫂，我那大兒媳婦是個老實的，被她搓揉得都瘦了好幾斤。我們老倆口原想著出門把她帶出來，也好讓大兒媳婦歇歇，誰想到，來了這裡，她還不消停，真是攪家精啊！走，老頭子，咱們走。」

「娘，我現在不餓，要不……」

李氏捨不得她爹娘剛來就要走，忙央求地看向何月娘。

何月娘沈下臉。「妳不餓，我孫子還餓呢！讓妳吃妳就吃妳的，操什麼閒心？」

一時，李大兩口子的臉色也不太好看，他們倒不是生氣何氏說這話，只是覺得他們來沒給閨女帶點啥好的，卻還惹得親家生氣，連累了閨女。

這都怪褚氏！

李老太太暗暗磨了磨牙，心道：看起來回去還得好好收拾收拾褚氏，她仗著肚子裡有貨，越來越猖狂了，可不能由著她，讓她肆意妄為！

「秀兒，妳再去蒸一碗雞蛋羹，堵上外頭那張嘴。」何氏說著，又拉住李老太太。「親家，你們忙裡偷閒來一趟也不容易，晌午別走了，讓春華跟秀兒做點好吃的，把李壯他們也叫過來，咱們兩家人湊在一起好好熱鬧熱鬧！」

「那可太麻煩了！」

李老太太瞅了一眼外頭要求得逞的褚辛辛，她正得意洋洋地囑咐秀兒。「給我蒸的雞蛋羹裡要加香油哦，對了，最好再撒點小蝦米，那才更嫩、更鮮美呢！」

「沒有。」秀兒給了她一個大大的白眼。

要飯吃還挑三揀四的，妳哪兒來的大臉？

吃過午飯，李家老倆口要走，褚辛辛卻說啥都不想走了。

「我要跟我娘住幾天，我想我娘了。娘，您也挺想我的，對不？」

我想妳？臭丫頭，銀子都給妳男人了，您現在知道想我了？老娘可懶得想妳。

不過，林翠娥終究還是褚辛辛的娘，知道她閨女這是在李家受苦了，想賴在陳家吃點好的，當下就點頭道：「嗯，是呢，我年紀大了，身邊沒個人照顧，還真是不方便！」

啥？娘，我都這樣了，您還要我照顧妳？您是我親娘嗎？

褚辛辛不滿地腹誹，但嘴上卻不敢跟她娘強，只一個勁兒地點頭。「嗯，娘，我真的很想多孝順孝順您，不然等您沒了，我後悔都來不及呢！」

這話險些把林翠娥給氣死。臭丫頭，妳這是咒我呢?!

娘兒倆正大眼瞪小眼呢，卻聽陳大娃說話了。「不成！表妹，妳不能留在我們家。」

這話一說，所有人都看向陳大娃。

褚辛辛是惱怒，林翠娥是驚疑，何月娘則是一臉的玩味。

她對著自家大娃笑笑說：「說說看，為啥你表妹不能留在咱們家呀？」

她本來就想直接拒絕褚辛辛，只是她還沒來得及張口，陳大娃就把話給接過去了。

「我們家裡正在忙著建大屋，山上還在忙著種地，晌午二弟妹跟三弟妹都要忙著做飯，我家娘子這會兒剛懷了身孕，張老大夫說了，頭三月是很要緊的，不能動氣，不能累著，得好好靜養。所以，我們家裡已經有個需要照顧的孕婦了，表妹就不能留下，不然，攪鬧了我家娘子，我絕不答應！」

這話說得一點客氣都沒有，直截了當，連個迴旋的餘地都沒給褚辛辛。

「大表哥，你怎麼這樣狠心啊？我可是你唯一的親表妹啊！我……我還是你舅子哥的娘子，你看在哪一頭的分上都不能這樣無情啊？嗚嗚，娘，我不管，我就要留下，我不想再回……」

褚辛辛話沒說完，手腕已經被李老太太狠狠地攥住了，老太太也是個面黑心冷的，她冷冷地對褚辛辛說道：「褚氏，有些話妳想好了再說。」

「我……」褚辛辛立時就被李老太太眼底那明晃晃的威脅給鎮住了。

她現在已然是李家婦，就是真的能在陳家住下，但總歸還是要回李家的，如果這回她任性地忤逆了李家老倆口，把老倆口氣走了，等有一日她回到李家，不知道要怎麼被打被罵呢！

想想新婚第二天她就被婆婆暴打了一頓，她男人當時想要勸架的，但是被老爺子狠狠甩了幾巴掌，又往他心口上踹了一腳，直接踹暈過去了，然後小倆口就被人抬回了屋。天黑時，他們才悠悠醒轉，結果呢，李老太太又來了命令，不許任何人給他們兩口子留飯，說：「給不肖子孫吃飯都是浪費！」

想及此，褚辛辛怕了。

把李家老倆口送走後，何月娘召集起家裡剩下的四個娃兒開了個會，陳四娃在皮貨鋪裡當學徒，晚上是留宿的。

這個會上，何月娘重點表揚了陳大娃。

「大娃，今天做得好！以後都要像今天這樣，只要是有損害你娘子、孩子的事情和人，你都要毫不客氣地反擊，管她是誰呢！誰都大不過你的家人。這一兩銀子呢，是獎勵給你的，好好表現，以後呢，這個家終歸是要交給你們大房掌管的，你作為未來的一家之主，忠厚老實是不錯，但手段強硬，腦子靈活，也是必須！」

「嗯，知道了，娘！」

陳大娃喜孜孜地接過了一兩銀子，腦子裡已經盤算著，明天去碼頭拉腳的空檔，要在城裡給李氏買個珠花戴戴。李氏嫁進陳家這些年，吃苦耐勞的，從來沒跟他提什麼要求，這回要給他生娃兒，家裡也有條件了，他可得好好地待她。

「你們幾個也都給我記住了，以後都要像你們大哥這樣，護著家裡人，不讓任何人欺負他們，只要你們做到了，娘這裡就有獎勵。」

何月娘的話讓陳二娃他們幾個齊齊地點頭應下了。

夜裡，幾個已婚的陳家娃兒回各自屋裡，把何月娘的話分別跟自己娘子說了。

陳家的兒媳婦們個個都流下了感激的淚水。「婆婆對我們真是太好了，我這輩子，不，下輩子也要好好孝順娘！」

第二天早上起來，何月娘正在給六朵梳小辮，林翠娥探頭探腦地撩開簾子，往裡看。

何月娘懶得看她，不看也知道她來就沒啥好事。

「那個……」林翠娥見人家不理她，她待了一會兒，只好厚著臉皮進來，訥訥道：「那個後表妹啊，我有點事想問問妳……」

「不知道。」

何月娘手上忙著把一根紅頭繩纏繞在六朵的辮梢上，嘴裡回了她一句。

「我都沒說啥事，妳就說不知道？」林翠娥不滿地瞪了何月娘一眼。

「妳除了張家的事，還能問啥？」何月娘一句話戳破她的小心思。

林翠娥一怔，但轉而就又擠出一臉的笑來，道：「怪不得我那表妹夫臨死非要娶妳過門呢，瞧妳這聰明勁兒，真是上天……」

「打住，沒事妳可以出去了。」

六朵的小辮子梳完了，她從何月娘的跟前站起來，扭頭看林翠娥。

「表姨，我從來沒見著進了我奶奶家裡的錢能再出來的。上回我們家的兩隻母雞丟了，我娘找遍了全村，後來在我奶奶家找到了，我奶奶非要留下，我娘央求了半天，求她把母雞還給我們，那時候我三哥病重，需要吃雞蛋，後來好說歹說，里正爺爺都去了，我奶奶才答應還給我們一隻母雞，就這還得等母雞把肚子裡的雞蛋下出來，她才肯把母雞還給我們呢！」

「那……妳說得也不對，妳奶奶她這不是還了一隻母雞給你們嗎？妳怎麼說進了妳奶奶家裡的錢就吐不出來了呢？」林翠娥找出了六朵話裡的漏洞。

六朵看看她，眼神頗為同情，那意思是：妳怎麼那麼天真可憐呢？

「沒出三天，我奶奶就趁著我爹娘出去幹活，來把剩下的幾隻母雞都搶走了。我爹娘回來後去他們家要，他們家的院門關了三天三夜都沒開。」

啊？這……還搭上了剩下的幾隻？

林翠娥瞠目結舌。

「出去吧，還留在這裡幹啥？」何月娘沒好氣地道。

「妳還沒回答我呢！」林翠娥死乞白賴地道。

「我閨女不都告訴妳了嗎？說得那麼明白，妳聽不明白啊？」

何月娘說著，把她推了出去。

院子裡，林翠娥呆立了一會兒，又嘟嘟囔囔道：「往張家送錢的也不止我一個人，有的人還把兒子娶媳婦、蓋房的錢都送去漲利息了，我那點錢不……不算啥的，錢多的人不焦急，我……我焦急啥？反正……反正她不敢不還我們本錢吧？」

傍晚陳大娃回來，氣呼呼的說了一件事。

他今天在碼頭上接了個拉大米的活，整整一船的大米都是送往城裡醉香樓的。

這醉香樓可是城裡最大的青樓，南來北往到了這裡的富商老闆沒有不去醉香樓逛逛的，有些呢，逛著逛著就把千金萬銀留在醉香樓了。

那是人人皆知的銷金窟，往常陳大娃這種老實漢子經過那裡時都是繞著道走的，免得被門口那些拉客的青樓女子們扯住了往醉香樓拽。

今天送米，陳大娃不得不去了醉香樓。

他們卸貨都是走醉香樓的後門，有兩個小夥計從裡頭出來，要陳大娃把米袋子往裡搬，多數米都搬去了倉庫，只有最後兩袋子，小夥計讓他搬去前頭的廚房。

陳大娃扛著米袋子，穿過幾道月亮門，經過一處長長的迴廊，眼見著就到了廚房了。

卻在這時，一個人從迴廊一邊的一個屋裡搖搖晃晃地走了出來，邊走還邊在說：「小美人，妳等……等老子一會兒，老子去……去方便方便，回來……好好親親妳那小嘴，親……親一回十兩銀子……不、不貴，老子有得是……錢……」

這人說話的聲音很耳熟，陳大娃下意識地扭頭去看，就見果真認識那人，是他那同祖母異祖父的二叔張波！

第三十章

此時的張波滿嘴噴著酒氣，走路亂晃，身上穿綢裹緞的，但褲帶鬆了，衣領子解開了，就是那臉上也塗抹了一塊又一塊的胭脂紅，一看就是剛從哪個女人的溫柔鄉裡出來的。

他見陳大娃站在旁邊看他，很是凶狠地罵了句。「滾開，你個……臭要飯的，老子……老子有得錢……」

陳大娃氣得差點把肩上的米袋子丟他腦袋上。但想想，這裡是醉香樓，張家跟他們陳家也不親，就歇了教訓張波的心思，扛著袋子去廚房了。

回來的路上，那小夥計喋喋不休地跟他說：「這個張波，以前就來過醉香樓，不過，那時候他是跟著狐朋狗友來的，多數都是白嫖，花的都是他那些朋友的錢，被那些朋友罵，說他是不要臉的貨！但這段時間，不知道他是不是發了大財，來醉香樓同樣是一幫一夥的，不過都是他花錢，花錢如流水般，似乎真的是陡然富貴了。」

「哦？」

「陳大哥，你說說，這種德行的男人也能暴富，老天爺真是不長眼啊！」小夥計搖著頭走遠了。

「娘，您說，張波哪來的錢這樣浪費啊？」

陳大娃想了一路都沒想明白，看張家最近也沒做什麼大的營生啊，只是跟他們陳家對著幹，也在河邊蓋大屋，不過，他們的大屋蓋蓋停停的，好像也不是太積極，再說了，蓋大屋得往裡投錢，也不是賺錢啊，張波手裡那錢到底怎麼來的？

「哈哈，我就說呀，人家張家有錢，絕不會賴帳的，瞅瞅人家兒子過得這是富家公子的日子，他們家若是沒錢，張波能逛窯子嗎？哼，今天還有人跟我說張家怎麼怎麼不成，要我把錢趕緊拿回來呢！我看啊，你們就是怕我賺多了，眼熱！」

何月娘還沒回應陳大娃，林翠娥先一臉得意地說上了，這明裡暗裡地還數落何月娘羨慕嫉妒她往張家投錢賺利息。

陳六朵雖然人小，不過，從小就是個小人精，林翠娥話裡那指桑罵槐的，她也聽出來了，小姑娘眨巴眨巴眼睛，朝著她娘搖搖頭。「娘，六朵越來越覺得您說的那話太對了。」

看她故作老成的樣子，何月娘沒忍住笑，問：「啥話？」

「好心沒好報！」小姑娘邊說還邊對林翠娥翻白眼。「表姨，以後您哭的時候，可別來找我娘，我娘懶得笑話您！」

「妳……妳這孩子怎麼跟長輩說話呢？妳咒我倒楣，我打妳……」

林翠娥想要脫鞋拿鞋底打六朵，陳家幾個娃兒齊齊地站起來，瞪著她。

林翠娥一陣膽寒，跟幾個陳家娃兒大眼瞪小眼，瞪了須臾，狠狠把鞋子穿上。「我……我懶得跟你們這幫見不得旁人好的小人計較，我……我去張家。」

半個時辰後，陳大娃都要給院門上鎖了，林翠娥興沖沖地回來，手裡拿著幾顆荔枝。

「你們瞅瞅，這是啥？人家親家婆說，這東西叫荔枝，那是江南那邊的東西，都是宮裡娘娘們才吃得到的好東西，人家張家卻能吃得上，你們說說，就看人家張家這吃的用的，怎麼能賴帳呢？哼，我反正是認定張家了，我一個老婆子沒閨女疼，男人也靠不上，我也就靠著這點小錢放張家漲漲利息存活了，我……我容易嗎我？」

看著她一臉滿足地捧著幾顆荔枝進屋了，陳大娃在後頭直搖頭。「娘，您說，表姨怎麼就不明白，張家沒啥來錢的路子，這花的說不定都是她投到張家的本錢，張家越是大手大腳地花錢，那他們的本錢不就越回不來嗎？」

何月娘看看自家大娃兒，讚許地點頭。「嗯，大娃，到底是又要當爹的人了，腦子靈泛不少啊！你要記住了，你能想到的，你這位表姨平常也能想到，不過，現在她的貪心暴漲，蒙了她的眼，在她眼裡，張家就是財大氣粗的大財主，跟著大財主混，那可不得吃香喝辣的嗎？所以說，人就得不忘初衷，安守本心，才能把日子過得平穩祥和。」

「嗯，娘您說得對。」

陳大娃被表揚了，心裡樂呵呵地給他家後娘施了一禮後，回屋跟自家娘子炫耀自己的靈活小腦袋去了，惹得李氏邊格格地笑著，邊跟肚子裡的小娃兒道，聽聽你爹這得意勁兒，將來，你可得隨你爹，做個腦子靈泛的……

「我兒子，自然是隨我嘍！」陳大娃得意。

「萬一是女兒呢！」

「女兒隨爹，天經地義。」

「啥話都讓你說了。」

「那是，我娘子生的娃兒能錯得了嗎？娘子，親一個。」

東廂房裡傳來一陣惹人臉紅的情話以及李氏低低的笑罵。「你可真是個……胡來的……輕點，別壓著孩子……」

轉眼就入了春，今年日頭格外大，未入夏已經逐漸熱了起來。

何月娘在後面小倉庫裡翻找出幾疋薄棉布，讓秀兒按照花色給家裡每個人都先裁剪出兩身夏天穿的衣裳備著。

李氏現在肚子已經漸漸顯懷了，家務活也不用她做，她卻閒不住，就把這縫衣裳的活接過去了。

何月娘先讓她給陳四娃做了兩身衣裳、兩雙襪子，又從去年冬上李氏就做好的鞋子拿出來一雙，整齊地包在一個包袱裡。趕上趕集的日子，她提著小包袱，帶著六朵一早坐上陳大娃去碼頭拉腳的馬車，去了鎮上。

老遠，皮貨店的老馬就瞅見何月娘了。

他忙忙地進了鋪子，直奔後院。

後院中，陳四娃已經在那裡跪了一個多時辰了。

「四娃，起來，快起來！」老馬去扯陳四娃。

陳四娃仰頭看他，臉色不好看，但眼神卻是堅定的。「師父，那張麃子皮不是我給弄壞的，我昨天真的沒有擺弄那張麃子皮，我在學著調染色劑啊！」

老馬的臉色沉了一沉，眼底的光冷了幾分，但還是硬把陳四娃從地上拽了起來。「這事以後再說！」

他的話音剛落，就聽到前頭馬二苟很刻意地大聲喊：「師父，陳家嬸子來了。哎喲喲，陳家嬸子，大熱天的，您怎麼來了？快，先坐下，我給您倒杯涼茶，我們鋪子的涼茶還是上回江老闆從京城捎來的，喝起來又解渴，又清香，我們誰都捨不得給喝，就您來……哎呀，嬸子，您等一下，我師父很快就出來了。」

一陣急促的腳步聲，何月娘推門而入，就看到老馬一臉乾笑，他旁邊站著陳四娃，垂著頭，看不到臉上表情，但有汗珠子不住地順著他的臉頰往脖領子裡淌。

「四哥，你怎麼啦？」小人精六朵率先跑過去，拉著陳四娃的手，仰頭看他。「四哥，你是不是病了，怎麼出那麼多汗？」

陳四娃搖頭。

「四娃，跟娘說說，怎麼了？」何月娘冷靜地掃視了一眼馬老闆。

馬老闆立時就擺手，道：「陳家大嫂子，我可沒餓著他。」

當時送陳四娃來皮貨店時何月娘說了，娃兒犯錯了，訓他幾句，打幾下手心，都沒事，但就是別餓著他，娃兒正是長身體的時候，小身板禁不起餓。

「四哥，你說話啊，咱娘都來了，你怕啥？」六朵一直搖晃著陳四娃的手臂，催促他。

「他們說我把一塊上好的麂子皮刮壞了。」陳四娃抬起頭，脹紅了臉，他顧不得擦去從他臉上流淌而下的汗水，滿腹委屈地喊了一聲。「娘，我根本沒有碰那張麂子皮……您要相信我！」

本來倔強的小四娃還能硬撐著不接受被冤枉，但在見到後娘何氏後，眼淚就止不住了，簌簌地往外湧。「師父說麂子皮他是昨天申時剝下後才開始清理的，可師父剛刮了幾下，店裡就來了客人，客人把師父叫出去辦事了，等師父酉時回來，那張本來好好的麂子皮就被小刀戳了一個大窟窿。」

「馬老闆，你這就不對了，皮子被戳破了，你怎麼就懷疑我家四娃呢？這鋪子裡又不單單他一個人。」

何月娘走過去，掏出帕子，輕輕把娃兒臉上的淚水擦掉。「娃兒，不哭，有娘呢！」

「娘！」陳四娃哽咽著喊了一聲撲進何月娘的懷裡，嗚嗚地哭了起來。

何月娘也沒繼續勸他，任憑他在她懷裡哭了個痛快。孩子受了委屈，一口悶氣憋在心裡，若不讓他宣洩出來，恐怕是會得病的。

「陳家大嫂子，這事還真是湊巧，昨天申時鋪子裡就四娃一個人在……」

馬老闆又把事情經過說了一遍。

原來，皮貨店本來是有一個管事劉章，和兩個學徒的，陳四娃算一個，還有一個學徒叫馬二苟，他是馬老闆本家的遠房姪子，從兩年前就來鋪子裡學處理皮貨、做生意，是陳四娃的師兄。

昨天上午管事劉章就請假外出了，中午他朋友在得月樓宴客，所以，他早早就去了。午飯後，未到申時馬二苟便被馬老闆打發出去買製皮要用到的滑石粉。

「那你又怎麼保證馬二苟去買滑石粉不會提前回來？」何月娘冷冷地看著馬老闆。

馬老闆苦笑。「陳家大嫂子，我就知道妳會覺得馬二苟是我本家的姪子，我會向著他，可我這個人呢，一向是公私分明的，在鋪子裡我是他們的師父，徒弟不管身分是什麼，只要做錯了，我都會毫不猶豫地教訓他的，不信妳問問四娃，我對二苟有沒有比他更好？」

陳四娃搖搖頭。「沒有，師父對二苟哥更嚴厲些。」

這時，馬二苟也從前面鋪子到了後院，他癟癟嘴。「師父才不當我是他姪子呢，有火氣就打我，他才不會無緣無故地打陳四娃呢！」

說著，他兀自咬著唇，用憤懣的眼神瞪馬老闆。

馬老闆旋即抽了一根藤條就朝他去了。「臭小子，我讓你瞪我，看我今兒不打死你！」

眼見著藤條就要落在馬二苟的身上，何月娘大喝一聲。「馬老闆你要教訓姪子，等我們四娃的事查清楚再說！」

冷冰冰的話音，硬生生把馬老闆叫住了。

他把藤條丟在地上，氣呼呼地罵了一句。「你等著。」

馬二苟一臉的不甘，小聲嘟囔。「你憑啥老打我？你就是覺得我沒地方去，才成天搓揉我。早晚有一天我會讓你知道，我不是好惹的。」

「你再說一遍！」馬老闆依稀聽到馬二苟的不忿聲，頓時又怒氣沖天。

馬二苟垂下腦袋，雙拳卻在身體兩側攥得緊緊的。

「二苟哥，你別氣惱……」

陳四娃走過去，想要安慰馬二苟，卻被他狠狠瞪了一眼。「你少假惺惺的做好人，還不都是你來了，師父才更看我不順眼，哼！」

他扭過身去，甩給陳四娃一個後背。

「四哥，這種不知好歹的人，咱們不理他！」

陳六朵當即就不高興了，過去拉著她家四哥，兩人又回到何月娘身邊。

何月娘意味深刻地看了陳四娃一眼，陳四娃低下頭，訥訥地道：「娘，我錯了。」

「娘辛辛苦苦賺錢養活你們幾個娃兒，不是要你們到外面濫做好人，低聲下氣地去結交誰的，咱們陳家的娃兒都要有骨氣，人不犯我，我不犯人！」

「嗯，我記住了。」陳四娃低聲應道。

何月娘沒再繼續說下去，這裡也不是教子的地方。

她冷冷地看了一眼馬二苟，那孩子的眼底都是嫉恨的怒火。

這是一個不分青紅皂白就睚眥必報的主兒，不是什麼好料！

「陳家大嫂子，妳瞅瞅，這貨我一天不打他八回，對得起他爹娘嗎？」馬老闆看見馬二苟就來氣。「學什麼都慢，這都學了兩年多了，還不如四娃剛來幾個月學得東西多，這種蠢笨的東西就是在我皮貨店裡待上一輩子，也學不到什麼。若不是看在親戚的分上，我早就把他趕出去了。」

「不用你趕，我自己走！」馬二苟忿忿地說了一句，甩袖子就要走人。

「等等，你現在走了，我家四娃被人栽贓陷害的事就說不清楚了！」

何月娘搶先一步，攔住了馬二苟。

馬二苟神情一慌，眼神匆匆地跟何月娘對視一眼後就轉開了，他攥著拳頭，滿是怨毒地道：「我走不走，跟陳四娃有什麼關係？是他把皮貨給戳了洞，又不是我！」

「你憑什麼說是我家四娃戳破那皮子的？」何月娘沈聲質問。

「這……這都是事實，昨天申時就他自己在皮貨店，不是他，難道是鬼啊？再說了，大白天的鬼也不敢出來啊！」

馬二苟說著，小眼睛亂轉，想要瞅空檔從何月娘身側闖過去。

何月娘不屑地冷笑。「我想你也知道我的能耐，一隻大蟲我都不怕，你一個十幾歲的毛孩子，能從我這裡溜走？我勸你還是老實地留在這裡，等我找出來真正戳破皮貨的人，你想去哪兒隨便你！」

「師父，你知道的，不是我，買滑石粉得去城外的劉格山上的滑石粉礦，我是步行去的，從咱們這裡到礦上來回怎麼也得一個多時辰，昨天酉時半我才回來的，那時您已經回來了，也發現皮貨給戳破了。」

馬二苟一臉哭唧唧地看向馬老闆。

馬老闆狠狠踹了他一腳。「不是你幹的，那你怕什麼？讓你待在這裡你就老實待著，哪兒也別去！」

「師父……」

馬二苟張嘴還想說什麼，被馬老闆罵了幾句後，不敢再作聲了。

馬老闆轉而看向何月娘，神情略帶著不滿。「陳家大嫂子，我知道妳疼惜四娃，四娃來鋪子之後也一直表現不錯，這娃兒聰明、學東西也快，有一些工序他看一回下回就能自己動手了。我覺得他也不是成心戳破皮子的，一定是想要趁著我不在家，也學著處理生皮子，這才不小心把皮子給戳破了。本來呢，我也沒想怪他，可這娃兒死強，說什麼都不承認皮子是他戳破的，我也是一時氣惱才罰他跪的，既然妳來了，那這事也就說到這裡了，我呢，也不追究了。四娃，以後做事可得小心仔細了，你娘打一隻麃子可是不易呢！」

馬老闆言下之意，既然麃子皮是陳四娃弄壞的，那何月娘這個當監護人的，就只能再去打一隻麃子來賠償唄！

「馬老闆，事情沒查清楚，怎麼能就此打住呢？」

何月娘冷冰冰地又看了馬二苟一眼，這一眼是上上下下把他周身給打量了個遍，直把馬二苟看得心裡發毛，手心出汗，他驚懼地咕噥。「看我做啥？根本不是我戳破的，我不……不在……」

「你在不在，可由不得你說！」何月娘冷冷地回了他一句，旋即對六朵跟四娃說：「你倆看好他，我沒回來之前，別讓他走了。」

「娘……」陳四娃詫異，剛想問，為啥要看住馬二苟。

「四娃，你想要洗清冤枉，就得照我說的做。」

何月娘沒給他解釋，只是丟給他一根棍子。「他若是敢走，就劈頭蓋臉地打，打壞了，娘擔著。」

說完，她叫上馬老闆去了鋪子後院。

不長時間，一會兒他們就又匆匆回來了。

只是這回馬老闆的臉色鐵青，眼睛暴突，一看就是被氣壞了的樣子。

經過馬二苟身邊時，馬老闆惡狠狠道：「馬二苟，我倒是小瞧了你，你行，你真行！」

馬二苟一哆嗦，怯生生道：「師父，我、我不在鋪子裡，你們不能冤枉我。我……」

「馬二苟，事情都到了這一步了，你還不打算說實話嗎？」何月娘的臉上顯出一抹不屑的神情來。「怎麼你覺得四娃好欺負？還是你故意想報復馬老闆，嫌他對你非打即罵？」

「我……我沒有！師父，您要相信我，我真的從來沒有想過要報復您！」

馬二苟激動得叫嚷起來，一邊叫還一邊往門口退，很顯然，他想跑。

何月娘冷笑著攤開手，掌心裡是一塊三角形的布條，布條不是新的，而且很明顯是從什麼東西上撕下來的。

「這個，你認識吧？」

「我……我不認識，我什麼都不認識，妳是想給陳四娃脫罪，所以才要誣陷我的。師父，我沒有做……」

在看到那塊三角形的布條時，馬二苟臉上的血色迅速褪去，一雙小眼睛裡也顯現出恐懼，他下意識地看向馬老闆，馬老闆已經是咬牙切齒，面色陰沈，一雙手緊緊攥著，手背上青筋暴突，按照馬二苟對他這位遠房表叔的瞭解，下一刻，他就要暴怒，把他抓過去，狠狠打上一頓了！

不，這回恐怕光是打一頓已經無法發洩他的憤怒了。他可能會把自己押送回鄉下，跟馬家的族長詳細述說自己犯下的不可饒恕的錯誤，然後馬家的族長會把自己逐出馬家，死後也不得上馬家族譜！

「不……不是我的錯！」

馬二苟心中的驚恐到了極致，他蹬蹬往後退，退的速度之快，讓在場的人都瞠目。

不過，他所處的地方是後院的角落，即便他退得如同光影的速度一般快捷，那也退不出後院。

所以，退到後來，他的身體狠狠與牆壁撞到了一起，發出砰的一聲響，疼痛旋即在馬二苟整個身體上蔓延，讓他不由得皺緊眉頭，嘴裡發出不可抑制的哼哼聲，一絲血跡順著他的嘴角流淌出來。

「不，都是你！陳四娃，是你的到來讓他更加嫌棄我，他打我、罵我，只因為我學東西慢，不如你會討他喜歡！我……我真的很想把手藝學好啊！可是我就是學不會啊，我也想問問你啊，陳四娃，你怎麼就那麼厲害？怎麼什麼東西到了你手裡，就那麼聽使喚，你想把它們怎麼擺弄，它們就聽之任之？嗚嗚，我沒了爹娘，我、我不能再被逐出馬家族譜，成為一個沒有根底的孤魂野鬼啊！嗚嗚……我怕！我好怕啊！你們……你們都來逼我！對，是你們逼得我這樣做的……不，我沒有那麼做……都是你們的錯！」

「臭小子，是我逼著你在買滑石粉的途中半道返回，再從後院狗洞爬進來，把麃子皮戳個洞嗎？」馬老闆怒斥。「你以為你做得神不知、鬼不覺嗎？臭小子，你就沒發現你在爬進來的時候，不小心衣服一角被樹枝撕去了一塊嗎？」

「我……即使我是從狗洞爬進來過，那塊布條也是我衣裳上的，可是，你們又怎麼能證明是我戳破了麃子皮？」馬二苟不肯承認，面部表情都猙獰起來。

何月娘搖頭。「你真是不見棺材不掉淚啊！」

馬老闆也一拳砸在旁邊的桌子上。「臭小子，你還狡辯！你是沒瞧見有人，可有人瞧見你了。咱們後門正對著的吳家的後門，吳家管家出來倒髒土，正好看見你在申時一刻的時候偷偷從狗洞爬進來。」

「申時一刻……申時一刻陳四娃也在鋪子裡，你們有什麼證據證明這事不是他做的？」

馬二苟滿臉都是汗，但他像是一條馬上就要溺亡的狗，死死地抓住馬老闆話裡的漏洞。

「喂，裡頭有人嗎？怎麼鋪子裡沒人啊？」忽然，前頭鋪子傳來一個女人的叫聲。

眾人忙趕到前頭。

果然是個胖婦人，她手裡拎著一條猩紅色的狐狸毛領子。「真是不好意思，我回去後，我家相公說，這狐狸毛領子的顏色過於鮮豔了，不太適合我這個年紀的婦人，所以想來換一換。說起來，這都是我自己不好，本來昨天我來的時候，你們鋪子裡的小夥計就給我介紹了另一條深色的毛領子，說那個毛領子的顏色既適合我，又顯得很高貴，是我太貪圖這嬌豔的紅了……咦？昨天那耐心的小夥計呢？」

說著，她就在眾人當中尋找。

「對，就是他！小師傅，你快幫我把昨天那條毛領子找出來吧，我想換換。」她指著陳四娃，笑著說道。

陳四娃走到了前頭，很容易地就把一條深色的毛領子找了出來，遞給了婦人。

婦人拿在手裡，上下翻看著，越看越滿意。「嗯，就這條了！小師傅，你不會嫌棄我麻煩吧？昨天我不到申時一刻就來了，一直到申時末才走的，你陪著我忙了那麼久，我真是不好意思呢！這點錢算是答謝你的，拿著吧！」

說著，她從錢袋裡拿出來五、六枚銅板，非要陳四娃收下。

陳四娃連連擺手。「夫人，您能來我們鋪子，那就是相信我們的貨都是貨真價實、物美價廉的，我們感激您還來不及呢，怎麼會嫌麻煩？您只管放心來，來了買不買東西我們都一視同仁的。伺候您購物，這是我們作為夥計該做的，怎麼能收您的錢呢？」

「哎喲喲，衝著小師傅你啊，我也會常來的，不，我還會把你們鋪子介紹給我的好姊妹，讓她們也常來光顧。」婦人說完，很是滿意地走了。

鋪子裡安靜了下來，好長時間沒人再說一句話。

到後來，一聲長嘆響起，緊跟著馬老闆道：「二苟，你說說你跟四娃的差距在哪兒？」

馬二苟的頭低得好像都要低到塵埃裡了。

第三十一章

「二苟啊，我是你堂叔，雖然不是親叔，可你爹臨死前把你託付給了我，我敬重你爹的為人，他在我困難的時候拉了我一把，我怎麼都要擔負起他交給我的重任。旁人都勸我別收留你，說你是個掃把星，把自己爹娘都剋死了，可是我卻不那麼認為，我就想著你爹娘希望我對你好，讓你能安安順順地長大成人，那樣我死後見著你爹娘也可以有個交代了。所以，我才對你要求嚴格。我是打過你、罵過你，可是，我從來沒有趕你走吧？我也沒有逼著你去做謀財害命的惡事吧？二苟啊，我真是……恨鐵不成鋼啊！」兩行老淚順著馬老闆的臉頰滑落下來。

「叔……」馬二苟淒厲地喊了一聲，撲通跪在馬老闆跟前，他哽咽著說道：「我……我以為叔一直不喜歡我，我也恨我自己太笨了，總是不能做到讓叔滿意。昨天早上陳四娃又一次按照叔的意思把皮貨給處理好了，叔您大大地表揚了他，我……我聽了心裡難受！晌午，您讓我去買滑石粉，去的路上我越想越懊惱，腦子裡就生出了一個壞主意，我想只要把陳四娃搞臭了，讓叔不再喜歡他了，就會把他趕走，到時候，鋪子裡只剩下我，雖然我還是笨，可沒一個聰明的學徒比較，叔就不會對我那麼失望了！嗚嗚，我半道跑回來，從狗洞爬進院子，把那皮貨戳破一個大洞，那時候，我聽到陳四娃在前頭鋪子跟一個婦人說話，我……我不敢久留，就又從狗洞爬了出去。叔，我知道錯了，您不要趕我走啊，我保證以後一定好好做事，好好做人，聽您的話……嗚嗚……」

馬二苟趴在地上，嗚嗚痛哭起來。

「二苟師兄，你別這樣說，其實我也有不如你的地方。你對調色那麼精通，無論什麼顏色只要是師父想要的，你就能給他調出來，師父不是也誇過你很有調色的天賦嗎？師兄，尺有所短、寸有所長，咱們每個人都有長處跟短處啊！只要把長處發揮好了，那不照樣能做出一番事業嗎？」

陳四娃也落下了淚，他沒有想到自己的到來讓馬二苟如此的難過，當下感到十分的歉疚。

「二苟，你起來吧！」馬老闆伸出手去，把馬二苟從地上扶了起來。

「叔，我知道錯了，您別趕我走！」馬二苟淚眼婆娑地央求。

「唉，傻孩子，我若是想趕你走，何必等到現在？你啊，以後萬萬不能再這樣任性了！做人得有底線，該做的、不該做的，心裡要拎得清，不然今日你小小年紀就因為嫉妒對師弟做出誣陷之事，他日你長大成人，就會因為錢財利益，對無辜之人做出殺生取財之舉，那個時候，你再後悔就晚了，殺人是要償命的！你不能讓你爹娘在天上，看著你淪落成一個被千人指、萬人罵的罪人啊！」

馬老闆這時身上的怒氣已經消失不見了，他滿臉的和善慈祥，摸著馬二苟的頭，就像是在諄諄勸導自己的兒子。

「嗯，叔，我記住了！」馬二苟用力點點頭，繼而又轉身對著何月娘深施一禮。「嬸子，是二苟的錯，二苟執迷不悟，還對嬸子咄咄逼人，是二苟豬油蒙了心，求嬸子諒解！」

「人非草木，孰能無過，知道錯了就好。」何月娘淡淡地笑道。

「師弟，你還要我這個師兄嗎？我……我以往對你的不好，請你原諒，以後我們就做最親密的好兄弟，好不好？」

「嗯，師兄，我願意！」

陳四娃笑著把眼淚擦去，跟馬二苟兩人緊緊握住了手。

何月娘回到陳家，已經是傍晚，屋裡都點起燈來了。

剛進院，就聽到一陣哭聲。

何月娘皺眉，制止了正從車裡往下搬東西的陳大娃。「大娃，去看看是誰哭？」

話音剛落，就見陳二娃急急地從外頭進來。「娘，你們可回來了，不好啦，咱們村出大事了！」

「村裡出大事了？」何月娘追問一句。

「嗯，是，是村裡出大事了，您仔細聽聽，不少人家家裡都有哭聲呢！」

陳二娃的話讓何月娘不解。「啥意思？家家戶戶都死人了？」

這什麼年景，怎麼死人還一道走的？

「不是，娘，是張家出事了，然後全村不少人家就都跟著出事了，咱們……咱們家這不也有人跟著哭呢！」陳二娃說著，嘴往西屋努了努。

其實，他不說，何月娘也聽出來了，他們一進院聽到的哭聲是林翠娥發出來的。

何月娘剛欲進屋，被人攔下了，攔她的人是林翠娥。

林翠娥哭唧唧地拉著她的手。「後表妹啊，妳可不能見死不救啊，我……我沒活路了啊！」

「張家欠妳的錢，妳去問張家要，我怎麼救妳？」何月娘蹙眉，甩開她的手。

「我聽說妳跟里正很熟，妳幫我去求求里正，讓里正逼著張家把我的錢還給我，我那些錢加上利息現在怎麼也有十兩銀子了！十兩銀子啊，我下半輩子就靠這些錢過日子了！」林翠娥哭哭啼啼。

何月娘被氣笑了。「妳還真敢說，讓里正幫妳去要錢？那妳賺錢的時候，妳想沒想過把錢分里正一半啊？林翠娥，我要是妳就算了。」

反正本錢裡也沒妳一文錢，都是妳搜刮妳閨女跟我家幾個娃兒的私房錢。

「算了？哎喲喲，妳說得輕巧，那可是十兩銀子啊！」

「十兩銀子？表姨，妳沒記錯吧，我記得妳從辛辛表妹那裡拿了一兩多銀子，又從我跟大嫂這裡拿了一兩半，這總共也沒三兩銀子，哪兒來的十兩銀子？」陳二娃不解地說道。

「利息啊！我把錢放在張家圖啥？不就是圖利息高嗎？利滾利的，我算他十兩銀子那都是少的！」林翠娥理直氣壯地說完，又捶胸頓足。「趙氏那個殺千刀的跟我許諾說，銀子越多、利息越高，她還慫恿我回家把房子賣了，我……我幸虧沒聽她的啊！」

說到這裡，林翠娥後脊梁骨颼颼冒冷風。

這也就是張家的事暴露早了一天，不然明天一早她就要回自己家賣房子了。一旦把賣房子的錢都搭進張家，那她可真就連個住的地都沒有了。

「嗚嗚，我好命苦啊！怎麼啥事都不順啊……」林翠娥又乾號起來。

何月娘把門關上，也把林翠娥那號喪的聲音關在了外頭。

「娘，真沒想到，張家膽子這樣大！」

陳二娃把事情的經過說了一遍。

原來，今天早上村裡一個叫陳阿斌的男人去張家取錢，他是要連本帶利一起取走的。張路生一聽，臉上就不悅了，他橫了陳阿斌一眼道：「阿斌啊，不是我說你，你這也太過分了，旁人這個時候都往我家裡送錢漲利息，你倒好，還要都取走！怎麼，嫌錢多咬手啊？」

「不是，張兄弟，我是真急等著用錢！」

陳阿斌拿到張家投資的這筆錢一共是九兩半銀子，這是他們老倆口攢了大半輩子的錢，是要留著給兒子娶媳婦用的。

媳婦訂的是隔壁王家莊的丁淑芬，這是個不錯的姑娘，陳阿斌一家都很中意。上個月他們才把成親的日期定在了這個月的陰曆十八，也就是三日後。

定好日子後，陳曲氏就聽說了錢生錢的事，她家算是晚加入存錢行列的，可她聽見這事，便非要把兒子成親的錢也拿到張家，九兩多銀子一個月利息就快一兩了，想想送去九兩，得回來時正好十兩，這是何等快速致富的好事！

在陳曲氏的軟磨硬泡下，陳阿斌也動了心，老倆口就瞞著兒子把銀子拿到了張家。

眼見著一個月過去，兒子成親在即，陳阿斌這才急匆匆來張家取銀子。

聽到陳阿斌說完取銀子的理由，張路生的臉色並沒有好看一點，他反倒是沈下臉，冷冰冰丟給陳阿斌一句。「你銀子沒存夠三月，不能取！」

「啥？俺們來存銀子的時候，趙氏可沒這樣說過！若是她說了，就是多給俺們一倍的銀子，俺們也不能存在你家啊！這可是俺兒要成親的錢啊！」

陳阿斌頓時急紅了眼，他倏地站起來，也不跟張路生說，直接奔廚房，扯了趙氏出來。「妳說，我們的銀子是不是妳收的？收的時候，妳是不是說隨時可以取用？」

「我……我什麼時候說過這樣的話？陳阿斌，你是老糊塗了吧？我們幫人存銀子漲利息，那也是有周期的，一個周期滿了才能取銀子。」

趙氏被陳阿斌揪住了胳膊，一時掙脫不開，便氣急敗壞地喊：「來人啊，快來人啊，非禮啊！」

「妳……妳胡說，我沒有……」陳阿斌嚇得忙鬆開了手。

趙氏疾步避開他，正要進屋，卻被出屋的張路生迎面甩了一巴掌，他低低地吼道：「妳個蠢婆子，妳是怕全村人都聽不到嗎？把他們嚷嚷來了，都一起取錢，妳有嗎？」

「啊？我……我忘記了……」本來趙氏被打，她還想跟張路生撕扯一番，聽了張路生這話後，也是驚得身子一哆嗦，不敢大聲說話了。「他爹，咱們家一點錢也沒了嗎？不成就先把陳阿斌的給他，好歹堵住他的嘴。」

「唉，錢都被波兒跟洛兒那兩個不成器的拿走了。」

「啊？波兒可有幾天沒回來了，他該不是又拿著錢出去昏天暗地的胡鬧了吧？」趙氏驚慌起來。「你就不該把銀子給他們，你放在我這裡，我怎麼都不會把銀子都花了的。」

「妳還有臉說，就妳這段日子，買首飾花費了多少銀子？臭娘兒們，也不看看妳那張老臉都老成什麼樣了，還成天往自己臉上塗脂抹粉的，塗抹得跟隻鬼似的，我晚上睡覺都不敢看。」張路生氣呼呼地罵著。

「你……」趙氏偷眼看看陳阿斌。「那怎麼辦啊？」

「還能怎麼辦？拖著唄！」張路生咬著牙，說道。

「張兄弟，真不是俺故意來找事，實在是俺們兒子成親是大事，俺們必須得有銀子才能操辦啊！你就當幫俺們一次，俺們領你們的情，成親那日，請你們全家去俺們家裡喝喜酒還不成嗎？」

陳阿斌見張路生跟趙氏嘀嘀咕咕的，不知道在說什麼，他心裡就七上八下的。早知今日、何必當初啊！現在銀子在人家手裡，想要拿出來，就得低頭當孫子！

「阿斌，這事還真不行，我這好歹也是個買賣，做買賣就得講誠信，我說過了，三個月一到立刻取錢，想提前取，不可能！」

張路生說著，就拿起掃院子的掃帚，作勢要掃院子，其實就是想往外趕人。

「你……你們欺負人！來送銀子的時候，你們說的是隨時用、隨時取，現在要取了，你們就要賴，你們這是想做啥？難不成想要昧下這錢嗎？」

「好你個陳阿斌啊，你敢血口噴人，看老子不打死你！」

張路生也是惱羞成怒，舉著掃帚就往陳阿斌身上招呼。趙氏也過來幫忙，陳阿斌禁不住他們兩人的連打帶罵，不由自主地就退出了張家院外，旋即院門砰一聲就關上了。

接下來不到半個時辰，整個陳家莊都知道張家賴帳不給取錢的事了。

於是，往張家投錢的人家都齊齊地奔到張家門外，有使勁踹門的，有大聲叫罵的，更有往張家院子裡丟石頭的，一時間，張家門口鬧騰騰一片。

張家裡頭一直都是靜悄悄的，任憑外頭的人把院門都要給踹壞了，也沒人出來應一聲。這更讓村民們心裡沒底了。

往張家投的每一文錢，那都是一家老小存了幾年的血汗錢，原本錢的用處早就算計好了，只等日子一到，就跟陳阿斌那樣，把錢用在兒子成親上，卻半道起了貪心，被張家蠱惑，信了什麼錢生錢、利滾利之類的話，將全部的積蓄都投進了張家，如今，這可是要血本無歸了。

「張家的，你們出來給俺們說法，不然俺們就去縣衙告你們。」有人大聲喊道。

不知道是誰腳上力氣太大，竟真的一腳把張家的院門踹倒了。

眾人這就一窩蜂地湧進了張家。

張路生跟趙氏兩人一下子被村民們從屋裡抓出來。

有幾個年輕氣盛的還往張路生的臉上招呼了幾下，惡狠狠地罵著。「老傢伙，這段時間，你倒是發福了，這臉又白又胖的，怎麼？是把我們的本錢都拿去買豬肉貼自己臉上了？」

「我……我本來就不黑啊！」

張路生還想要辯解，卻被一個人揪住了領子。「我們要取錢，快點，把我們的錢還給我們！」

「不、不夠三月，不能取……」趙氏結結巴巴地說道。

「我早存夠三月了！」

「那得存、存夠六月才能取！」

「放你娘的狗臭屁！」有人狠狠對著趙氏啐了一口，接著罵道：「我說你們這段日子吃香的、喝辣的，妳兒子張波還在青樓裡嫖上姑娘了，原來花的都是我們的錢啊！妳個老虔婆，今日妳要是不把我們的銀子吐出來，我就把妳活埋了！」

「嗚嗚，救命啊，有人要謀財害命啊！」趙氏被嚇得一激靈，當即扯開嗓子哭了起來。

正在這時，里正陳賢彬來了。

他把多半的人都趕回家去了，只留下幾個領頭的，一起進了張家，跟張路生、趙氏商議看這事怎麼辦。

「娘，我聽說，張路生說實話了，他現在家裡根本連一兩銀子都沒有，村裡往他家送了足足五百多兩銀子，都讓張波、張洛兩兄弟拿到城裡揮霍了。張波逛窯子，張洛進賭場，他們倆這都七、八天沒回村了。」陳二娃說道。

「對，我還在青樓瞧見張波了，他喝得都迷糊了，還罵我是窮苦力的！就好像他是個有錢的富家公子似的，我呸，敢情這都是花別人的血汗錢啊！」陳大娃回想起見著張波那得意洋洋的樣子就搖頭。

俗話說，出來混的總是要還的。張家這回拿啥還？

「行啦，事情跟咱們家無關，咱們就少摻和。你們幾個都給我記住了，這天上不會掉餡餅，真的掉下來了，那也很可能砸腦袋上，一下子給砸死了！所以，貪小便宜吃大虧，這是古訓。你們都該幹麼幹麼去……」

何月娘的話還沒說完，忽然在院門口玩的陳六朵就急急地跑回來。「娘，娘，不好啦，很多人都吵吵嚷嚷地朝咱們家來了，我聽他們說，是來跟咱們家要錢的！」

「啥？跟咱們家要錢？憑啥啊？」陳大娃失聲驚呼。

陳六朵眨巴著兩隻大眼睛，無辜地看向她家大哥。「不知道呀！大哥，你說，會不會是那些人丟了錢，太難過，病了？」

「嗯，小六兒說得對，那些人就是……」陳大娃越發覺得自家這個妹子天資聰穎，堪比神醫妙手，連那些人得了失心瘋都看出來了。

兄妹倆的對話還沒結束，陳家的大門就已經被人給硬生生擠開了。

「母債子還！何氏，妳……賠我們的銀子！」

帶頭衝進來的正是為兒子成親奔走的陳阿斌。

何月娘被氣笑了。

她冷冷地看了這些人一眼。「趙氏已經跟陳家脫離關係了，這事可是在里正那裡備過案的，怎麼？你們這是想錢想瘋了，跑到我家裡撒野來了？」

她毫不客氣的把這些人的貪婪與邪惡，展現在陽光之下。

有人羞窘地低下頭。

但更多的是窮凶極惡的，他們現如今已經明白，張家那裡是拿不出一文錢了，想要把自己的錢要回來，就只有死死地抓住一個替罪羊。

無疑，陳家就是這隻可以被眾人拿捏的肥羊！

趙氏都說了，陳家是她兒子的家，她兒子的錢就是她的錢，她的債務就是她兒子的，去陳家要帳，天經地義，理所當然。

「何氏，今兒妳說破天來也沒用，我們要銀子，妳婆婆把我們銀子騙了去，妳是她兒媳婦就得替她還帳，不然……」

「不然怎樣？你們去告我啊？再不然，你們上前來打我？」

何氏眼底的不屑都要溢出來了。

她掃視了一遍在場的這些人，手指著蒼天，沈聲道：「當初你們把銀子送到張家去漲利息的時候，你們就沒想到，以張家的財力能不能還清你們所謂的利息？你們被豬油蒙了心，想錢想出花來了，認為天上能掉餡餅，非要去信張家、信趙氏，你們怨誰？誰都想要發財，可你們就沒想想，那財有那麼容易就發的嗎？一兩銀子，從你家送到張家，再從張家拿回來，一兩銀子就變成五兩、六兩？怎麼，你們都認為張家是當今朝廷的銀庫？」

眾人面面相覷，都不吭聲了。

「可……可那都是我們的辛苦錢，利息、利息我們不要了，本錢總得給我們吧？妳……妳陳家有錢，又跟趙氏有那麼一層關係，妳就、就只當是借錢給趙氏，把我們的銀子還了，以後趙氏再還給妳，還不成嗎？」有人可憐兮兮地說出這話來。

「對，我們只要本錢，利息不要了。」接著就有人附和。

「呵呵！借錢給趙氏？你們信趙氏，我卻不信！」何月娘當即回絕了他們。「陳家跟張家這些年來的恩恩怨怨，你們不會不知道，趙氏對陳大年以及這幾個娃兒但凡有一點仁慈之心，那我也能認了這個婆婆，但是，她有嗎？她帶給陳大年與這幾個娃兒的都是欺凌，都是無情。如今，她把大夥兒的銀子給了自己的親兒子張波、張洛，讓他們去賭場、青樓玩了個痛快，債務卻要我們幫她還？我借用你們的一句話，說破天也沒用。我有銀子，但那是我們陳家的，跟趙氏、跟張家無關，你們馬上從我家裡出去，不然我報官，你們這是私闖民宅，意圖搶劫，罪名成立是要蹲大獄的！」

「妳……妳真這樣無情？這個要飯的女人心腸太歹毒了，她就是不想讓我們過日子了，我們不能饒了她。搶！搶她的錢，法不責眾，我們一起，官府也拿我們沒法子。」

人群裡有人喊了一嗓子，何月娘循聲看去，竟是張家第三子張青想趁亂鬧事，她當即就笑出了聲，回頭對陳大娃他們幾個人道：「進去拿菜刀！誰敢往裡衝，儘管砍，砍死了也是砍死強盜，正當得很，一切有老娘擔著！」

「是！」

陳大娃跟陳二娃幾個娃兒衝進廚房，不一會兒，人人就手裡拿著菜刀、斧頭、木棍、磚頭出來了，幾個娃兒，連帶著秀兒跟林春華都舉著鐵鍬，緊隨在何月娘左右。

「娘，您靠後，一切有我們呢！管教他們有來無回！」

因張青那一句話變得騷動不安的人群頓時安靜下來。

張青見他的話沒激起大家的怒火，他悄悄地往後退，想要離開陳家，卻被人一把揪住領子。「張青，你不是要往裡衝，去搶陳家嗎？你去，搶來了錢，還我們的債！」

「我……我還小，哪打得過他們啊！你們、你們都是大老爺們，還抵不過陳家那幾塊料嗎？」張青繼續慫恿眾人。

那人鄙夷地冷哼一聲，道：「你這就是煽風點火，想讓我們跟陳家打起來，你張家坐收漁翁之利了吧？哼，跟你那爹娘一樣一肚子壞水！告訴你張青，今天我們拿到錢就罷了，拿不到，我們就把你大卸八塊丟亂葬崗去，你都說了，大家一起上，誰知道是誰打中你要害把你弄死的？法不責眾，官老爺也不會把我們怎樣的！」

「啊？不要啊，我、我那都是說說的，官府的人來了，動手的人都會給抓起來的！」

張青嚇得面如土色，兩股戰戰。

「張家的用心你們也都看到了，他們就是想要禍水東引。諸位都是有腦子的人，你們好好想想，是我陳家欠你們的錢嗎？不是！那麼，你們氣勢洶洶地跑到我們家裡來要債，於情於理於法，你們做得對嗎？我何月娘是個外村來的不假，但我念著大家對陳家的好處，不去官府告你們，以免你們又損失錢財，又要坐牢。我倒想問問你們，張家那頭，你們留人看守了嗎？」

何月娘這話一說，眾人都你看我，我看你，紛紛搖頭。

「呵呵，你們啊，還真是有夠笨的。」何月娘冷笑了。

「壞了，張路生跟趙氏不會乘機跑了吧？」有人驚呼。

其他人馬上回應。「對啊，那一對混蛋就是想把我們支開，然後他們好跑路！他們真跑了，我們的銀子就竹籃打水一場空了啊！」

頓時，眾人一窩蜂地湧出陳家，直奔張家去。

第三十二章

「我的老天爺啊，這是真不給人活路了啊？趙氏，妳個殺千刀的，休想跑了，把我的銀子還回來！」林翠娥也急了，撒丫子就要往張家跑。

她被何月娘一把扯了回來。「妳踮著小腳跟那些爺們跑，也不怕被他們撞倒踩傷了？」

「我……我要拿回我的銀子……」林翠娥掙扎。

「離開陳家的門，以後就別再回來了。」何月娘瞪了她一眼，丟下這話轉頭進屋了。

「何氏，妳……妳明明知道我沒錢了，還要趕我走？妳讓我去哪兒活啊？嗚嗚，我可是活不了了啊！」林翠娥一屁股坐在地上，呼天搶地的一通號。

「娘，妳幹麼不讓表姨去啊？」陳六朵堵著耳朵，不去聽林翠娥刺耳的哭聲。

「她一把年紀，真被踩傷了，你們幾個能袖手旁觀？到頭來，還不得陳家出銀子給她治？她那二兩多銀子還不知道夠不夠治傷的藥費呢！」

何月娘說完，就從櫃子裡拿出來三百文錢。「去給她，跟她說，再嚷嚷這些錢也不給！」

「欸！」陳六朵捧著三百文錢出去了。

須臾，外頭林翠娥的乾號就戛然而止了。

「小六兒啊，跟妳後娘說說，我那可是二……不，五兩多銀子啊，實在不成，她還我一半，給我二兩多就成啊！這三百文錢，也太少了點吧？」

院子裡，林翠娥哄陳六朵。

陳六朵手往小蠻腰一扠，學著何月娘的口氣，眉眼上挑。「怎麼嫌少啊？嫌少拿回來，這還是我辛辛苦苦攢了七年的私房錢呢，都給妳了，我夜裡都睡不著覺了。哼！」

「哎呀，不嫌少，不嫌少。小六兒啊，妳回頭再攢攢，攢多了再給表姨，表姨給妳買糖吃，好不好呀？」

「表姨，妳都多大歲數了，還騙小孩？我若是想吃糖，不會自己拿錢去買啊，還非得把錢給妳，讓妳給我買？」說完，小丫頭扭著小腰進屋了。

外頭林翠娥小聲嘀咕。「跟妳那後娘一樣，嘴尖舌巧，心眼太多！」

唉，三百就三百吧，總好過沒有！

林翠娥踮著腳尖，側著耳朵聽聽外頭，張家那邊似乎有人在叫嚷。「快，追那老小子，他想跑！可不能讓他跑了啊，抓回來，把他賣了也要還我們的錢！」

隨後一陣亂七八糟的腳步聲就從陳家門口經過，其中夾雜著有人的哭喊。「哎喲喲，你們這幫失心瘋的，把我撞倒了啊。嗚嗚，我的老腰啊……」

聽動靜，像是後街的孤寡老嫗龐氏。

林翠娥不由得就打了一個激靈，心道：若自己真出去了，被這些人撞倒，再弄個骨折啥的，那可就更倒楣了！

看起來，還是何氏想得對，自己就旁觀著，左右張路生跟趙氏被抓回來，只要他們能還錢，那就不能昧了自己的二兩七銀子，這還白白得到三百文錢，嗯，太划算，要是何氏能一天給自己三百文就更好了。

第二天早上起來，林翠娥沒顧得上出去打聽張路生跟趙氏被抓回來沒有，直接就奔何月娘的正屋了。「後表妹啊，我想來想去，還是覺得我得跟他們一起去抓張路生跟趙氏，哪怕他們把我撞倒了、骨折了，我也得去，反正我人是住在你們陳家的，陳家不可能不管我的傷吧？真骨折的話，治一回怎麼也得個三、五兩銀子吧？小六子，妳說是吧？三百文比起三、五兩銀子來……」

她就差直接說：何氏，給我三百文錢，不然我就出去作妖，作出傷病來，你們陳家還得出錢醫治！

陳六朵給她這話氣得小臉都緊繃起來了。「娘，她……她……」

小人精給氣得話都說不俐落了。

何月娘斜睨了一臉得意的林翠娥一眼，道：「昨天發發善心給妳三百文錢，怎麼？還讓妳想出一條空手套白狼的生財之道了嗎？」

「我……我不知道妳說的是啥，反正我得去街上跟他們一起鬧。妳管不管？」

林翠娥做出一副死豬不怕開水燙的架勢來。

「管啊，怎麼會不管？」

何月娘站起身來，邊朝林翠娥這邊走，邊伸腿伸手地做一些簡單的健身動作。「我記得張老大夫說了，三百文錢的診費能把一個人手腕骨折治好了。來吧，今天把妳的左手腕打折了，昨天給妳那三百文錢正好用上！然後今天我再給妳三百文，順便呢，把妳的右手手腕再打折了，妳兩隻手腕一起治，也免得往張老大夫那裡跑兩回了。」

砰一聲，何月娘一掌拍在桌子上，桌子上的一個茶杯彈起來，再落下來時，摔了個粉碎，瓷片迸濺到林翠娥臉上，立時就在她臉上劃了幾條血痕。

「哎呀，殺人了啊！」

這下林翠娥看都不敢看何月娘那一臉的凶悍，捂著臉，倉皇地奔了出去。

晌午吃飯時，八個工匠一桌，菜式是六菜一湯，比起一般宴席上的菜，這六菜一湯的菜量是足足的，湯說是一個湯，實際上是用了兩個九寸的大碗裝的，長桌兩邊一邊一大碗酸辣湯，喝一口酸辣適口，很是下飯。

菜是兩葷四素，其中有兩道是涼拌菜。

黃文虎笑呵呵地道：「我一看這菜就是林娘子做的，色香味都不錯。」

「黃大哥，我聽說咱們對面蓋大屋的主家張路生被抓回來了，老洪、老畢他們都去張家要工錢了。老洪說，自從他們去張家幹活，就頭幾天工錢給了，後來幹了快一個月，一文錢都沒見著，那主家竟不處理，老洪他們這才有所覺悟，都撤走不幹了。」

快吃完了，大家肚子裡都有了底，吃飯也就不那麼急了，一個叫冷武的說道。

「要我說，老洪、老畢他們有今日，那是活該，當初他們都是在陳主家這邊……」

黃文虎的小徒弟小柳子想起那天老洪他們被張波攛掇，把陳家這邊的活翹了，跑到張家去賺所謂的更高的工錢就來氣，話說得也就帶了些嘲諷。不過話沒說完，就被他師父黃文虎瞪了一眼，小柳子被嚇得縮縮頭，不敢再說了。

「咱們都是做工匠出來混的，哪能事事都順？總有犯糊塗被打的那天，這都是該著的事！」黃文虎的話得到了其他人的贊同。

這世上哪兒有傻子？不過都是揣著明白裝糊塗，懶得跟人計較罷了！

下午，何月娘進了趟山。

說起來也是老天爺照應，她出奇順利地打了兩隻麃子，天不黑就出山了。

不過，她沒回家，直接把兩隻麃子揹去了城裡。

她到馬記皮貨鋪的時候，鋪子裡剛剛掌燈。

四娃倒了一杯水，看著他家後娘咕嚕咕嚕喝了，心裡難受得鼻子一酸，眼淚就要落下。

被何月娘瞪了一眼，她說：「做娘的沒啥別的本事，只能在你想上進的時候，給你扶扶梯子，探探路子什麼的，這是做娘的本分。你若是知道娘的好，那就該更努力的上進，別讓我失望！」

「嗯，四娃知道了。」

陳四娃用力點頭，同時狠狠咬咬唇，把內心激蕩的情感都死死地壓制了下去。

娘說得對，娘如此辛苦的幫我，可不是為了看我流什麼眼淚，娘想看的是我學有所成！

兩隻麂子，連皮帶肉的馬老闆給了十四兩銀子。

皮五兩，麂子肉二兩，本來麂子肉馬老闆是不想要的，但他又不敢真的跟何月娘說：肉妳拿回去，我只要皮！

人家連皮帶肉的都揹來了，那意思就是要他一併收了。

行吧，收了就收了，只當是順道買了麂子肉給一家老小補補營養了。

何月娘沒多待，跟馬老闆請了個假，說是要帶四娃出去吃個飯。

馬老闆也沒猶豫，當即就答應了，還硬塞給四娃一百文錢，說只當是他老馬請陳家大嫂子的，感謝她一個月給皮貨店送來了四張麂子皮。

一張麂子皮處理好了，賣給江老闆他能賺三十兩銀子，四張那就是一百二十兩銀子啊！

想想，馬老闆的雙眼就爍爍發光。

他越來越覺得，把陳四娃留下當學徒這事，是他這輩子幹得最正確的一件事，這個陳四娃就是個福星，給他老馬帶來了絕好的財運啊！

娘兒倆出了皮貨店，就回村了。

經過里正家門口時，他家院門是開著的，屋裡傳出幾個人爭執的聲音，何月娘他們剛想快步回家，卻見里正娘子從院裡出來，一把拉住何月娘。「大年家的，妳怎麼才回來？快進來吧，他們都等妳一個多時辰了。」

「里正奶奶，為啥他們要找我娘啊？我是我們家男丁，有啥事找我就成！」

哪知道，少年陳四娃小胸脯一挺，往前一步，把何月娘擋在身後，眼神很勇敢地看著里正娘子。

「瞧瞧，瞧瞧這娃兒，小小年紀就知道疼你娘了啊？大年家的，不是我說，這天底下待人最真情不摻假的就是孩子了，妳進了陳家門，沒個男人護著，卻有一幫視妳為主心骨兒的娃兒，妳啊，沒白辛苦！」里正娘子說著，眼角都濕潤了。

她也是女人，自然懂得後娘不好當。古人說，有後娘就有後爹。可這陳家的娃兒親爹、後爹都沒有，就一個後娘，彼此間幾乎比親娘都親！何氏不易啊！

「四娃，娘沒事，是你里正爺爺找娘有事商議呢，你先回家去。」何月娘笑著說道。

「我陪娘一起。」陳四娃還是不放心。

「聽話，先回去，大人的事小娃兒別摻和。放心，娘沒事！」

「嗯，那好吧，娘，您可早點回來！哦，不然，半個時辰後，我跟大哥他們來接您吧！」

說著，陳四娃也沒等何月娘答應，就快速地往家裡走去了。

「大年家的，這孩子對妳多上心啊，這都給規定時間了，我可得跟我們家那口子說說，跟妳商議啥事都不能超過半個時辰，不然妳家那幾個護娘的娃兒來了，我們可怕著呢！」說著，里正娘子就笑起來。

何月娘也笑。「嬸子，四娃就是個孩子，他的話不用在意的。」

話是如此說，但何月娘心裡卻是喜孜孜的。

其實，被里正娘子攔下來時，何月娘就知道陳賢彬要跟她商議啥了。

不過，進屋一看，裡頭還坐著幾個人，分別是陳家族長陳通和張家族長張興。張興年紀沒陳通大，跟陳賢彬差不多，剛過五旬，不過，這人是個乾瘦乾瘦的體質，往那兒一坐，身子略微佝僂著，遠看真像是一隻學人說話的猴子。

當下，陳家莊能讓村裡這幾個頭頭聚集在一起的，也就張路生那點事了。

「我看這事陳家家裡的，妳得管！」

張興率先發難，一雙三角眼瞪著何月娘，臉上表情陰鷙而冷漠。

「張老哥，這事按理說……」

陳賢彬是有些偏向何月娘的，畢竟以往何月娘救過他家兒媳，又幫過他家小孫子，這兩回恩情他不能忘。

「里正的意思是，這事你可以管？」

陳通恨陳賢彬，更恨何月娘。人參那回事，把他兩個孫子都給折騰進了大牢，雖然後來他多方使銀子求人，兩人是放了出來，但陳耀明在惠通貨棧的掌櫃職位已經沒了。

聽了陳通的質問，陳賢彬沈下臉，以里正的威嚴冷冷回了陳通一句。「我聽說，當初要張路生從村民中借用錢財的主意是你出的？現在，張路生出了問題，你這個出主意的是不是也該承擔一部分的責任？」

他怎麼知道的？陳通一驚。

但他畢竟是老狐狸，很快掩飾住心裡的驚慌，倒是一臉無辜地道：「這是哪個長舌婦亂嚼舌根？這種餿主意，我能出嗎？張路生跟咱們不是一族的，但趙氏可曾經是陳家的媳婦，我怎麼會害她呢？」

「呵呵，你說沒有就沒有？」

陳賢彬今天就沒打算跟陳通善了。

這個老東西倚老賣老，唯恐天下不亂。張家出事後，他就去張興家走了一趟，在他家嘀咕了一上午，下午就跟張興來陳賢彬家了，還說：「這事單憑張家一族是解決不了的，必須陳家一起幫忙才行。」

張路生的借貸事件，陳家莊幾乎是全莊覆沒，除了陳大年家沒參與，真要較真，其實也算參與了，因為住在陳大年家的林翠娥參與了。

「你說有就有？陳賢彬，今日咱們聚在一起為的是解決張路生的問題，怎麼你老跟我對著幹啊？」陳通老臉一黑，怒斥陳賢彬。

陳賢彬也不客氣，一拍桌子。「你若還是陳家的族長，就不該張家出了事，你拉著張家族長來陳家攪鬧。怎麼？你覺得自己財大氣粗能管得了這事？那好啊，就由你出錢，把張路生欠全莊子人的錢都還了吧！」

這話讓陳通的老臉紅一陣、白一陣，他氣得身體微微發抖，可是硬是沒說出來一句反駁陳賢彬的話。

本來嘛，事情是張家人惹得，那只能是張家來平，或者說，張家族長出面平，他一個陳家族長跟著攪和啥？這讓人不得不猜測他就是見不得陳家好，想要拉陳家下水！

「里正這話差矣！」

張興想要隔岸觀火的，但眼見著兩人都要吵起來了，他怕吵大了，兩人再甩手而去，那他今天就白來了，所以，他接了話說道：「里正，問題看似出在張路生家裡的，但仔細想想，張路生一家跟陳家還是有關係的，說的就是趙氏，有趙氏在，陳家跟張家之間就有說不清、理不盡的關係。所以，張路生的事情既然張家解決不了，陳家就應當應分的站出來幫忙，不然豈不是讓人恥笑陳家一窩娃兒不忠、不孝、不仁、不義！」

他說著，目光就直逼何月娘。

何月娘都要給這個張興鼓鼓掌了。

您說得太對了，您說得太有理了，您說得太他媽的不是人話了！

她冷冷一笑。「張家跟陳家有千絲萬縷的關係？那是在陳大年被趙氏帶著嫁給張路生之初，陳大年喊張路生一聲繼父。但是後來呢，張家跟趙氏是怎麼做的？全莊子無人不知，他們把陳大年趕出去了，要他小小年紀自己過，可憐陳大年出來的時候，身上沒有一文錢，沒有一口糧食，不是劉家莊左鄰右舍憐惜他，分他一口吃的，他能活下來嗎？現在，張家出事了，你們就想起陳大年了？陳大年就是個傻子，也知道誰對他好，他要報恩，誰對他不好，他要報仇吧？」

「妳……妳說的都不是真的！陳大年已經死了，當初的事也過去了，具體是怎樣的，誰說得清楚？妳說全莊子的人都知道，妳去喊他們來，讓他們說說，事情是妳說的那樣嗎？我相信他們是不會同意妳的話的。」

張興的臉上顯出一抹得意的神色來。

當下的陳家莊一莊子人都被張路生欠了債，他們若是還想要自己的錢，那陳大年家就是他們能抓住的最後一根稻草！他們怎麼會為了所謂的仁義道德幫何氏？

其實，說白了，也不是他們真就壞透了，不知仁義道德是何物，主要是家家戶戶都被張家坑了，那掏出來的都是他們賴以活命的血汗錢，他們不能也不敢放棄啊！

「你的意思是，現在的陳家莊就你張興的嘴巴大，大到說什麼、是什麼，想害誰、就害誰唄！」何月娘也不惱，甚至她邊說還邊對著張興微笑。

張興忍不住打了一個哆嗦。

這娘兒們笑得怎麼那麼詭異啊?!

「大年家的，妳甭怕，這事我說了算，張路生一家子搞出來的事跟你們陳家沒關係！」陳賢彬真是聽不下去了。

怪不得張家沒出啥好貨，原來根在張興身上啊，就他這狼心狗肺的德行，能教出個仁義良善的族人才怪呢！

何月娘感激地向著陳賢彬福了一禮。「叔，謝謝您主持公道，我們家大年若是知道您今日的所言所行，一定會親自來跟您道謝的！」

「啊？大年媳婦，大年親自來道謝就算了，我也上了點歲數，禁不起他的重謝啊！」陳賢彬尷尬笑道。

「叔，我們家大年是個好人，即便做了鬼，那也是好鬼，您對我們娘兒幾個的好，他一定會感激的！但對於那些處處想要算計我們一家的人，大年是不會甘休的！那些人今天晚上就等著作噩夢，被鬼掐脖子、抽筋剝皮、千刀萬剮、五馬分屍吧！」

「啊？不用這麼做吧？」

陳通跟張興兩人臉色驟變，一個比一個哆嗦得厲害。

這娘兒們說得也太嚇人了吧？

「既然里正你認為陳大年一家不需要為張家這爛事買帳，那好，我回去跟村民們說，讓他們要帳都來找里正，里正你主持公道，你不偏不倚，你就幫他們想法子，把張家的這事給平息了吧！」張興氣呼呼地道。

「我沒錢替張家還債！」

陳賢彬險些氣笑了，這張興還真敢開口，他的族人惹的事，他當族長的不管，推到里正這裡幹啥？

「那也成，隨便你，不過，你可別怪我沒給你提個醒，若是村民們鬧騰起來，讓岳縣令知道了，你這里正的頭銜可就要給拔了！你別後悔！」

說完，張興惡狠狠地剜了何月娘一眼，就要起身離開。

陳賢彬的臉色越發難看。

倒不是他貪戀這個里正的位置，只是，即便要不幹里正了，那也得是他自己辭掉，換成是縣令大人給他拔了，這事好說不好聽啊！

「我倒也不是不能管！」

何月娘看看陳賢彬，猜透他心中的憂慮，她略一思索，開了口。

「哦？妳管？那好啊，這是帳單，一筆一筆的都清楚著呢，總數是……」

張興一陣驚喜莫名，馬上從袖袋裡掏出來一張紙，紙上密密麻麻寫滿了人名以及錢數。

「我出三十兩銀子買下張家在河邊蓋的那間沒完工的大屋。」何月娘語氣淡淡地道。

「什麼？三十兩銀子就想買下那間快蓋好的大屋？何氏，妳當我們張家人是傻子嗎？」

張興勃然大怒。

「那在你看來我們陳家人就是傻子？你欺負我一個小婦人，說什麼我不出錢替張家還債，你們就要去告我？那好啊，你去告啊，我回家等著縣太爺判我入獄，把牢底坐穿！」

說著，她起身對著陳賢彬施了一禮，轉身就往外走。

「妳……三十兩也太少了！」張興忙站起來，想要阻攔她離開。

但陳賢彬卻先往前一步，隔在他跟何月娘中間。「張族長，男女有別，何氏一個寡婦就更得注意身分了，請自重！」

「你……」

張興被按了一個意圖對寡婦不軌的罪名，心有不甘，想爭辯，但想想此時解決錢的問題才是最重要的，所以，他乾笑兩聲。「里正你想多了，我只是想跟何氏商議一下，那大屋可不只值三十兩銀子呀！」

「不如張族長就把那大屋買下來，三十兩銀子太少，六十兩銀子你覺得合適嗎？」

陳賢彬笑容裡透著一股嘲諷。

瞧你那乾瘦的德行，全身的骨頭都秤量秤量，也不夠二兩雞毛重。

「里正，你這是和稀泥！」張興氣得瞪陳賢彬。

陳賢彬卻冷笑，道：「我倒想不和稀泥，由著何氏跟你一較高下了，你琢磨琢磨自己渾身上下的骨頭哪一根比大蟲的骨頭硬？」

「我……我又沒想著跟她動手。」

張興的話讓陳賢彬發笑。「你是不準備跟她動手，她若是要跟你動手呢？」
「這個……不能吧？好女不跟男鬥！」
「我可不是什麼好女！」何月娘朝張興冷笑。
張興頓時氣焰弱了，語氣訥訥。「我也沒說旁的，就想讓妳把錢再加一加。張路生為了蓋這個大屋才欠下那麼多債務的，三十兩銀子遠遠不夠啊！」
「那你盤算著誰能出更高的價，你就賣給誰啊！」
何月娘說完，推門出去，外頭月色正好，月光下陳家五個娃兒一溜兒地站著，見她出來，陳五娃第一個跑過去。「娘，我們來接您回家！」
「嗯，好，咱們回家！」何月娘眼圈微微泛紅。
「兩位請回吧！天都這般時辰了，你們不睏，我這還要睡呢！」
陳賢彬目送著陳家母子們離開，回頭就把張興跟陳通趕走了。
「呸！什麼東西，找上門來欺負陳家人，瞎了他的狗眼！」
沒等張興兩人走遠，里正娘子就把院門關上，邊插門，邊拔高聲調罵著，最後還怕他們倆聽不見，她又朝著屋裡的陳賢彬喊了一嗓子。「他爹，以後別什麼貓啊狗的都往咱們家裡放，咱家又不是畜生園子！」
「她……她竟敢辱罵族長，我找她去！」
沒走遠的陳通氣得跳腳，掉頭要回來，卻被張興一把扯了回去。「她又沒指名道姓的，你找她，她能承認？只當是被母狗咬了吧！回，回吧！」

他先垂頭喪氣地走了。

陳通站在那裡，氣惱了半天，跺跺腳也走了。

第三十三章

回到家，陳家幾個娃兒聽何月娘說，張興想找他們家要錢替趙氏他們還債，一個個都氣壞了。

「娘，絕對不能答應，他們憑什麼啊？我奶奶早就跟咱們脫離關係了，不，她已經不是我們的奶奶了！」

陳二娃氣得臉都脹紅了，見過不要臉的，沒見過這樣不要臉的，若不是林春華在一旁小聲勸解著，他都要奔張興家去跟他理論一二了。

「這事娘自有主張！」何月娘說著，眼神落在陳四娃身上。

陳四娃跟她對視的剎那，就明白了何月娘是打算把張家沒蓋完的大屋蓋起來，留著他學成手藝後，把那裡當成皮貨處理工坊。

後娘為了他，又是打獵，又是耗費銀子，他真怕到頭來，手藝沒學精，辜負了後娘的一番好心，他忙搖頭。「娘，我怕不能……」

他話沒說完，何月娘就瞪了他一眼。

「陳家的娃兒就沒有事沒幹，先給嚇破膽的！你要還是你爹的種，就給老娘挺直腰桿子，加油幹，老娘相信你小子將來會是個人物！」

「嗯，娘，四娃一定不辜負您的期望！」

陳四娃此時也是心情激蕩，一股熱血直沖頭頂，做事就跟打仗是一個道理，能戰死，也不能讓它嚇死！

第二天一大早，張興就到了陳家。

「何氏，我想了想，事情已然這樣了，三十兩就三十兩吧！妳現在給錢，我就做主了，張家在河邊蓋的那大屋就歸你們陳家了。」

「二十五兩！」何月娘正餵大樹吃飯呢，不緊不慢地說道。

「啥？妳昨天晚上不還說三十兩嗎？」張興跳腳。

「昨日一去不復返了。今天有今天的行市，或許明天的行市就是二十兩呢！」何月娘看都不看張興。「反正這大屋我們要也成，不要也成。張族長，不如你出去在村裡尋摸尋摸，看誰能出更好的價？」

張興那臉上表情跟吃了苦瓜似的，村裡誰會買張家那沒蓋好的大屋啊？光有個架子，想繼續蓋還得再加錢。

「成，二十五兩就二十五兩，拿銀子！」張興氣急敗壞地喊道。

「銀子不能給你。」

何月娘一句話把張興氣得跳腳。「我是張家族長，妳憑啥不給我？」

「你就是張家老太爺，我也不能給你。把張路生找來，讓他寫下憑證，一手交憑證，一手交錢，不然你哪兒來的還是回哪兒去，別在這裡影響我家小娃兒吃飯。」

張興臉都綠了。「敢情我是那堆狗屎，臭得妳家小娃兒吃不下？」

「呵呵，張族長，你這一大早就出來撿糞球，你該去街上、去驢棚，不是來我家啊！」

何月娘嘲諷道。

「奶奶，他臭臭！」大樹更是個機靈的，當即用小胖手捂住鼻子，還一臉嫌棄地看張興。

張興想打人，可他太瞭解自己了，他絕不是何月娘的對手。

好吧，看在二十五兩銀子的分上，我忍了！

何月娘在支付張路生銀子的時候，把林翠娥投進張家的二兩七銀子扣下，還給了她。

林翠娥歡天喜地的，直誇何月娘會辦事。

何月娘朝她一伸手。「妳的本錢既然拿回來了，那把我給妳那三百文錢還回來吧。」

「啊？妳說啥？我沒聽清啊，妳是不知道啊，這幾天因為張家那點破事，把我的耳朵都氣壞了，聽不見話的。大娃媳婦，快、快給我炒兩顆雞蛋，讓我補補，看能不能把耳力給補回來。」

看她那一臉的裝相，何月娘撇撇嘴。「我都捨不得指使我大兒媳婦做吃的，妳一個八竿子才能勾得著的表姨還想吃她炒的雞蛋？秀兒，晚上單獨給妳表姨粥裡放兩堆雞屎，妳表姨要是吃得好，妳以後頓頓給她放。」

聽見這話，林翠娥三天沒吃飯，見著飯就犯噁心，尤其是見著摻了紅糖的白粥，更是把膽汁都吐光了。

等陳家河邊的大屋好不容易也蓋完的時候，他們自己種的金銀花總算能採摘了。

金銀花的花期是每年的五到十月，一年可以採摘四次，一般五月中下旬採摘第一次，六月中旬採摘第二次，七月、八月分別採摘第三、第四次。

採摘金銀花的時間以清晨和上午為佳，此時花蕾不易綻放，養分足，氣味濃，顏色也好。但有露水和降雨天時不宜採摘，金銀花一旦浸濕，除非有極好的烘乾設備，否則會因為潮濕發霉爛掉。

蓋大屋的黃文虎等工匠並沒有撤走，而是直接進入張家那座未蓋完的大屋，繼續工作。而那原主人張路生和趙氏原本是想要悄悄進城裡找到兩個兒子，向他們要點錢逃到遠方去。

但張路生跑到半道便給抓了回來，趙氏是隱藏在一處茅草叢裡才躲過村民們的尋找。後來她雖然在城裡找到張波跟張洛，只可惜的是，她見到的卻是張洛的屍體。

張洛因為在賭場豪賭，不但輸光從家裡帶去的一百多兩銀子，還欠下了三百兩銀子的債，賭場的人逼著他回家拿錢，他哪敢回去？因為他不肯配合，就被賭場的人關在地窖裡，活活餓死了。

後來，賭場的人就把他的屍身丟在了城外的臭水溝裡，還是因為今年雨水大，所以臭水溝裡的水位見漲，張洛的屍身才得以在臭水溝裡浮了出來。

有人發現後報官了，官府也來人查了，從張洛身上的傷痕累累，能猜出來他是被人毒打致死的。

可到底是誰打的，沒人看到，官府的人更不會多管閒事，為一個枉死的賭徒多浪費時間偵查。就這樣，他們用一張破蓆子把屍體裹了，剛要丟到亂葬崗的時候，正巧被趙氏看到了。

趙氏哭了一場，又罵了一陣，罵這個不孝子怎麼就把銀子全花光了呢？緊接著她又哭自己命運不濟啊，眼下可怎麼辦？

村裡不敢回，外逃沒有銀兩，眼睜睜只剩下一條路了，找到大兒子張波。跟他要銀子。但張波的處境也沒比張洛好，他除了還有口氣外，渾身上下連套衣裳都沒剩下。他躺在街上角落裡，渾身長滿了大包，那大包裡都是濃血水，輕輕觸碰，膿包就會破裂，然後流出讓人噁心的膿血來，疼得張波一陣又一陣的哀號！

有懂醫術的人遠遠地看了一眼，說：「這人是得了那種見不得人的爛病，會一直這樣爛下去，到最後，爛得骨頭都能看得見，然後會滋生蛆蟲，蛆蟲會將他活生生地咬死。」

張波已經不認識趙氏了，因為他的眼睛瞎了，眼瞎也是爛病惡化中的一種反應。

「波兒，你的錢呢？給娘一點啊，娘得活命啊！」

趙氏忍著噁心靠近兒子，問他。

「嗚嗚……」

張波的嘴裡只能發出這樣類似哀號的聲音，其他的也什麼都說不了了。

趙氏氣得伸手去搖晃他，這一搖晃就觸破了他身上的大膿包，惹得張波發出更撕心裂肺的哀號，聽來十分的可怕。

趙氏沒法子，只能離開。

有人說：「他是妳兒子，妳就不想想法子給他治治病？」

趙氏怒斥。「老娘身無分文，眼見著也要活不了了，怎麼給他治？他……不是我兒子，這個孽障，就是老娘前世的債主，今生的要債鬼。」

她不顧眾人的議論紛紛，起身離開了。但她沒能走出幾步，就被得了信的陳家莊村民給抓住了。

就這樣，張路生兩口子都給抓了回去，被捆綁在村中央的大槐樹下，連著兩天兩夜，村民們什麼都沒給他們吃，只是有看不下去的人給他們餵了一點水，這才沒讓這兩個人直接餓死了。

但這也好不到哪兒去！

後來，何月娘買下了他們沒蓋完的大屋，得了二十五兩銀子，由里正做主，把銀子給大家分了，好歹是補償了大家的一些損失，因此村民們對這兩口子的怨恨才少了些。

張興本來是想要撿個便宜，分文不出地霸占張家在河邊蓋的那個沒成的大屋的，但後來被何月娘買了去，銀子又給大家分了，他什麼都沒撈著，就有點不死心。於是，他又狠狠心，做主把張路生家的房子賣了，又賣了三十五兩銀子，這回，是他做主分的銀子，分之前，他先將其中的十兩銀子據為己有，其他人分了二十五兩。

由此，張家算是徹底地沒落了。

後來有人在城裡見過張路生跟趙氏，兩人都做了叫花子。那遠嫁出去的三個女兒自是不可能回來幫扶，而唯一活著的張青那日見苗頭不對，早早撇下爹娘，逃得不知所蹤。

陳家一家子倒是沒工夫去管張家的破事。

這並不是何月娘和幾個娃兒狠心，實在是趙氏做得太絕情了。用無比卑劣的手段把陳家的娃兒們心都傷透了，何月娘肯出二十五兩銀子買下那個沒蓋成的大屋，已經是幫了趙氏一把了，不然如果趙氏一文錢都還不了村民，依著村民們當時的火氣，能直接把趙氏跟張路生點了當天燈！

後來，陳大娃還是悄悄給趙氏送去了五兩銀子，讓她跟張路生不至於餓死，後來他們到底怎麼流落了街頭，那陳家就不知道了。

金銀花第一次採摘，對於何月娘以及陳家都是一次考驗。

因為金銀花是極其怕髒污的，它是用來醫治人的藥材，一旦污染，那就失去了效用，商人們也不會再收。

所以，何月娘便親自上山去指導那些雇來幫助採摘的村民。

何月娘每天早早就帶人上山，採摘之前要先洗乾淨手，要大家手心保持乾爽，一旦手心出汗，就得立刻停止採摘，用來裝金銀花的容器也要保持乾爽。採摘時挑選那些成熟飽滿的花蕾，用雙指捏住花蕾底部輕輕一擰，就可以了，但是不要擰下葉子，幼小的花蕾也不能採摘。

這是個細緻活，所以，在雇人的時候，何月娘選擇的是村裡那些做事極其認真仔細的婦人們，秀兒跟林春華也上山採摘了，這兩人做事何月娘是放心的。

金銀花成功採摘後，何月娘去集市上買了一些竹製的圓形大笸籮，將這些大笸籮依次擺放在蓋好的大屋地上晾乾。

幾天後何月娘剛讓人小心翼翼地把晾乾的金銀花裝入了乾燥又潔淨的廣口罐子裡，李曾衡就到了。

聽聞陳家種成金銀花後，李曾衡特意親自到來，一看見漫山遍野的金銀花，簡直都驚呆了。他經商多年，奔走在周邊幾個國家，卻是第一次看到一個女子有如此魄力把金銀花種植得這樣廣，而且收益還是如此之好。

這片金銀花田第一次的採摘就得到了五十斤的乾貨，品質還十分優良，去年入深山採的，每回最多也只有三十斤，陳家人入山收了四、五回才湊滿合同的數。

他欣喜若狂，當即不但一次性支付了所有的貨款，而且還額外多付給了何月娘五十兩銀子，說這是下一年收購金銀花的訂金。

何月娘倒是沒客氣，笑嘻嘻地接了，承諾說：「這金銀花來年的產量一定會緊著李老闆，不過價錢卻是要隨行就市的，也就是說水漲船高！」

李曾衡拍著胸脯保證。「價錢不是問題，只要陳家大嫂子的金銀花品質一直保持得這樣好，產量多少，我都包了！」

李曾衡沒有停留，帶著五十斤金銀花乾貨直接奔赴碼頭，上了自家大船後返航了。

陳家一次金銀花的買賣就賺了二百五十兩銀子，加上大老闆給的五十兩銀子的訂金。

老天爺啊，陳家這一回淨收入三百兩銀子！

賣了金銀花，何月娘在家裡搞了一個家宴，各種好吃的、好喝的，但凡能買到的，都出現在陳家的家宴上，一窩娃兒也是歡天喜地的，尤其是幾個媳婦，想想自家這回可是存了幾百兩銀子的富戶，個個臉上都是喜洋洋的。

飯後，藉著五分的酒勁，何月娘給每個娃兒分了十兩銀子，並說道：「這是給兒媳婦的私房錢，以後不管是哪一房給陳家添丁加口了，就額外獎勵二十兩銀子，雙胞胎的話雙倍！」

幾個兒媳都面紅耳赤，幾個兒子卻都是信心滿滿的，看自家娘子的眼神，直勾勾的，只差直接把人抱回屋，即刻完成造人小遊戲了。

入夜，何月娘漱洗完後，躺在炕上頭還是暈乎乎的，她也是高興，被幾個娃兒輪著敬酒，喝得有點多了。

也不知什麼時候陳大年來了，他飄在半空中，眼神深情地看著半夢半醒的何月娘。

何月娘使勁揉揉眼睛，又死死地盯著他。

「不……不對呀，死鬼，你……你怎麼鼻青臉腫的？誰……誰打你了？告訴老娘，老娘替你……替你報仇去！敢打老娘的相公，他……他不想活了……」

她磕磕絆絆說完，眼前的陳大年已經出現重影了。

「你、你站住了，別……別晃……晃得我腦子疼……」

「我沒動，是妳喝醉了。妳啊，以後可不能跟娃兒們胡鬧，怎麼能喝這麼多酒呢？酒大傷身。」陳大年無限憐愛地給她掖被角。

「說……說誰欺負你了……老娘給你、給你找補回來……」

何月娘人醉心不醉，她看得出來，陳大年身上傷痕累累的，衣裳都被抽破了，明顯是鞭傷。

誰能把鬼給打成這樣？

「我沒事。」陳大年輕嘆一聲，接著神情嚴肅。「娘子，有件事我得讓妳知道，小五上一世是個狀元郎。」

「真的呀？那太好了！這一世他還會跟前一世一樣吧？不成，明天我就給小五找個最好的教書先生。哈哈，我們家有錢了，還有人才，這可太好了！」

何月娘的酒竟瞬間醒了大半。

「只是……」陳大年似乎欲言又止。

「有屁快放，老娘睏著呢！」

何月娘最煩陳大年這樣，什麼事不能直來直往，非得吞吞吐吐，跟有啥大秘密似的。

但讓何月娘沒想到的是，陳大年接下來說的，還真是一件棘手的秘密！

原來前一世的陳五娃是學問好，考了狀元郎。這娃兒當官之後就把原配妻子接到身邊了，很多人都誇讚說狀元郎是個有良心的，沒學那陳世美，成功後便把妻兒老少都給拋棄了。

但誰知道，他那原配妻子竟是個無福之人，被他接到身邊半年後就得病死了。

為此，陳五娃哭得肝腸寸斷的，人人沒有不對狀元郎誇讚的，說他重情重義，說他心懷仁善，還說這樣的人將來必定是大越國的將相之才！

果然，沒出三個月，陳五娃就被提拔為三品大員了。

同時，他也被宰相大人看中了，將自家唯一的嫡女嫁給了他。

陳五娃雙喜臨門，羨煞天下人！

但有些事，若要人不知，除非己莫為。

三年後，一場暴雨把陳五娃原配妻子的棺木給沖出來了，被一位在江湖歷練的皇子發現了。這位皇子平常對仵作的行當是很喜歡的，身邊也跟著非常有名的仵作，這仵作一眼便看出，陳五娃妻子的屍骨是青灰色的，明顯是被毒殺的，而且是因為慢性毒藥發作致死的。

後來由皇子主持，把這事查清楚了。

原來是宰相大人早就相中了陳五娃，但陳五娃言明了他家裡是有妻室的，就拒絕了宰相大人。結果，宰相大人就在五娃妻子的身邊安插了他的人，一日三餐地給五娃妻子下慢性毒藥，直至她死去。

對此，陳五娃是不知情的。

後來，他妻子死後，宰相大人又數次派人說和，表現出賞識，最後以前程似錦為代價，要求他娶自家嫡女。

陳五娃沒了妻子，念及前程，只好答應了。

事情水落石出後，皇帝重罰了宰相，把他打入天牢，後來他因為年歲太大，死在牢裡。至於他的女兒，雖然對謀殺陳夫人的事情一無所知，但總歸是牽連了此事，所以，被罰為平民，趕出了京城。

最終，陳五娃對亡妻心存愧疚，辭官不做，浪跡江湖，後來遇到了大雪封山，死在了山裡。

「真的呀？五娃前世還有這麼一段孽緣？」何月娘驚呆了。

「這都是五娃的劫數，雖然前世他原配妻子的死不是他親手毒害的，但終究是由他而起，他也是有過錯的。後來他孤零零地死在深山之中，也是對他的報應。不過，這一世，他卻還得繼續贖罪。」

陳大年的話讓何月娘頓時有些慌了。「你的意思是，這一世五娃不能高中狀元？」

「也能，但會因為得罪朝中權貴被害死，死得很慘，是五馬分屍死的。」陳大年說著，飄飄忽忽的臉上顯出一抹淒然。

「不，這不成！五娃那孩子那麼乖，他前世的罪孽，前世已經償還了，怎麼這一世還要承受？」

何月娘情急之下，想要去抓陳大年的手，卻一抓落空，她無比憤懣地道：「陳大年，你要還是五娃的親爹，你就得替五娃想法子申訴，他不知情，罪不殃及兩世啊！」

「我……只是一個平凡的鬼啊！」陳大年重重嘆了一聲。「我也心疼五娃，可……」

「可什麼可？你是怕得罪了下頭的頭頭，影響你轉世對不對？你就是隻鬼，不然我這會兒就狠狠揍你一頓……親兒子你都不顧了嗎？」何月娘氣得直罵。

陳大年就那麼看著她，任由她罵，到後來，他忽然揚起嘴角，笑了。

「喂，你還覥著個大臉笑？你也不想想，你是他的親爹，你這個親爹難道是、是無用的廢物嗎？」

「我當然不是。」

陳大年臉色一正，眉宇間顯出一抹堅毅來。

何月娘怔了怔，叫罵的勢頭打住，她看著他渾身上下的狼狽跟傷痕，有點猶豫地問道：

「你……你這一身的傷就是因為五娃的事？」

「我就知道什麼都瞞不住妳，說來也是陳家祖上有靈，才讓我娶了妳這樣一個好媳婦進門！」

「少說些亂七八糟的，你現在就是讚老娘是九天的仙女，老娘也不稀罕，老娘的五娃怎麼辦？你倒是說啊！」

「妳放心，五娃今世的罪孽，我替他承受。」陳大年這話說完，臉色卻越發得淺淡了。其實，放在活人身上，是他的臉色慘白，但在鬼來說，那就是淺淡，近乎虛無。

「你是說，是那個原配妻子把你打成這樣的？她……她也太狠了點……」

「那女子是個至善的，一直沒有對我怎樣，是她的過世的長輩親戚，他們覺得女子短暫的一生就是因為嫁給五娃才沒的，所以，他們到閻羅王那裡告了五娃。閻羅王大怒，要把五娃帶去陰間審問，太爺爺求了閻羅王枕邊的人，這才讓閻羅王答應只要陳家有人承受了五娃該承受的，那這一世，他的一切過往罪孽便一筆勾銷。」

「他們打你了？」何月娘的心都在抽疼。

「沒事，我不疼的，妳不用擔心。」

陳大年想擠出一個笑來，但卻扯了扯嘴角，硬生生把笑給弄成了苦楚。

他怎麼可能不疼？閻羅王有一套折磨人的十大刑罰，比滿清的十大酷刑還要來得更殘酷。此時何月娘在陳大年身上看到的只是傷痕，實際上，閻羅王著人在陳大年的鬼魂各處要命的穴位上都扎下了鎖魂釘，只要陳大年體內的鎖魂釘不除掉，他就永遠不能轉世投胎，只能在陰間做飄飄蕩蕩的孤魂野鬼。

這些陳大年是不會跟何月娘說的。

他唯一覺得遺憾的就是，他不能投胎轉世，也就意味著他不能在來世帶給何月娘跟娃兒們一個驚喜，一份遲來的疼妻護兒之愛！

「怎麼能不擔心？你本來就鬼兮兮的，沒個人樣，如今看起來更慘了。」

何月娘的眼底有晶瑩了。

她做人做事可以直爽，但這並不代表她沒痛惜的心！

「左右是隻鬼，長得好看也沒用。」

陳大年說得頗有些無奈。「妳睡吧，下回不能再喝那麼多酒了！」

「嗯，好吧，我……真的是……」話沒說完，她就歪在一旁睡著了。

陳大年佇立在一側，就那麼看著熟睡中的妻子，心頭有說不清的情緒。

他不知道到底能不能熬過閻羅王的這十大刑罰，他能在今晚回來一次，也是太爺爺託的人，之後的十八天內，他要在煉獄中度過剩下的九次刑罰，結局怎樣，他自己也不知道。

不過，獨獨有一點他是放心的。

閻羅王保證了，這一世的五娃已跟上一世完完全全斷絕了。
以後的陳五娃就是陳五娃，沒有前世，只有今生。

第三十四章

第二天陳家人還宿醉未醒，就有人敲門來了。

這回來的，是以陳家族長陳通為首的幾個陳家的長輩，他們一個個沈著臉，來者不善。

何月娘倒是沒怎麼驚訝。

樹大招風，陳家如今恐怕都是陳家莊的首富了，陳家人歡天喜地，自然就有人羨慕嫉妒恨，諸如陳通等人。

「何氏，經過我們全族人商議，東山是屬於全莊村民的，人人有份，妳妄想用五兩銀子就租一年，哼，不成，馬上把東山還回來，我們莊子裡要重新把東山規劃一番，分給村民們！」

陳通陰鷙的眼神瞪著何月娘，那樣子就像是惡狠狠的狼發現了何氏這隻小羊羔。而狼，是要吃羊的！

「族長的意思是連山中種植的金銀花也要一起分給你們？哦，最好再把種植、養護、採摘金銀花的法子都告訴你們，那就可以放過我們陳家了，我說得是不是？」

何月娘笑了，笑得極其自然，就好像她此刻剛聽到了讓她無比愉悅驚喜的事情一樣。

「這個……」

陳通怔了怔，他眼底掩飾不住的意外，按照他來之前的設想，只要他說出剛才那番話，這個女人就該火冒三丈，就該罵大街呀？她……竟笑了？

其他人也都有點傻了。

「妳能如此做那最好，我可擔保你們陳家從此……」

陳通的話沒說完，何月娘卻動了。她走動的速度不疾不徐，就在眾目睽睽之下，她走到了院子一角，那裡有一個用來磨豆子的磨盤。

砰！

隨著這響動，陳通的腳跟前多了一個圓鼓鼓的磨盤。

何月娘拍了拍手上的泥，指了指剛被自己抱過來的磨盤。「族長，不是要分東山嗎？開始吧，我何氏心好，打算每位分到山地的村民都送他們這樣一個磨盤。不過，這磨盤啥時候送，那得我說了算，可能是早上，可能是在晚上，他們也不用等，我何氏說話算話，定然會在他們不知道的時辰送過去。我可事先給你們提個醒，我家這磨盤呢，直徑三尺多，厚過大半尺，重量呢，也就三百多斤吧！到時候我從院牆外頭丟進去的時候，因為看不見，所以準頭會差點，萬一要是砸著貓啊狗啊，花花草草的，你們可別介意，當然，介意也沒關係，我可以再丟一次，直到你們滿意為止！」

跟陳通一起來的幾個老人，臉色登時慘白，有個身子弱拄著枴杖來的甚至抑制不住地發起了抖，手裡的枴杖都險些握不住了。

「妳……妳這是暗喻威脅我嗎？」

陳通也沒想到這何氏會有如此神力，雖然知道她曾經打死過大蟲，但打死大蟲是為民除害，縣太爺可以獎賞她，但她不敢打死人吧？真把人打死了，縣太爺就是再敬她是打大蟲的英雄，那也不能不治她的罪吧？

但沒想到，這何氏膽子如此大，她……她竟說要從牆外往人家院子裡丟磨盤。

這可是幾百斤重的磨盤啊，姑且不論會不會砸到人，就是砸到了院裡的空地上，那也是個坑啊！

好端端的院子多個坑讓人瞧見了，還不得笑話他們是偷雞不著蝕把米？

「暗喻？你那老耳果然是長了驢毛，聽不清楚了。快回去拿燒火棍掏掏耳朵，我這明明白白就是告訴你們，租用東山百年的合同我是當著全村人的面前跟里正簽的，租金我也付了，一文錢不少，你們現如今想要來攪鬧，別人怕，我何月娘卻是不怕的。我拿磨盤把你們家院子裡砸個大坑，留下個證據後，我再拿了合同去縣太爺那裡申訴，看他怎麼斷。」

「咳咳咳……」陳通臉色一變，突然對著院門外大聲乾咳。

「哼，你當老子活了這大半輩子是被一個婦人嚇大的嗎？」

他說著，扯了那幫老頭子往旁邊閃了閃，他是想給即將衝進來的青壯們讓出條道來，好讓他們能麻溜地把何氏給綁了。

陳家那幾個娃兒都是被何氏給教唆壞了，只要拿住了何氏，就不怕陳家娃兒們胡來！

一息……兩息……三息……

在他心裡默唸了好幾遍十個數後，也沒聽到院外奔進來的腳步聲，他氣惱地扭頭往外看，就看到他那孫子陳耀祖灰頭土臉地跑進來。「爺，那些慫貨，看到何氏丟磨盤就跑了，他們說……說……」

「他們說什麼？」

陳通這會兒再也顧不上裝陳家族長的傲慢模樣了，氣得枴杖往地上敲得啪啪直響。

「他們說，他們的身子骨兒沒有磨盤硬，所以他們先回去練練身子骨兒，等練得比磨盤硬了再來。」

「這幫龜孫！」

陳通此刻已經不能用憤怒來形容了，簡直就是暴跳如雷，當然，如果他那顫顫巍巍的樣子還能跳得起來的話。

「妳……妳等著……妳這等目無尊長，我……我會在陳家列祖列宗前除掉陳家這一支，我會禱告祖宗要他們……不能輕饒了你們這些逆子！」

陳通哆哆嗦嗦地被陳耀祖給扶著往外走，邊走還邊扯了一些鬼話。

何月娘哈哈大笑，贈他一句。「族長回去好好練練身子骨兒啊，啥時候練得比磨盤硬了，我免費贈你十個、八個的，保證讓你家院子裡大坑套小坑，小坑套小小坑，坑坑裡都是你那無恥的嘴臉！」

據說，陳通被孫子扶回去後，三天沒從炕上爬起來，也不知道是被氣得，還是被那碩大的磨盤給嚇得。

總之，鬧著要分陳家東山的勢頭算是暫時給壓制了下去。

陳家呢，也平靜了近一個多月。這一個多月是金銀花盛開第二次花蕊的時節，何月娘並沒有閒著，她組織山上幹活的人輪番去山下的河裡挑水澆灌金銀花，算是給努力綻放的金銀花多加一些助力，讓它們在下一個花期開得更好。

第二次收成金銀花的時間，很快就要到了。

何月娘跟家裡的雇工們商議了一下，因為採摘金銀花的時候，是不能用汗手去接觸的，所以，她再三囑咐雇工們都要記得把手洗乾淨了再幹活。

當然，在雇工費上，何月娘又多加了幾文錢。雇工們暗暗地在心裡盤算了一下，雖然起得比上月分早，但幹活的時間卻短了近一個時辰，拿的雇工費還多了不少，這完全是划算的營生啊！

於是，沒人表示反對，反而都躍躍欲試，打算在這一回的採摘金銀花中拔得頭籌。何月娘可是許諾了，這回參與採摘的人要排名，以採摘的數量為標準，排出前十名來，人人有額外的獎勵，尤其是第一名的獎勵特別豐厚，共紋銀三兩！

哎呀，這可是白花花的三兩銀子啊！仔細點過日子，夠一家子大半年的嚼用了。

「爹，我一定得拿到這個採摘金銀花的第一名！」

秦鶴慶在家跟他爹秦英攥著拳頭，咬著牙，表示決心。

「你還小，別累壞身子骨兒，咱們家如今也能順順當當過了，你就算不拿第一，也……」

秦英有點心疼兒子。他是個教書的，肩不能扛、手不能抬的，家裡重活、累活都是十幾歲的兒子幹的，他有時想想，他這個爹當得真沒出息！

「爹，您不是說了，人得有志向，才能有所成嗎？」秦鶴慶卻不以為然。

「我那是說……」

秦英當年說那話是為了激勵小鶴慶讀書用功的，沒想到，鶴慶對讀書根本沒興趣，倒是喜歡幹蠻力活，小小年紀，小身板雖然乾瘦，但拳頭一攥，小臂上都是結實的肌肉。

這孩子比他有力氣是真的，可畢竟只是個十幾歲的少年，萬一累壞了身子骨兒怎麼辦？

「爹，人幹點活是累不死的，也是您說的呀，只有氣才能把人氣得病了。」

秦鶴慶看出他爹眼底的擔憂，又及時地引用了他爹說過的話來寬慰他。

秦英語塞。

他那話的原意是想教育兒子，別幹壞事把他這個老子氣死。

唉，算了，他跟兒子的想法根本就不在一條線上，不說了，不如去給兒子做碗有兩顆雞蛋的麵，好讓孩子吃了補補身子吧！

可秦鶴慶沒把麵裡的兩顆雞蛋都吃了，非要秦英也吃，否則他就一個也不吃。

沒法子，秦英只好吃了一個。

吃完飯，洗完碗，秦鶴慶就要往外走，被秦英喊住。「鶴慶，天都要黑了，你去哪兒？」

「爹，我去山上瞧瞧，看明天能不能開始採摘金銀花。陳家嬸子上午可是說了，經過今天一天的太陽曬，估計最晚後天就能採摘了。我都準備好了，只想能快點採摘，我好拿第一啊！」

說罷，他興致盎然地跑出了家。

「這孩子……」秦英無奈地搖頭。

想想他故去的娘子，似乎也不是這樣見著賺錢就紅眼啊？對了，他家老爺子是，早就作古的秦老爺子當年為了多賺一文錢，寧可揹著打來的柴火多走二十幾里山路去城裡賣呢！回來腳底板上磨破了幾個大疱，他娘在燈下給他爹挑疱的時候，看著他爹疼得齜牙咧嘴的樣子，還是少年的秦英當時就想，他爹該不會是個傻子吧？為了一文錢就把自己給折騰成這樣？

陳家在東山第二次金銀花採摘一直持續了十二天，到月末結束，採摘數量最多的人是秦鶴慶。

這小子是個能幹的，總數量比第二名足足多出了一斤！

這一斤的差別，讓他得償所願獲得了三兩銀子的獎勵。

五天後，李曾衡派人來把晾曬好的金銀花收走，一共是六十六斤，陳家獲得的貨款是三百三十兩銀子。

自然，陳家又是一片歡喜。

家庭慶祝晚宴是必不可少的，一番吃吃喝喝之後，何月娘看著肚子已經高高隆起的李氏，醉眼矇矓地說道：「大寶她娘，妳要是給老娘我生下個帶把的，我……我重重有賞！」

「娘，您喝醉了！」李氏鬧了個大紅臉。

「老娘沒醉！老娘盼著這陳家裡出外進的都是娃兒，男娃兒、女娃兒，都……喊老娘是奶奶……哈哈，老娘樂得當奶……」何月娘笑得肆無忌憚。

「奶……」

「奶奶……」

一時間，大樹跟幾個寶姑娘就都撲了過來，幾個娃兒一齊往何月娘身上撲，何月娘喝得暈暈乎乎的，哪抱得住他們，於是，一大四小都倒在了炕上。

「大寶，怎麼把奶奶給推倒了……」陳大娃忙去拉幾個娃兒。

娃兒卻被何月娘一下子都攬入懷中。「不許……不許帶走我的寶貝兒……他們都是……都是我的娃兒……」

她呢喃著睡了過去。

陳大娃等人看看這幾日累得覺都沒好好睡的何月娘，個個眼底都泛起了淚光。

他們早年喪母，後來喪父，本來是最不被村人看好的孤兒命，一窩的孤兒，理應落得一個吃不飽、穿不暖，窮得到街上要飯的命。誰知道他爹老了給他們娶了一個好後娘，讓他們一窩可憐的孤兒沒被餓著、凍著，如今過上了家有餘糧、餘錢，人人歡歡喜喜的好日子！

這都是後娘帶來的福啊！

何月娘第二天早上起來，頭昏沈沈的。

她躺著沒動，腦海裡一直在仔細地回憶著昨晚發生的事，林春華跟秀兒做了一大桌子好吃的，一家人圍坐一起，吃菜喝酒，她喝多了，然後……然後就睡著了。

一覺到天亮？不對呀，不該是她迷迷糊糊睡著了，然後來隻鬼，又把迷迷糊糊的她給撩醒了嗎？那隻鬼陳大年沒來？

算算日子，似乎他已經有些日子沒來了。

似乎有點不對啊！難道他轉世投胎了？

那他就沒想著來跟自己告個別？

思來想去，她想起最後一回見陳大年，他身上那不少的傷痕，他說他會為五娃承受前世的孽債，讓五娃在這一世好好讀書，好好做人！

難不成，他是酷刑沒撐過，又死了一回，成了聻？

她聽陳大年說過，鬼死了變成聻。聻是沒有靈智的虛幻狀態，聻也會死，死後變成希，希會失去聲音，希死變成夷，夷徹底失去形體則成為空氣中的一粒塵埃。

陳大年是很怕死的，若他真死了，那就真的走向了一條不歸路，沒了來世。

想到這裡，何月娘渾身打了一個激靈，她忙起身對外頭喊：「大娃，你去準備點香蠟紙馬，我……我想去山上看看你爹……跟你太爺爺。」

何月娘沒讓陳大娃跟著一起上山。

在山腳下，她拎著香蠟紙馬一個人上了山。

陳家的祖墳就在東山山頂，大大小小二十幾座墳，最老的據說就是陳大年的太爺爺陳牧原。

何月娘沒去陳大年的墳頭，而是徑直到了陳牧原的墳前。

把帶來的東西都一樣一樣地擺好後，她恭恭敬敬地磕了三個頭，磕完之後，並沒有起來，而是絮絮叨叨地說上了。

「那個陳牧原老人家，咳咳，我是陳大年娶的媳婦，是繼室。咳咳，可能繼室也算不上，我跟他實際上並沒有那個啥，他就急匆匆地去見你老人家了。當然我這並不是埋怨您，本來也是說好的，我們一成親他就死，他若是敢不死，我就弄死他！」

何月娘歪頭想了想，又接著說：「我跟他怎樣都不重要，重要的是，我覺得吧，您給人家當太爺爺，那就是一種責任，一種……一種擔當，您不能光顧著去跟那些什麼豔鬼啊、美鬼啊快活，您兒孫後輩攤上事了，您是不是得出面管一管啊？」

說到這裡，其實何月娘心裡也有點發虛，畢竟人家陳家這位太爺爺也沒說不管啊，就因為掛念著在世的陳家子嗣，這才逼著陳大年臨死時娶了她的。不過想到陳大年，她又低聲嘮叨了許多，說到最後都不知道自己說了什麼。

「唉，這位小娘子，妳還好吧？這給先人上墳那都是心意，人死如燈滅，哪能妳燒燒紙，他就能答應幫妳做啥事啊！聽起來，妳也是不易。」

倏地，何月娘身後傳來一個人說話的聲音，她被嚇了一跳，倏地跳起來，急退兩步，眼神驚恐地看著來人。那是個穿著打扮很是不一般的男人，男人面容俊朗，氣質溫和，看著她轉身後，初時眸底也是微微一怔，似有驚訝。

男人身後還跟著幾個隨從，看到她用那麼驚恐的眼神看自家老爺，其中一個管家模樣的人忙站出來說：「這位娘子，不好意思，我們不是故意要聽妳說話的，實在是也來給祖上上墳，路過此處，聽妳悽楚的訴說很是動容，這才……這位是我們家大爺。」

既然是路過，那你就好好走你的路唄，一個……不，是一群大男人跑到旁人祖墳前偷聽，還真是有夠閒的！

何月娘心情不佳，也懶得跟他們廢話，當下只眼神冷冷地瞥了一眼那位大爺，提了籃子，施施然從這幫人跟前走過，頭都沒回。

陸世峻愣在那裡半天，這才問一旁的管家陸福。「她……這算是鄙視嗎？」

陸福跟了陸世峻二十年了，頭一回見到自家主子吃癟，當下也是困惑，他撓撓頭。「大爺，您甭在意，鄉野村婦，不懂什麼規矩，舉止粗鄙也是有的。」

她舉止粗鄙？問題是，她做出啥舉止了嗎？

人家不過是連個眼神都懶得給他們，徑直提著小籃子走了。

陸世峻又把目光看向其他人。

管家都說不出個一二三來，其他人就更沒詞了，當下一個個都低垂腦袋，默不作聲。

「走！」陸世峻無奈地瞪了他們一眼，邁開大步徑直往外祖劉氏一族的墳地走去。

第三十五章

吃完飯，何月娘叫上五娃，一道去了小王莊。

死鬼陳大年對這個最小的兒子很是掛念，她就算是為了陳大年的心願，也得給五娃兒請個好老師。

聽秦鶴慶說，他爹學問是很好的，家裡教了三里五村的十幾個娃兒呢。

到秦家時，秦英正在給娃兒們講書，他手裡捧著一本書，之乎者也讀得正起勁。

陳五娃眼睛亮晶晶地聽著，一邊聽嘴裡還嘟嘟囔囔地跟著唸，神情十分的專注。

何月娘看著他，心裡念叨：怪不得前世是狀元郎呢，果然是塊讀書的料子！

跟秦英說明來意後，秦英很爽快地答應了。

兩人約好，這幾天挑個好日子就要五娃帶了拜師禮來拜師。

秦英說：「拜師可以，禮就不要了，我兒鶴慶在你們家做活，你們對他的關照他成天回來說，我一直帶著娃兒學習沒得空上門去謝你們，怎麼還能再要你們的禮？」

何月娘笑著說：「秦先生，這是兩碼事，不能混為一談。鶴慶是個勤快的，在我那裡幹活也是憑本事賺錢，二娃對他多關照，那也是因為他是個好的，心存感恩，讓人看著喜歡。至於五娃來拜師，禮是一定要的，這是規矩，也必須讓五娃知道尊師重道的理，不然他還當請秦先生教他，是件太輕易的事呢！真給他埋下這印象了，他哪還會實心實意地跟著秦先生學呢？」

秦英聽完，也不由得點頭，嘴上說：「那好吧，就聽陳家大嫂子的安排。」心裡卻暗暗對這個女子讚嘆不已，古來家中男人是頂梁柱，而何氏能把沒了頂梁柱的陳家帶得這樣好，其心智，其氣度都不是一般婦人可比的。

第一印象不錯，回到家，何月娘就決定送五娃去小王莊跟秦鶴慶的父親秦英讀書。第三日，她帶著籌備好的拜師禮，跟大娃一起送五娃去了小王莊。秦英很喜歡五娃，也願意教他，行了拜師禮之後就帶著五娃進教室了。

何月娘沒直接回村，而是讓陳大娃駕車載著她去了趟城裡，四娃有些日子沒回家了，她準備去看看。

到了皮貨店，四娃不在鋪子裡，馬老闆說：「他去給客人送貨了。」

坐著等四娃的空檔，兩人聊起娃兒讀書的事。

馬老闆說：「這方圓幾十里，最出名的私塾是劉家私塾，據說，劉家請來的教書先生可是從京城來的大儒，人家教一個學生一年的束脩都是本地先生教五個的總數，一般門第的孩子根本進不去呢！」

「劉家私塾？」何月娘有點遲疑地問：「馬老闆，這劉家是什麼來路，怎麼會雇得起京城的大儒來給其子嗣教書？」

「劉家本家祖上並沒有什麼背景，若是說他們的依仗，那只能說劉家養了一個好女兒。據說這劉雲若長得很是雍容富態，並非傾國傾城的顏色，不過，卻是個富貴命。陸家是託了京城最出名的皇家寺廟裡的住持無了測了劉雲若的八字，跟陸家老爺完全匹配，這才上門來提親。當年劉家不過是一般商賈人家，哪想得到，會被京城富甲一方的陸家提親，根本沒考慮，直接就同意，三日後成婚。這劉雲若也的確是如那無了住持說的，進了陸家門，先後給陸家生下四子一女，長子陸世峻無論是長相跟才華那都是京城富家公子哥兒裡的頭等，他的婚配可比他老爹風光多了，娶了悅然郡主，由此陸家更是繁華一時啊！」

馬老闆說得那叫一個眉飛色舞，眼裡的羨慕嫉妒恨都是毫無遮攔的。

何月娘搖頭。「馬老闆，你還是沒說，到底劉家這……」

她忽然明白了。「你的意思是，劉家私塾這大儒先生是陸家請的？」

「當然啊，也只有陸家才會如此的提攜劉家子嗣啊！不要忘了，這劉家是陸家四子一女的外家，他們的母親被名寺住持冠以旺夫、旺家、旺子孫的富貴命，陸家怎麼可能薄待了她？正所謂的愛屋及烏，自然也就對劉雲若的母家高看一眼，多加照拂了。」

「原來是這樣。」

何月娘有點後悔把五娃送去秦先生那裡了，她只因為秦鶴慶的為人，信了他父親是個盡職盡責的教書先生。可是，這世上有一種說法是，盡職盡責並不代表就是個合格的好先生，如果先生的學問不成，那再怎麼盡職盡責，恐怕只能教出來懂事的孩子，而非才華橫溢的。

「不過，想要進劉家私塾那也是極其不易的。首先先生的束脩就不是一般的貴，恐怕就連我這種小商戶都不一定負擔得起。再一個，他們劉家也不收外姓的娃兒入學，哪怕是劉家，若出了五服的子孫想要去私塾讀書，那都得費一番工夫的。」

馬老闆這話說完，何月娘心情倒是放鬆了一些。

劉家私塾不好進，她即便是想要讓五娃去讀書，也未必能成。

如此一想，她心情鬆快了許多。

前世五娃是狀元郎，以陳家的家世，陳大年是沒有辦法把五娃送進什麼有錢有勢的劉家私塾讀書的，所以，五娃就是讀書的料子，在哪兒都能發光的。

如此在心裡默默安撫了自己一陣子後，陳四娃也回來了。

見大哥跟後娘來了，四娃歡喜得緊，非要請大哥跟後娘吃飯。

「哪來的錢請我們？」何月娘笑問。

「娘，我有錢！」陳四娃笑嘻嘻地在袖袋處按了按，一臉的小得意。

從皮貨鋪裡出來，娘仨去了包子鋪。

正值晌午，包子鋪裡人很多。娘仨挑了一個靠窗邊的位置坐下，他們要了四屜包子，四個小涼菜。

很快飯菜就上來了，娘仨邊吃邊聊。

首先陳四娃說了一些關於學習處理皮貨的小技巧，還跟何月娘他們頗為得意地炫耀。

「我現在已經是師父的得力助手了，每回師父遇到很難處理的皮貨，都會讓我在一旁伺候，我就乘機學習師父處理皮貨的手法以及技巧，師父都誇我機靈呢！」

「瞧瞧你那得意勁兒，懂不懂謙虛使人進步啊？」何月娘笑著戳戳他額頭。「沒出息！」

「就是，你這還沒成大器呢，炫耀啥？」陳大娃也是很高興四弟的進步，不過，該打壓還是要打壓一下的，別驕傲得小屁股都翹到天上去了。

「我也就是在娘跟大哥面前說說，旁人跟前我是不敢這樣的！」

陳四娃撓撓頭，一臉不好意思。

「行啦，多吃點包子，吃飽了有力氣幹活。」何月娘給陳四娃挾菜。

把四娃送回了皮貨鋪，何月娘跟大娃就回了家。

七夕節快到了，一家子都忙著發麵烙七巧果，幾個小不點強烈要求何月娘，他們想要吃帶餡的七巧果。

這哪有不答應的道理？

何月娘許諾了，不但會給他們做帶餡的七巧果，還會給他們煮艾草雞蛋，做艾草點心。

幾個小娃兒都歡天喜地地圍繞著林春華跟秀兒，嚷嚷著他們也要做七巧果。

李氏有點捨不得，怕大寶她們把麵團給蹧踐了，所以就想扯了大寶、三寶回屋，被何月娘一個眼神瞪過去。「我家娃兒想做什麼都行，多試試，那樣他們才能更長聰明，更有動手能力。」

李氏馬上點頭表示。「娘說得對，一切都聽娘的。」

晚上何月娘躺下得挺早的，但卻翻來覆去的怎麼都睡不著。

折騰了一個多時辰，身邊睡著的小六朵睜開迷迷糊糊的眼睛。「娘，妳怎麼啦？」

原本二寶跟大樹也是跟著何月娘一起睡的，但林春華跟陳二娃成親後，他們就把兩個娃兒接回自己屋睡了，這正屋裡就只剩下六朵陪著何月娘了。

「娘沒事，妳睡吧，乖！」

何月娘有點歉意，她知道是自己來回翻身把孩子弄醒了，忙尋了一個舒服的姿勢好好躺著，心裡默默地告誡自己——睡覺，再不睡覺妳就是個棒槌。

她緩緩地閉上眼睛。

但眼睛閉著，她腦子裡就跟跑馬似的，沒一刻停下，而且她忽然有種感覺，有人正盯著她看，她猛地睜開眼，眼前出現了一個飄在半空的身影。

「陳大年！」她低呼，眼底有驚喜。

「娘子，謝謝妳！」陳大年說這話時，滿臉歉意的笑。「是我無能，不但不能護著你們，還要妳替我擔心！」

「我……我才沒有呢！我是人，你是鬼，我就是再瞎操心也操心不到你身上，你少自作多情了！」何月娘嘴上耍賴，但臉頰覺得微微有些發燙。

是誰跑到人家太爺爺墳上長篇大論一番，甚至還出言威脅，說三日內要是見不到陳大年，她就撇下陳家一窩娃兒走了的？這些事陳大年不會知道吧？

她看他，越發覺得他臉上的笑裡多了幾分的揶揄，頓時氣惱地罵。「你還有臉回來？有本事你就死在哪個風流女鬼床上別回來了啊！反正現在陳家也挺好的，娃兒們也聽話，家裡有你沒你一樣過日子……」

倏然，一個飄忽的身影撲來，將她抱了個滿懷。

不，其實並沒有抱住實體的她，只是陳大年半張著雙臂，在她身前做了一個將她抱住的動作，他的呼吸好像急促了很多，如果他還能呼吸的話。

何月娘所有強裝的不在乎，都化為烏有。

她定定看著他，一動不動，好似整個身軀都被他抱住，不容她掙扎，不給她掙脫。

良久，他的身影飄開了。

何月娘只覺得原本凝在自己跟前的一團冰冷的白霧驟然消失，她很是失落。

「娘子，對不起！」

陳大年無力地垂下眼眸，看著自己的雙手，如果能讓他切切實實地抱這女人一次，他也是滿足的。

但他做不到。人鬼殊途啊……

「太爺爺救了我，他去求了下頭的大老，答應給大老端茶倒水五百年，大老這才放了我，也把五娃前一世的孽緣了結了。以後，能不能把這一世的路走好，就看五娃自己的了。」

「救你的是你太爺爺，救五娃的是你，你跑來謝我做什麼？」

何月娘心情不美麗，也說不清為什麼，就是覺得眼前這個死鬼礙眼。

幾日來對他的掛念，似乎還不如不見！

「這一切都是因為妳。太爺爺說，妳去墳上給他送錢了，還說了很多話，太爺爺罵我，說我配不上妳。我也知道，我配不上妳，妳還年輕，我卻是個……」

他的話沒說完，何月娘就惡狠狠地剜了他一眼。

「這些你才知道？現在跑來假惺惺的說些有的沒的，是成心來膈應我的？」

「我沒有。我也不知道該怎麼說，就是覺得欠妳太多，妳本來可以嫁個好人家……」

「對，嫁個志同道合的，大家好一起要飯！」何月娘心情更煩躁，話裡沒好氣。

「噗哧！」死鬼竟笑出了聲。

「你笑屁啊！」

何月娘一個枕頭丟過去，沒打中，氣得她又去抓另一個枕頭，那虛空裡的身影忽然又撲了過來，就在她的跟前，他做出雙手捧著她的臉頰的姿勢。「娘子，妳放心，我會報答妳的，一定讓妳成為世上最幸福的小女人。」
他嘴往前湊，在她臉上虛晃地親了一口，還弄出了啾啾聲。
何月娘滿臉緋紅。
她知道，他的吻無法真實地落在臉頰上，但她就是覺得他實打實地親了自己，狠狠地。
「流氓，滾！」
「我知道妳是喜歡的。」死鬼壞笑著。
「我讓你笑，讓你笑……」
她做出一般婦人撒嬌耍潑打自己男人的樣子來，兩隻粉拳雨點般朝著死鬼打去，打在虛空裡一次又一次，她不想停，他在喊疼，喊到後來，直告饒。「娘子，好娘子，別打了，好疼的，疼在夫君身，疼在娘子心呀！」
「我……我才不管你呢！」嘴上如此說著，小拳頭還是放了下去。
揮了這麼多空拳，她累得氣喘吁吁的。
他無比憐惜地輕撫著她的長髮，嘴裡輕聲呢喃。「妳要是早到陳家莊一天，哪怕一個夜晚也好啊……」也好過兩人之間徒有虛名，並無你儂我儂的恩愛繾綣。
他渴望能真正擁有她，他也願意給予她自己的全部，從髮膚到內心，那種兩情相悅，傾心擁有才是人世間最美好的事情啊！
「那日妳在太爺爺墳前碰到的男人叫陸世峻，不是個壞人。他雖然已經娶妻，但娶了個郡主當媳婦，日子過得注定不是那麼的舒坦，他此次來就是來散心的，竟遇上了妳……」

何月娘倏地坐直了身子，扠腰罵。「怎麼，你這是在說，老娘是那姓陸的散心時的小點心嗎？」

「妳知道我不是那個意思，我就是說，如果妳實在覺得孤單，他未必不是個好的歸宿，他那郡主正室在京城，離這裡千里之遙，鞭長莫及的，不會……」

「你給老娘閉嘴！老娘就是當幾輩子的叫花子，也不會給人去當外室！滾滾滾！」她狠狠踹了他幾腳，踹不中也要踹。

太氣人了，這渾貨，前一刻還情深深、雨濛濛的，後一息就給她安排了啥外室的角兒，他以為他是誰啊？呸呸呸！一隻醜鬼而已。

「放心你個狗頭啊！蠢人、混蛋，當老娘是什麼人啊？」

「那我就放心啦！」鬼影消失的時候，傳回來一句。

罵了好一會兒，罵累了，她竟就那麼睡了過去，這一覺睡得舒坦，連半個夢都沒有，直睡到日上三竿。

「娘，您醒醒，秦先生來了，說是找您有事商議。」

秀兒急急忙忙進了正屋，把何月娘叫醒了。

「秦先生？」

何月娘還未完全清醒，乍一聽這個名字有點糊塗，但很快她就明白秦英是誰了，當即問：「是不是五娃沒去上學？」

人家先生是個負責任的，這是找上門來了？

「不是，一早五娃就去了，是大哥順道把他捎去的。我也不知道秦先生怎麼來了。」

秀兒一臉困惑。

那就是五娃闖禍了！

何月娘在心裡認同了這個觀點，忙起身漱洗，把秦先生請了進來。

往後一看，五娃沒跟來。

「先生，是五娃惹禍了？把誰打了？」

「不是，陳家大嫂子，妳別多想，五娃又懂事、又聰明，學生們都很喜歡他，他怎麼會跟人打架？」秦英見何月娘誤會了他的來意，忙解釋。

「哦，那就好。」何月娘鬆了一口氣，不過馬上就更疑惑了。「那先生您來是？」

秦英從何月娘眼裡看出她的困惑，忙說：「我來是想說，五娃那娃兒我教不了。」

「什麼？」何月娘這回坐不住了，倏地站起來。「秦先生，您這是什麼意思啊？您都說了，五娃懂事聰明，跟同窗之間關係也好，這不正是先生們喜歡的娃兒嗎？您怎麼說教不了他呢？」

「陳家大嫂子，妳別急，聽我說！」秦英抬手擦了一把額頭上的汗，滿是歉意地說道：「我說教不了五娃，不是娃兒的錯，是我自己能力有限，生怕耽誤了這娃兒！」

「啊？您這哪兒的話？三里五村都知道您的學問好，我這才……」

「陳家大嫂子，妳要明白的是，五娃這娃兒現在就是一張白紙，教授他的先生就是往這張白紙上寫寫畫畫的筆，這筆下能寫出什麼樣的字來，就能引導五娃成為什麼樣的人。五娃太過聰穎，學什麼一點就通、一學就會，若讓我這樣半吊子學問的先生教他，他也能學會知識，但是長此以往將積累了不少小家子氣，將來即便能應試過關，那也永遠沒有一些大學問家的大氣與儒雅。我思來想去了幾夜，這才決定來跟大嫂子妳說明，如果真為了五娃好，最好給他尋一個更好的先生，這是我的肺腑之言，還請大嫂子千萬不要誤解。」

秦英這番話說得滿頭大汗，神情也頗為沮喪。

怎麼說，讓一個人在外人，尤其還是一個女子的跟前承認自己是個半吊子的先生，等於是自爆醜事，這種感受是不好受的。但一種愛惜人才的強烈的責任心，讓秦英做了這事，他羞愧之餘，心裡其實還是覺得如釋重負的。

最起碼，五娃這孩子將來的輝煌不會因為他而減少半分。

第三十六章

第二天，何月娘一大早起來，梳洗完畢後，搭陳大娃進城拉腳的馬車去了劉家莊私塾。

陳大娃上前去敲了敲小門，喊了聲。「有人在嗎？」

「先生們上課呢，沒空！」

說話間從門房裡走出來一個矮個子男人，瘦巴巴的，一對小眼睛滴溜溜地在何月娘身上打量，見她不過是一個穿著粗布衣衫的鄉下婦人打扮，對她就更沒啥好態度，不耐煩地揮揮手。「趕緊走，這裡是劉家私塾，不容外人滯留！」

說話間就要來推搡，陳大娃一步過去，擋在他跟前。「我娘說了是來拜見私塾先生的，你又不是先生，憑啥不讓我們見？」

「就憑你們也想見我們私塾裡的先生?笑話，你可知道我們私塾裡的先生都是什麼人？他們可都是京城裡的大儒，是我們親家老爺花費重金請來教授劉家小輩學習的，你們也想見先生？」

矮個子說著就推了陳大娃兩下，陳大娃是個老實人不假，但老實人也有老實人的脾氣，見這人分明是狗眼看人低，頓時生氣了，他低低地道：「你推我幹啥？」

說著，他也推了矮個子一把。

矮個子沒料到陳大娃能有這樣大的力氣，冷不防就給推了一個趔趄。也是碰巧，他身後正好是臺階，他被推得仰面後倒，倒在地上時後腦勺就撞在臺階上，他發出啊的一聲慘呼，頭底下就有血湧了出來，矮個子一見血兩眼一翻就昏死過去了。

「好小子，你這是找上門來打人啊？你真當劉家是好欺負的嗎？」

從門房裡衝出來三、四個人，這幾個人出來一看矮個子的慘相，頓時就一擁而上把陳大娃給綁了。

沒等何月娘看清楚，大院裡聞聲又出來幾個人，把他們娘兒倆一起拿繩子捆了，推推搡搡地進了大院。

他們被關進了一個小黑屋裡，一直到天黑了，都再沒人來搭理他們。

「娘，他們不會是想要把我們困在這裡餓死吧？」陳大娃不安地問道。

「不會。他們想要殺了我們，捅一刀子多直接，何苦還要餓死我們？」

何月娘其實也納悶，為啥沒人來理會他們？那個矮個子死了嗎？若是死了，那他們不得把大娃送官嗎？難道他們是想要暗中殺了他們娘兒倆解恨？不會吧？劉家在本地再怎麼跋扈，也不至於為了一個手下的看門小廝去做殺人的勾當。

一旦走漏了消息，劉家上頭的陸家就是手眼通天，恐怕也不能擋住悠悠之口吧？

「大娃，你能不能爬上那個窗子？」

這個小黑屋大概是劉家的倉庫，所以屋頂很高，窗子的位置也極高，是一般窗子高度的兩倍有餘。整個屋子又沒什麼高凳子、桌子之類可以踩的東西，若是一個人想要爬到窗子的位置，不是容易的事。

「娘，我可以試試……」陳大娃撓撓頭，望著那個小窗子，有點犯難。

「現在不能試，等半夜時分，他們都睡著了，你如果能出去，那就去……去劉家找陸大爺！」

這情況，恐怕只有那位從京都來的陸家長子陸世峻能出面把事情給了結了。大家公子，應當不齒於這件事被鬧大。

「娘，這裡不就是劉家嗎？」陳大娃不解。

「這裡只是劉家私塾，劉家人並不住在這裡，但劉家也一定是在劉家莊的。你出去後，看哪家宅院最風光，想必就是劉家所在。陸世峻既然是來探親的，那就不會住在城裡客棧，會在劉家的。」何月娘說道。

陳大娃站起身來，走到那窗戶底下，開始努力地往上爬。

但牆壁是平滑的，沒什麼可供踩腳的地方，他爬到了一半一個不留神就撲通一聲掉了下來，摔得後背發麻，人也半天動彈不得。

何月娘急忙把他扶起來。「摔壞了沒有？」

「沒，娘，不礙事，我再試試……」陳大娃又去爬。

結果這回還沒上回爬得高呢，又摔了個四仰八叉。

何月娘眉心深鎖，看看黑洞洞的窗戶，再看看從外頭鎖住的門，她磨著牙，說了一句。

「破門！」

就在何月娘娘兒倆在小黑屋裡折騰的時候，劉家老宅那邊，沐風院。

「大爺，這個是我親自去藝美苑挑來的，身量、胖瘦、樣貌都是根據您的喜好，您瞧瞧……」

陸福在陸世峻屋門口徘徊了一個多時辰，聽著裡頭他家大爺在紅木床上翻來覆去，翻到最後，陸大爺竟發話了。「弄盆冷水來，我要沐浴。」

這天氣雖然不冷，洗個冷水澡也不至於怎樣，可陸福知道他家大爺這是情難自禁，整個身體恍如被火灼一般，這個時候洗冷水澡，那就是用冰來滅慾，慾是可以滅了，但對身體的傷害也是極大的。

他猶豫再三，還是把三日前就被送來的藝美苑裡的姑娘顧翩翩帶了來。

藝美苑是專門培訓能歌善舞女子的地方，從這裡走出去的姑娘無論是身段還是樣貌乃至舞姿都是上品，不少達官貴人家裡舉辦宴會都會到藝美苑來選幾個出眾的姑娘去府上輕歌曼舞一番，算是為賓客們助興。

「大爺，您怎麼出了一頭汗？讓翩翩伺候您沐浴可好？」

顧翩翩款步走向前，腰肢曼妙，步伐輕盈，恍如一團柔軟的雲彩，徐徐飄來。

陸世峻一怔，眼前出現一張半點脂粉也無的臉，素淨、柔美，眼角眉梢絲毫的做作也無，有的只是直爽與真實。她大口大口吃著菜，喝酒也是一口一盅，看似豪邁，其實是真性情的坦露。

「大爺，您……」一陣香風拂面，一隻柔荑就撫上了他的額頭。

他條件反射似的往後撤，手往前推，顧翩翩猝不及防給推出了五、六步遠，踉蹌著才站穩了。

「大爺，您……您怎麼捨得推開奴家呀？奴家心……好疼呀！」

顧翩翩眼底的懊惱一閃而逝，旋即又恢復了最初的溫柔嫻雅，款動金蓮，一步一步又靠了過來。

「送她回去！」陸世峻輕啟涼薄的唇，冷冷說了一句。

這回顧翩翩驚了。

本來一屋的曖昧繾綣氣氛被他冰冷的聲音打破。「陸福，你耳朵聾了？」

「啊？大爺，您……」陸福驚訝。

他家大爺這是真的狠了心，要拒美人於千里之外？

「明天你就回京城去！」陸世峻真怒了。

陸福嚇得一個激靈，馬上拽著顧翩翩就往外扯。「大爺，您別趕小的走，小的這就把她送回去！」

「大……」

顧翩翩還要再說話，被陸福一把捂住了櫻桃小嘴，低低地威嚇道：「再多說一個字，我就讓妳見不到明天的太陽！」

美人是美，但大爺不喜，那美出花來也沒用。

洗完澡，陸世峻渾身的躁熱去了大半。

陸世峻在屋裡轉了兩圈，步伐帶風，倒是讓他想起來這漫漫長夜能幹點啥了。

「走，去私塾找則無夜談去。」

到了私塾才發現，他想找的則無，正被一幫人攪鬧得頭疼。

白日裡，有人硬闖私塾，說是要見他這個教書先生，因為他在上課，守門的就給攔了，但據說那二人很是不講理，出手就把守門的給打了，傷者送去了城裡的醫館，張老大夫一番搶救，命是保住了，但意識還沒恢復。

那人叫那五，家裡上有老、下有小，一聽說那五被人打得昏迷不醒，便都來了，一番嚎啕那叫一個驚天動地，直把則無哭得頭疼欲裂。

他是個教書先生，學富五車不假，可他卻從沒見過這樣的情形，他也惱那兩個上門來鬧事的，可若真照著那家人說的，直接把那兩人打死，他又覺得不可，那兩人罪不至死呀！

但他不肯打殺那兩人，這邊那五的家人就不肯走，老的哭、小的鬧，折騰到了半夜，好不容易在則無許諾，他會連夜寫狀子，明天一早就連人帶狀子一起告到衙門去，那家人這才甘休回去了。

則無癱在椅子上，正想著喘勻了這口氣，再琢磨狀子怎麼寫，陸世峻就興沖沖地來了。

「我說，你可真是夜貓子進宅，準沒好事！」見到陸世峻，則無沒好氣地道了一句。

「聽說你這裡今夜可上演了一齣大戲。哈哈，任你學問再大，見了刁婦也得服氣吧？」

陸世峻看著則無這無精打采的樣子就想笑。

以往在則無這裡，學問沒他好也就罷了，偏偏下個棋十回有七回是自己輸，也就是他陸世峻度量大，不然早被這破書生給氣死了。

難得見則無困窘，他陸世峻忽然覺得這夜色實在是美得很啊！

鬧夠了，陸世峻也把事情的來龍去脈搞清楚了，他看著則無剛落筆寫的狀子，笑道：「這事還用得著你費勁？陸福，明天一早，你把人送到劉家那邊，讓劉老爺看著處理吧！」

「是，小的知道了。」陸福應下。

「我……我還是想走官面。」

則無猶豫著道：「我也知道送到劉家省事，可那兩人罪不至死，萬一被劉家養的那些家丁給打死了，豈不是白白折損了兩條性命？」

「你啊，這就是書生之仁！劉家又不是閻羅殿，把人送去都打死，那劉家可就離破落不遠了。你放心吧，待劉家問明情況，對方如果肯私了，那就是銀子的事，如果對方不肯，那就走官面，讓他們折騰去，你省了心，陪我下棋，快點。」

「大半夜的下什麼棋啊？」

則無覺得陸世峻說得也有道理，當下便按下了心思，拿出棋盒來，二人擺好棋盤，對弈起來。

一局未了，就聽到後院有人大聲地喊著。「抓住他，別讓他們跑了！」

則無皺眉，這是怎麼了？今晚注定是沒法安寧了。

陸世峻把手裡的棋子一丟，怒道：「是誰大晚上的亂嚷嚷？還讓不讓人好好下盤棋了？」

陸福已然忙不迭地跑出去了。

不一會兒，他再回來，帶回來的消息，把陸世峻和則無都弄得哭笑不得。

白日裡鬧事的那兩人拿磚頭砸破了小黑屋的屋門，從裡頭跑出來了，正好讓值夜的家僕給碰上了。這不，一個抓的，兩個跑的，一前一後，就鬧將起來。

「我倒要看看，這是兩個什麼樣能耐的人能一而再、再而三地把劉家私塾給攪得雞犬不寧！」陸世峻冷了臉，說著話，人就撩簾子出去了。

則無也急忙跟了出去。

陸世峻趕到時，看到一個年輕男子正被劉家家僕緊緊扯住不能掙脫，旁邊有一個女人一邊喊著「放開我兒」，一邊對離她最近的家僕又是抓撓，又是腳踹，直把那家僕折騰得哀號不已。

「住手！」陸世峻喊了一嗓子。

劉家家僕是識得陸世峻的，陸家大爺一開口，誰敢不聽？

但何月娘卻不理會，她只恨這幫人欺負了她家大娃，她非得打回來不可！

是以，趁著那幫傢伙收手了，她就更使勁了。踹這個一腳，打那個一拳，一通來來回回的忙活，直把那幾個家僕給打得四處亂竄。

陸世峻眼裡瞧見了一個面容上好的女子，她雖此時有些狼狽，但一舉一動依然吸引得他移不開眼睛。那正是令他印象深刻的女子。

「我是陸世峻，劉家的親戚，夫人有什麼事跟我說就好。」

「那個……原來是陸家大爺啊，今日天色委實太晚了，不然明天再說？」

何月娘是打定主意想溜的。

本來她確實想過要找對方，試著把事情弄到明面上，這樣就能博得公平處理的機會。現如今在這兒，陸家跟劉家是一夥的，誰知道陸世峻會不會被劉家攛掇著再次拘禁了他們娘兒倆？此時還是三十六計，走為上計！

「不行，妳不能走，妳兒子把人打傷，現在生死未卜，妳還想一走了之？」

私塾裡的管事章大郎是被打的那五的本家姑父，那五能到劉家私塾來做事，也是走了章大郎的門路。

白日裡章大郎的娘子就帶著一幫人哭上劉家門了，背地裡兩口子都琢磨過了，這回不管那五死不死，都要從打他的陳大娃身上撈一筆，這一筆錢拿出一小部分給那家，剩下的還不全是他章大郎的嗎？

他如意算盤打得精妙，又怎麼會輕易就把何氏娘兒倆放走？

「你……你什麼態度！你也說了，那五生死未卜，既然還不確定死了沒，你急吼吼的做什麼？」陸福替他家大爺怒斥了章大郎一通。

「聽他們說，你們想見我？」則無這個時候也明白，他開口是最恰當的。

其實，他也不能不開口，因為他那好摯友悄悄地踩了他一腳，那意思就是要他把人留住。

則無有些氣惱。這都什麼事啊？白天這娘兒倆到他的私塾裡來砸場子，結果呢？他不能把他們關起來，更不能送官，眼看著這是要請他們喝茶打圓場的勢態啊，上哪兒說理去？

「您是則無先生？」這個人說話，何月娘不能不接話了。

她折騰了一天一夜，目的就是見這個叫則無的。

「本人正是則無，這位大嫂子，此處人多嘴雜說話不便，不如我們去書房？」則無又把話頭拉回來。

「嗯嗯，好。」何月娘眉眼裡有了喜色，看看自家大娃。「大娃，咱們這時候沒回家，家裡不定急成什麼樣呢，你先回去報個平安。」

「娘，我不回去。」陳大娃把腦袋搖得跟撥浪鼓似的。

他可不能讓後娘一個人獨對這幫豺狼虎豹！

「為娘的話不好使了？」何月娘佯怒地板著臉。

「娘，我留在這裡，等您一起回！」陳大娃不敢跟何月娘對視，卻執拗的不肯走。

「陸福，你派人……不，你去跑一趟。」陸世峻又開口了。

何月娘感激地朝著他笑了笑。「謝謝陸家大爺了。」

嗯，這人不錯，是個會做事的。

「陳家大嫂子客氣了。」

陸世峻有些恍神，剛剛何月娘那不帶一絲矯揉造作的笑容，就好像是天上皎皎的月光，令人在一剎那想要沈浸其中，再也不出來！

則無的書房裡，聽明白何月娘的來意後，則無哭笑不得。「大嫂子，妳就是為了讓五娃來私塾讀書，才把那五打成那樣的？」

「不是我們要打他，是他先推我，我又回推了他一下，誰知道他退後幾步摔在臺階上就成那樣了。總之，一切都是我做的，跟我娘沒關係，你們想打想殺都衝我來，別欺負我娘！」陳大娃一口氣把該說的都說了。

何月娘氣得瞪他。「你胡說什麼？老娘做的事，老娘擔著，你給老娘滾回去！」

「娘，我若是跑了，要您受罪，那我還是個男人嗎？」陳大娃低著頭，不敢看何月娘，但人是站著一動都不動，話也說得很堅定。

「你……混帳！」何月娘說不下去了，眼圈紅了，眼淚也在眼眶裡打轉。

陸世峻的心就好像被什麼硬硬的東西給狠狠戳了一下，他忙起身倒了一杯茶水，親手遞給何月娘。「陳家大嫂子，那五不會死，就是他真死了，這事也不能全怪大娃。」

他就差直接說：妳別哭，哭得我心疼！

「咳咳！」

則無對著他一通乾咳，正呆看著何月娘的陸世峻一下子醒悟過來，忙退回去坐好，神情訥訥地跟則無道了一句。「你嗓子不太好啊？我隨行帶著郎中呢，趕明兒讓他來給你瞧瞧，開副好藥你用了就好，你這嗓子可不能壞，學生們還等著你教授課業呢！」

則無險些一口老血給他氣得噴出來。

我乾咳是嗓子壞了嗎？你盯著人家看，眼珠子都要瞪出來了，我再不提醒你，恐怕人家這潑悍的小婦人給你來個插眼仁，你那雙眼珠子就得廢了！

「呵呵，那就有勞陸大爺了！」則無咬著牙，從牙縫裡擠出來這幾個字。

「則無兄，你無須感謝我，都是我家郎中的功勞！」

陸世峻還一臉壞笑地貧嘴，直把則無氣得要踹他。

在這時，何月娘說話了。「則無先生，我家五娃天性聰明，是個讀書的料子，本來我給他送去了秦先生那裡學習，但學了兩天，秦先生說，要我把他送到您這裡來，說只有您這樣學富五車的大儒才是我家五娃的良師。則無先生，我們雖然是小門小戶，但為了五娃讀書，要我們砸鍋賣鐵都是可以的。您放心，您的束脩我們一文錢都不會少您的，只求您能收下五娃，我們陳家一家子就感激不盡了。」

她站起身來，恭恭敬敬地給則無施禮。

陳大娃連忙也跟他娘一樣對著則無施禮。

則無忙站起身來，對著何月娘虛扶了一下。「陳家大嫂子，我這個人呢，就是個普通的書生，外頭說的那些都是虛的，你們別信！不過，既然你們來了，陸大爺又一番相助，我也不好拒絕。這樣吧，明日妳把五娃帶來，我先看看孩子再說。」

「不是，你這個人就這樣，說你胖你就喘。你都說了，我算是一股助力呢，沒把事情助力成功，我陸世峻的臉往哪兒擱？」

陸世峻很不滿，非常不滿，忍不住咬牙調笑著道。

「你的臉在哪兒呢？」則無低低地在陸世峻的耳邊嘀咕了一句。

把陸世峻氣得嘴張了幾張，想要當場罵他幾句，可礙著何月娘在場，以她現在對則無的敬仰之情，可是溢於言表的，他敢對則無不敬，估計何月娘就能跟他拔刀相向。

丫鬟推門進來，稟報說飯菜都好了，先生跟陸大爺要不要現在就去飯廳用飯？

「飯？」

這個字一入何月娘跟陳大娃的耳，兩人的肚子同時咕嚕咕嚕地叫了起來。

何月娘乾笑。「失禮了。那個……我們被關了七、八個時辰了，水米未進……」

「都是那群家僕不好，慢待了。」陸世峻邊說著，邊把人引到飯廳。

進飯廳的時候，則無小聲地在陸世峻耳邊嘀咕。「你什麼時候變得如此細心周到了啊？你在家裡對你老子也未必這樣體貼吧？對了，你若是對悅然……」

「你閉嘴！」陸世峻臉色驟變，眼神惡狠狠地盯著則無。

則無告饒。「好，好，我閉嘴，我吃飯。」

他後背沁出了一層細細密密的汗珠子。

這一頓飯，陸世峻沒有光看著何月娘娘兒倆吃，他也用了些，主要是他這幾日食慾不佳，今天一天也沒吃多少東西，熬到這般時辰，還真是有點餓了。

再加上見著何氏了，何氏吃飯香甜的樣子也引得他胃口大開。

則無呢，有吃消夜的習慣，所以見著飯菜也沒啥客氣的。

幾個人也不說話了，都忙著吃，一通大快朵頤之後，個個都心滿意足地對視而笑。

第三十七章

何月娘跟陳大娃回到陳家莊已經是子時過半了。

不料，剛要推門，門卻從裡頭開了，張老大夫揹著藥箱從裡頭走了出來。

看到他，何月娘大吃一驚，視線落在出來送郎中的陳二娃身上。「二娃，出什麼事了？」

「陳家大嫂子，妳別急，事呢，是好事！」

張老大夫笑呵呵地開口了。「妳家二兒媳懷了身孕，已經兩、三月了。」

「真的嗎？這可太好了！」

何月娘喜上眉梢，再三地感謝張老大夫，又命陳大娃把老大夫送回去，她急急忙忙地進院，去了林春華跟二娃的臥房。

「春華啊，妳可真是為娘的好兒媳！」

一進門，何月娘就讚了一句，直把林春華說得臉頰緋紅，她兩手捂著臉。「娘，您……」

話沒說完，忽然又想到了什麼，馬上很緊張地問：「娘，您沒事吧？那個陸家的管家說您在劉家遇上點事。到底是什麼事？他們沒有欺負您吧？」

「傻丫頭，我能有什麼事啊，你們老娘我可是能打死大蟲的主兒，誰敢在老娘的頭上動土？老娘一弓弩就能把他給廢了！」

何月娘笑得眼眉彎彎，視線落在林春華還依舊平坦的小腹上。「嗯，不錯，真是不錯，咱們老陳家啊，今天這是雙喜臨門呢！」

簡單地給春華和二娃說了五娃可能去劉家私塾讀書的事，小倆口也為五弟能有這個造化感到高興。

回了正屋，何月娘就打開櫃子，取出了兩包補品，這兩樣補品都是年前裴將軍送來的，她把大娃、二娃叫進來，一人給了一份。

見兩人要推辭，何月娘瞪了他們一眼。

「又不是給你們的！拿回去給你們媳婦用，她們用了也就是給我的小孫子、小孫女用了，另外，我可告訴你們，女人懷孕是情緒最容易波動的時候，你們倆可不許給她們氣受，若是讓她們生氣上火，那就導致我的小孫子們受罪，我知道了可不依你們！」

「嗯，娘，我們曉得了！」兩娃都忙應下了。

何月娘又給了他們每人五兩銀子。「這個交給你們媳婦，讓她們想吃啥零嘴，就直接買，別給老娘省，老娘為了孫子、孫女，花再多的錢也願意。」

「娘！」陳大娃跟陳二娃眼圈都紅了。

「滾滾滾，少在老娘跟前弄這些沒用的，有那時間不如回去哄媳婦！」

她不耐煩地擺擺手，待兩娃退出去了，她才嘆了口氣。

「唉！累死老娘了，總算可以睡個安心覺了。」

眼見都丑時中了，何月娘躺下，眼睛似瞇不瞇，歪頭看向屋角那裡。「行啦，你看也看夠了，聽也聽清了吧？你們老陳家又要多一個小孫子啦！」

「娘子，謝謝妳……我都不知道該怎麼說好了。」

陳大年飄了出來，身影清晰了些，眼角眉梢都是感激。

「少說些沒用的……我不需要……娃兒們需要我，我也離不開他們……你……你倒是兩腿一蹬，下去躲清閒了，我……我一天到晚，累死了……哎呀，還不如……」

她含含糊糊地說了一大通，說得眼皮打架，到後來實在是睜不開了，她還嘟嘟囔囔一句。「你……不許走，守著我……看著我，我怕、怕妖魔鬼怪……」

「嗯，妳睡吧，我夜夜都守著妳。」

陳大年的眼神溫柔地落在小女人的身上，上上下下，左左右右，久久不願移開。

第二天，則無見了五娃，跟他在書房待了一個多時辰，再出來時則無的臉上有了笑意，他說：「大嫂子，五娃我收下了，免束脩。筆墨紙硯，你們也不用準備，我這裡都有，但我有個條件。」

「先生請講。」

何月娘有種天上掉餡餅，砸在腦袋上的感覺，原本還擔心則無不肯收五娃，這忽然一百八十度大轉彎，他不但收了，還免了學費、筆墨費，這……

「五娃得住在這裡……我的意思是，他住在這裡，有不懂的課業隨時可以問我。這孩子呢，是有幾分讀書的天分的，但因為他起步太晚，完全跟不上他的師兄、師姐們，所以我留他在身邊，也是為了能給他補補課，讓他盡快趕上。我也知道大嫂子很疼惜五娃，他年紀尚幼，妳捨不得也在情理之中，不過，請大嫂子往前看，如果五娃能把先天的聰穎跟後天的努力相結合，他的前途不可估量啊！」

則無說完，已經是滿臉的興奮了。

他心底有個聲音在狂喜地叫嚷：我終於找到一個可以把我所學傾囊相授的好苗子了！

事情如此順利，何月娘卻猶豫了。

她沒想到則無先生會提出這樣的要求。

其實，她也很擔心，擔心私塾裡那些有錢人家的子弟會欺負五娃，五娃身量弱小，萬一真給人欺負了，她這個當娘的又不知道，那誰給娃兒撐腰？

今早她帶五娃來前，曾安撫五娃說別擔心，其實一半也是在安撫自己。讓自己別擔心，有些事還是得讓五娃自己去面對，不然將來他真的高中了、當官了，又怎麼去面對豺狼虎豹一般的朝堂奸臣們？

「娘，我願意跟先生住在一起。」陳五娃拉住何月娘的手，抬頭看著她。「娘，我不怕的，我是您的娃兒，我不會給您丟臉的。」

「嗯，好娃兒。」何月娘眼角濕潤。摸摸孩子的頭，心中實在是不捨。

「大嫂子，我能猜出妳的擔心，不過，妳總得給五娃獨自面對世上艱險的機會，不然他永遠長不大！」

「嗯。我明白，謝謝先生願意留下五娃，不過，束脩我們一文都不會少的，陳家如今日子也好了，五娃的束脩還是能拿出來的。」

則無還要說什麼，何月娘卻搖搖頭，繼續說：「請先生不要拒絕，五娃只是您的學生，跟其他的學生一樣，他們都是爹娘的掌心寶，所以，旁人怎樣，我娃也怎樣，同樣，旁人能做到的，我娃也能做到，是不是？」

「嗯，娘，我記住了，一定好好學！」陳五娃用力點頭，攥緊小拳頭。

「都晌午了，咱們走吧，拜師禮我安排在得月樓，一切都準備好了，就等咱們過去呢！」

陸世峻一直插不上嘴，如今見雙方皆大歡喜，說定了一切事宜，他也就把安排說了。

「陸家大爺不必麻煩，拜師的禮品我都帶來了，在這裡。」

何月娘本能的不想跟這個陸世峻有過多的接觸，她隱隱覺得這男人眼睛深處像是一片深海，讓她不敢去看，生怕一失足跌落進去，溺水而亡。

她承認，這人確實是有其魅力，可那又怎樣？她就算是個寡婦，也絕不可能給人當外室。為免他腦子一熱，利用權勢做出啥威逼之事，她還是敬而遠之為妙。

給則無先生的拜師禮，自然比秦英的更要好。

何月娘在裴家給的禮品裡挑了四樣最好的，又包了一份二十兩銀子的紅包，則無先生的束脩明碼標價是一年五十兩銀子，私塾每日供一頓免費的午飯。

另外私塾一年四季四套集體穿的衣裳，都得各家裡掏銀子，算起來也得七、八兩銀子，如此林林總總的加起來，五娃一年讀書的費用就得五十八兩，這還不算必要的筆墨紙硯，而頭一年的拜師禮這二十兩銀子的紅包也是不可少的。

準備這份拜師禮的時候，陳家幾個兒媳眼睛都直勾勾地盯著那些白花花的銀子，肉疼。可再肉疼也得捨得，五弟的前程要緊。

「大嫂子，既然陸大爺一片好意準備了，那咱們就卻之不恭吧！」則無收到了陸世峻的眼神，心中嘆了口氣，幫腔道。

則無說話了，何月娘也就不好再推辭，只能跟著他們去了得月樓。

讓何月娘有點意外的是，劉家如今的當家人劉豐年也來了，他說是親自來為那五打架的事跟何月娘道歉的。

拜師後，大家各自入席。

菜陸陸續續地往桌上端，都是些得月樓的招牌菜。

「為了能給大家助助興，我還特意託好友請了知州城裡妖豔樓裡的歌姬來給咱們彈唱。」

劉豐年啪啪一拍手，就有人從外頭掀簾子進來了。

帶頭走在前頭的是個男人，那男人臉色不怎麼好，一看就是縱慾過度的樣子。

他後頭跟著一個女子，濃妝豔抹，裝束妖豔露骨，她低著頭，懷裡抱著琵琶，蓮步輕移地走到了桌子的前頭，給大家施禮後，坐在早就為她準備的椅子上，這才抬起頭來，眼神淡漠地掃過眾人，剛要開口說話，卻啊的一聲，整個人就呆在那裡了。

何月娘也是一愣，怎麼都想不到會在這裡遇到她。

「鶯兒，妳還愣著做什麼？快唱啊！劉家大爺可是花了重金，妳得好好唱，別給老子丟臉！」

那個男人一邊惡狠狠地瞪女子，一邊對著劉豐年做出一副獻媚的姿態來。

「江南風景好，好山好水好人家……」

叫鶯兒的女子開口了，聲音軟軟糯糯，輕輕柔柔，倒有幾分婉約動人。

一曲唱罷，女子依舊低著頭，起身抱著琵琶就要走，卻被男人一把扯回來。

「妳急吼吼的趕著去投胎啊？呸呸，瞧我這臭嘴。」

他很做作地拍了自己的臉兩下，對著劉豐年等人擠出一臉諂媚，繼而又抓住女子的手臂，暗暗用力，女子吃痛，表情哀哀，但卻始終沒有把頭轉向何月娘。

「還不趕緊謝謝幾位大爺，他們可都是咱們的衣食父母！」

男子說著，眼底赤裸裸地袒露著貪婪，他這是在討賞了。

鶯兒不得不依次給劉豐年等人施禮道謝。

劉豐年也是個見過世面的，當然明白那男人的用意，扭頭對著站在身後的管家點點頭，管家當即就掏出一錠銀子，遞給鶯兒。「拿著吧，這是我們大爺的賞。」

劉豐年賞了，陸世峻也不好不表示，當即也由下人打了賞。

則無先生則一臉鎮定坦然地端坐著，毫無表示。

男人有點失望。

繼而，他又扯了鶯兒往何月娘這邊來，雖然何月娘穿戴不怎麼富貴，但看起來劉豐年跟陸世峻這兩位豪門大戶的爺對這女子挺看重的，所以，男人打定主意，過來跟何月娘討賞。

鶯兒執拗得不肯近前去。她低著頭，兩手緊張地絞著帕子。

「我讓妳給夫人道謝，妳聽到沒有？」

男人不明白今天鶯兒怎麼了，不過是給一個夫人施禮道謝，怎麼好像要拉她去砍頭似的，嚇得她一步不敢靠前？

「這個拿去，別再叨擾我們了。」

劉豐年不喜地皺起眉，隨手又丟給那男人一錠銀子。

男人驚喜，連連給他作揖，然後不由分說地扯了鶯兒就出去了。

外頭走廊裡傳來啪啪兩聲，像是耳光，緊跟著是男人低低的謾罵。「妳個賤人，敢當著客人的面跟老子犯倔，看老子回去不好好收拾妳！」

「哎呀……疼，疼……」

不知道是不是男人又擰了鶯兒的耳朵，鶯兒壓低了嗓音的告饒聲，在走廊裡漸漸消失。

「劉大爺，您知道那個叫鶯兒的是哪裡人嗎？」何月娘問道。

「嗯，見過幾回，都是在知州城的妖豔樓裡，她是妖豔樓裡的窯姐兒，姿色還可，就是年歲大了些，聽說之前是生養過的，所以在妖豔樓裡並不得寵。那個跟在她身後的男人是妖豔樓裡的外管事，專門帶著如鶯兒一樣的窯姐兒外出去有錢人的宴會上歌舞彈唱，以此賺點賞錢。不然，就鶯兒這樣的是會被老鴇子狠狠搓揉的，有的甚至會被賣到偏遠山區，那些小山村往往一村沒幾個男人有媳婦，幾個光棍會把錢集中起來買個女人，以供他們……解決需求。這樣的女人多半是活不過一年的。」

劉豐年的話裡沒什麼感慨，說到一個女人配幾個光棍，他甚至玩笑說：「說起來這樣的女人也算是有福了，被幾個男人伺候，那滋味，嘖嘖。」

他怪笑幾聲，一屋子人卻沒迎合他的。

聽到此處，何月娘的臉色變得很難看。

陸世峻的眼神一直在何月娘身上，看她眉心緊蹙，俏臉緊繃著，似乎從那個彈唱的鶯兒進來她就有些不太對勁了，難道她們認識？

何月娘怎麼會不認識鶯兒！

什麼鶯兒？那女人根本就是劉淑珍，陳二娃的原配，二寶跟大樹的親娘。她不是跟著那個什麼富商去城裡享福了嗎？怎麼會淪落到妖豔樓，成了窯姐兒？

看出何月娘跟陸世峻都興趣缺缺，所以放下筷子後，則無就以下午私塾還有課為藉口結束了這個無聊的飯局。

何月娘下樓，正好陳二娃送五娃去私塾剛回來。

因為劉豐年請了歌姬前來助興，所以拜師結束後，則無就讓陳二娃把五娃送回了私塾。

「娘，您慢些。」

看著低頭不語，有些心事重重的何月娘從得月樓出來，陳二娃忙提醒她腳下有臺階。

何月娘抬頭看自家二娃，看了數息，這才輕嘆一聲，抬步下了臺階。

「我看妳就是皮緊了，回去稟明了媽媽讓她好生教訓教訓妳，瞧瞧妳板著一張臉，跟誰欠妳幾百萬似的，那些大爺們找妳來是為了聽曲取樂的，不是看妳這張臭臉的，賤女人！妳真是氣死老子了。」

這時，那個妖豔樓的外管事正推推搡搡著鶯兒，邊走邊罵。

鶯兒低著頭，也不辯解，不告饒，好似逆來順受一般。

「娘，您上馬車，咱們回吧？」

陳二娃搬了凳子，要給何月娘踩腳上馬車。不過說了一句話，卻頓時驚得鶯兒猛抬起頭來，目光直視陳二娃，眼底先是狂喜，而後就變為困窘，最後她還是羞愧地低下了頭。

陳二娃意識到有人在看自己，他也轉頭去看，看見一個穿著豔麗單薄的女子背影，一個男人緊隨其後，時不時謾罵聲遠遠傳來，女子一聲不吭，任由那男人又擰又罵，好似失了魂魄的鬼魅，輕飄飄地走在青石板路上。

「娘，我怎麼好像在哪裡見過那個女的？她……」

陳二娃撓頭，可是卻怎麼都想不起來，這個濃妝豔抹的女人到底是誰？

「回吧。」何月娘放下了車簾。

隔天，何月娘正在家裡逗幾個小娃兒。

大樹這幾天成天都纏著林春華。「娘，娘，我想要個小弟弟，妳能給我生個小弟弟嗎？」

「樹兒怎麼那麼喜歡小弟弟呢？」林春華親暱地摸摸他的頭，笑著問。

「小弟弟可以跟我玩啊，我要帶著他出去和泥巴，抓魚，哦，還要烤紅薯，可好吃了呢！小弟弟一定也很喜歡。」

大樹一臉嚴肅，扳著手指頭一樣一樣地說出自己喜歡吃的美食。

那模樣惹得何月娘嗔罵。「你個小屁孩就是個小饞貓，光知道吃吃吃的，也不怕胖成小肥豬呀？」

「那樹兒是大豬豬，小弟弟就是小豬豬，兩頭豬豬，嘎嘎嘎……」

大樹學著豬拱食的樣子，嘴裡還發出豬叫的聲音，直把一屋子人都笑得前仰後合。

「月娘在家嗎？」忽然院子裡傳來隔壁安大娘的聲音。

「是安大娘啊，快進來坐！」何月娘熱情邀請。

「我就不進去了，家裡有點事想找妳給出出主意，不知道妳有沒有空啊？」

「有。」

安大娘是個不錯的鄰居，以前陳大年在的時候，就對陳家多有照拂，所以，何月娘對她一直都是挺尊重的。

可出了陳家門，安大娘並沒有帶何月娘往自家走。

對此，何月娘也沒奇怪，而是問道：「安大娘，她還有臉回來？」

安大娘臉上表情一滯，隨後無奈地嘆了一聲道：「淑珍的本性還是不錯的，就是她那娘家人不好，把她攛掇壞了。她也是命不好，遇上了壞人，那個娶了她的男人黃廣源根本不是什麼大商人有錢人，就是個窮光蛋，還早就有了妻室。他把淑珍騙去知州城賣了，拿了銀子就跑了，淑珍從此就……唉，說起來她是挺可恨的，好日子不正經過，可她落得如此下場，也著實讓人瞧著……心疼。」

安大娘邊說，邊偷偷窺看何月娘的臉上表情變化。

「她是託您當說客，還想要回來？」何月娘眼底的冷意結了冰似的。

「不，她沒這個意思，只是說想看看孩子。」

安大娘搖搖頭，又猶豫了一下，還是說道：「我是覺得看在大樹跟二寶的分上，她如今這樣……孩子總歸還是在自個兒親娘的護佑下長大好，妳說呢？」

「她早做什麼去了？」何月娘臉上神情越發冷冰冰了。

兩人進了村東頭的破廟。

破廟的角落裡，鶯兒，也就是劉淑珍蜷縮著，衣裳換了，不是昨日妖豔的那件，而是一件不知哪兒拿來的灰色粗布衣裳，看起來像是某個大戶人家做粗活的老媽子，穿在她身上過於肥大。她表情驚悍，頭髮凌亂，眼神時不時緊張地看向廟門口，一隻野貓從廟門前跑過去，把她嚇得一個激靈。

安大娘是個識趣的，知道這前婆媳之間有話要說，所以將人帶到她就回去了。

何月娘緩緩地開口。「妳是跑出來的？」

「我……我實在是想兩個娃兒了，娘，可不可以讓我見見大樹跟二寶？他們都是我身上掉下來的肉啊！」劉淑珍撲過來抱住何月娘的腿，滿面淚水地央求。

何月娘狠狠甩開她，厲聲呵斥道：「妳現在想起來妳是一個當娘的人了？妳懷著當有錢夫人的夢時，妳想過妳有兩個娃嗎？兩個娃哭著喊妳娘時，妳有沒有心疼？有為他們停下來嗎？」

「我……我知道我錯了……」

劉淑珍聲淚俱下。「娘，您就看在兩個娃兒的分上，給我一個改過的機會吧？」

「晚了！」何月娘冷冷地道：「兩個娃兒需要妳的時候，妳甩開了他們，如今，他們有人疼，已經不需要妳了，妳再想回來還有什麼意義？妳走吧，以後不要再來了，更不要想著攪亂二娃一家的生活，不然我不會輕饒妳！」

說罷，她就要往外走。

「娘，您……」

劉淑珍還要說話，卻在這時，幾個膀大腰圓的男人凶神惡煞般從外頭衝了進來，帶頭的正是昨日在得月樓見過的那個妖豔樓的外管事。

他手指劉淑珍。「臭女人，我這回把妳抓回去，不扒了妳的皮，我胡三兩字倒著寫！」說著，他就帶人朝劉淑珍撲去。

沒有哭訴，沒有央求，劉淑珍就如一條死狗般任由他們拖拽著往外走。

「你們要帶她去哪兒？」經過何月娘身邊時，她冷冷地問道。

「她是我們妖豔樓的人，我們帶她去哪兒跟妳無關，少管閒事，滾開！」

胡三蠻橫地伸手就要去推何月娘，何月娘冷笑。「把你的髒手拿開，不然老娘讓你有來無回！」

這話可不單單只是口頭威脅，與此同時，她忽然近前一步，兩手抓住胡三的雙臂，暗中用力，狠狠地把胡三如拔蘿蔔似的從地上拔了起來，直翻過頭頂後，用力擲向大門。

砰一聲，胡三整個身體撞在大門上。

破廟的大門早就老朽不堪，突然被重物襲中，哪兒還立得住？

只聽轟隆一聲響，大門倒地，腐朽的木板裂成一塊一塊的，散落四處。

「啊！妳……妳……」

看著被摔得七葷八素，已然起不了身的胡三，他的幾個手下都傻眼了，驚懼地往後退，哪還敢管胡三的死活。

胡三氣得想罵娘，但看著一旁立著的宛若母夜叉般的女人，他又不敢，只好雙眼緊閉，氣息隱去，裝死。

「少給老娘裝死，你再不起來，老娘就廢了你，讓你順順利利地進宮當太監去！」

這話把胡三嚇尿了，他忙睜開眼，臉色蒼白，嘴唇哆嗦。「別別別，我家三代單傳，就指著我能生下個兒子，給我們胡家傳宗接代呢！姑奶奶，我錯了，妳打得罵得，就是別閹了我啊！」

這貨竟嚎啕著哭了起來。

慫貨！何月娘蹙眉。

「說！若是贖這個女人出來得多少銀子？」

何月娘這一句話，驚得她身後的劉淑珍張口結舌說不出話來。

第三十八章

「一百兩銀子。」胡三說道。

「混蛋，你是想要乘機撈一把吧？她不是大紅大紫的名角，又生養過，怎麼會值這麼多錢？」何月娘氣得又踹了胡三一腳，把那傢伙踹得哇哇亂叫。

「你閉嘴，不然老娘就割了你的舌頭！」

何月娘真是聽不得這貨的叫嚷。

「我不叫了。」

胡三見她面色充滿寒霜，嚇得連忙解釋說：「但凡賣到妖豔樓的都不過十兩、八兩銀子，姿色好的也不會超過二十兩紋銀。可進了妖豔樓那就是進了地獄，想從地獄裡爬出來，不讓人去層皮那怎麼可能？妖豔樓裡有個規矩，但凡半道想要贖身的，最少也得百兩銀子，不然門兒都沒有。」

「不！不要把銀子浪費在我身上，留著給娃兒們……」

聽了贖身的金額，劉淑珍這時已經不哭了，雙眼瞪著如同陷入深淵的鬼，空洞的眼底深深的都是絕望與漠然。

她朝著陳家的方向看了又看，看著看著眼圈又紅了，可是，她已經沒有淚水流出來了，眼裡火辣辣的疼。「我是想來看看娃兒們的……是我不要臉，可我不想害得他們也沒臉見人啊！我這個當娘的……倒不如沒有的好！」

說著，她忽然就從袖袋裡掏出來一把剪刀，沒有任何猶豫，就往自己的心口扎了下去。

說時遲、那時快，何月娘飛起一腳，把劉淑珍手裡的剪刀踹飛了，剪刀飛出去老遠最後跟破廟角落裡的一口破鍋撞擊，發出噹啷尖銳的聲響。

「妳想死，哪兒不能死，居然想死在老娘跟前？妳這種女人死在這裡，會壞了這廟裡的風水，髒了這佛前潔淨的地面！」

何月娘高聲怒罵著，越罵她火氣越大，到後來，她怒道：「妳不是想攀富貴嗎？妳這一死，妳那富貴夢也就徹底完了，妳甘心嗎？」

「我……我早就不想過這種日子了，就是想娃兒，想來看娃兒，可是……我沒臉啊！」

劉淑珍雙手捂臉，眼淚順著手指縫湧了出來。

「劉淑珍，妳死了這條心吧，大樹和二寶的心裡早就沒妳這個娘了！兩個娃都很乖，很好，我不會讓他們知道有妳這樣一個不堪的娘，那樣他們會在人前抬不起頭來的。我是兩個娃的奶奶，我絕不會讓任何人輕看我的孫兒、孫女。所以，妳不要再來了。我會去妖豔樓把妳贖出來，但從此後妳要從這裡消失。他奶奶的就是這贖金惹得老娘不爽，我看看，能把氣撒在誰身上？」

她環顧四周，最後怒瞪著胡三。

胡三嚇得一哆嗦，怯生生地道：「姑奶奶饒命，我……我有個主意，保證不用妳拿那麼多的贖金！」

鶯兒被抓回妖豔樓之後，已經是氣息奄奄了。

老鴇子問胡三。「怎麼回事？她怎麼變成這樣了？」

「這臭女人有舊疾，我找到她時，她就變成這副德行了。我半道找了個郎中給她瞧了瞧，那郎中說她這是惡疾，通過血液能傳染，想要治好她得花七、八十兩銀子，我手頭也沒帶那麼多錢啊，只好將她給拖了回來。」

胡三很是嫌惡地往一旁躲了躲。

「媽……媽媽，救……救救我，我好了之後一定……好好做事，給媽媽多……多賺錢……」

躺在木板上的鶯兒滿臉灰濛濛的，眼睛裡一點神采也沒有，就是露出來的手背上長滿了深紫色的瘢痕。

「她這病會傳染？」老鴇子往後退了幾步。

「媽……媽媽，您不用擔心，郎中說了，通過血液才會傳染，我……我……」

鶯兒說著，忽然激烈地咳嗽起來，越咳嗽、越厲害，眼見著都給憋得喘不過氣來，她猛一張嘴，一口鮮血對著老鴇子就噴了過來。

「啊！快把這個掃把星弄走！」

老鴇子嚇得失聲驚呼往旁跳，胖臉上塗抹得厚厚的脂粉都險些被她的喊叫給震掉了。

鶯兒被關在妖豔樓後院的小黑屋裡。

本來老鴇子對於她隱瞞病情賣進妖豔樓十分惱火，想要找人痛打她一頓。

但樓裡的打手們都聽到了胡三的話，知道鶯兒那女人的病是會通過血液傳染的，他們誰都不肯去打鶯兒，不怕一萬、就怕萬一，萬一那女人的血液沾到自己身上，好死不死的自己某處又剛巧破皮出血了，這血對血，那不就傳染上了？

氣得妖豔樓的老鴇子跳腳大罵，這回在鶯兒身上她算是賠本了。

「媽媽，不然妳就花錢請郎中給她治一治唄？」胡三壞笑著出主意。

「放你娘的狗臭屁！七、八十兩銀子花在這個女人身上？她年紀大了，又生養過孩子，咱們這樓裡吃的可是青春飯，她還有幾年青春能給老娘賺錢？到時候老娘不是賠得更多？」

老鴇子恨不能踹胡三一腳，這個倒楣玩意兒，他這就是盼著自己口袋裡的銀子往外流啊！

「那怎麼辦？妳就養著她？」胡三問。

「養她？」老鴇子陰險地冷笑。「老娘還想找人養著呢！」

「不然發賣了？」胡三繼續出主意。

「賣？」

老鴇子眼睛一亮，覺得這是個好主意。可問題是誰買啊？就算旁人不知道那女人有可怕的惡疾，就看她現在那半死不活的樣子，誰瞎了眼才會買個瘟神回去。

「萬一有那不長眼的呢？咱們放出風去，碰碰運氣唄！」

胡三倒覺得有戲。

「那你去張羅張羅，不管多少錢，把她給賣了，實在沒人要，乾脆弄死丟亂葬崗去，可別留個瘟神在樓裡，萬一傳染給其他姑娘們，老娘真就賠大了！」

老鴇子無比厭惡地揮揮手，要胡三趕緊去辦。

果然不出老鴇子所料，消息散播出去三天，有意要買鶯兒，也到樓裡來看的人是有的，但只要一看到鶯兒那副樣子，就都打退堂鼓了。

花銀子買個將死之人回去，那得是傻子。

「這可怎麼辦？」

老鴇子急得直跺腳，真送到亂葬崗去，她可就人財兩空了。

第四天上午，樓裡的姑娘們還沒起來呢，妖豔樓的大門就給人敲響了。

胡三在前廳，聽到敲門聲不耐煩地問了一嗓子。「誰？姑娘們還沒起呢，你晚上來！」有打手在一旁打盹被吵醒，也嘟囔了句。「這是吃了什麼起勁的藥了，天才這時分，就來逛青樓？有病！」

「我聽說你們這裡要賣姑娘？」外頭的聲音挺蒼老的，而且是個男人。

老鴇子剛起，正在自個兒的屋裡喝茶呢，忽然聽到這話，忙出來。「胡三，去開門。」

門一開，果然進來個四、五十歲的男人，他樣貌一般，穿戴倒是乾乾淨淨的，而且看衣裳的材質比一般人家的粗布要好一些，應該是個做小買賣的商人。

「你要買鶯兒？」

老鴇子這幾日被鶯兒這事給攪鬧得頭疼，巴不得有人趕緊買走她，管他是什麼人呢！

「對，我沒孩子，想娶個女人回去傳宗接代，一般的女人我瞧不上。」

男人的話險些沒把胡三給逗樂了，敢情一般的良家婦女你瞧不上，就盯著青樓裡的姑娘？老兄你這眼光也夠特別的呀！

「你出多少銀子？」老鴇子急著出手。

「我得先看看人。」男人倒不急不緩的。

「胡三，帶他去！」

老鴇子一聽要見鶯兒，心裡就涼了半截了。她開妖豔樓也有年頭了，什麼男人沒見過？就這種既想要美色，還不想多花銀子的男人最惹人煩了。

她料定見了鶯兒那病得快死了的樣子，這男人得撒腿就跑，兔子都是他孫子。

不一會兒，那男人跟胡三從後院回來了。

男人徑直走過老鴇子，連回頭的意思都沒有。

老鴇子心涼了，道：「破財就破財吧，等一下就讓胡三把那賤女人弄死送到亂葬崗去，省得留在這裡還得給她吃。」

「老闆娘，這女人她病得厲害啊，能不能生孩子都不知道……」

男人快到門口時站住了，話語間似乎正在猶豫。

希望又從老鴇子心裡陡然升騰起，她頓時滿臉堆笑。「哎喲喂，大爺啊，您可別這樣說，她那就是一般的受寒了，只要您買回去好好將養幾天，病就好了。她啊，一看屁股大就是個能生養的，到時候，您想要幾個，她還不撅撅屁股就給您生了？這等好貨色，錯過這個，可沒下回了！我啊，唉，就是可憐她，不然……」

「嗯，妳說得對，看著倒像是個能生養的。」

男人點點頭，竟莫名其妙地上了老鴇子的套了。

老鴇子都要樂瘋了。

「那大爺您就買回去吧，早早抱著睡一宿，沒準兒明兒她就有了呢！」

「真能那麼快？」男人一臉認真的問。

這就是個棒槌啊！

老鴇子險些笑場，但她竭力忍著。「那當然，一發就中的事我可見得多了。不信您買回去試試啊！保准的。」

「那……」男人似乎真動心了，但還在猶豫。

哼，真是個摳門的老混蛋！

老鴇子也明白，他這是捨不得掏錢呢。

「本來我這姑娘啊國色天香的，怎麼也得賣百、八十兩銀子，但看在大爺您這樣有誠意，我就給您便宜便宜，五十兩銀子，我忍痛割愛，怎麼樣？」

「啊？」那男人像是被蜜蜂螫了似的，渾身一哆嗦，緊跟著舉起兩根手指頭。

「啥意思？」老鴇子不解了。「您打算給二百兩銀子？」

男人白她一眼。「二兩！」

「啥？你說啥？」

老鴇子驚得眼珠子險些從眼眶裡掉出來，她認為，這是她活到這把年紀聽到的最不好笑的笑話。

「不成啊，那算了，我回去還得給她治病，那也得不少銀子呢，我去買個丫鬟湊合湊合吧！」男人說著要走。

「媽媽，妳……二兩也是白撿的啊！」胡三在一旁急得扯老鴇子。

老鴇子狠狠甩開他的手。「我……扣你三月月俸！」

「啊？為啥啊？」胡三驚了。「我又沒做錯事……」

「你閉嘴，我說了算，愛幹就幹，不幹滾蛋！」

老鴇子氣急敗壞地朝著那男人背影吼了一嗓子。「二兩拿來，人你趕緊弄走！占老娘便宜，老娘咒你吃啥啥餿，幹啥啥不成，大白天走路往溝裡掉！

日落西山，晚霞鋪滿了半邊天空，紅通通的煞是好看。

碼頭上，一艘往東北方去的大船已經裝好了貨物，再有半個時辰就出發了。

「奶奶，那船船好大呀！」

二寶跑在前頭，身後是牽著何月娘手的大樹，大樹揚起臉看著何月娘。「奶奶，大樹也要坐船。」

「好，等樹兒長大了，奶奶就帶著你坐船，咱們去看看江南水鄉的景色。」

何月娘彎下腰，在大樹的額頭上親了一下。「真是奶奶的乖孫兒。乖孫兒，奶奶渴了，你去給奶奶買碗綠豆湯喝，好不好呀？」

「嗯嗯！好。」

大樹接過何月娘遞過去的兩枚銅錢，小短腿蹬著就往不遠處的茶攤子跑去了。

「姊，我們喝綠豆水哦，甜甜的，可好喝了呢！」

小傢伙倒是懂獨樂樂不如眾樂樂，所以，跑到攤子前，還不忘招呼他二姊。

「哎，好。」二寶也樂顛樂顛地跑了過來。

茶攤子門簾後頭，一個女人哭得滿臉淚水。

這都是她作死作的啊，不然丈夫、兒子、女兒，一家四口過和樂安生的日子不好嗎？非到了如今，她還得厚著臉皮求何月娘把她從妖豔樓裡救了出來。人是得救了，可她卻不能再待在這裡，她得離開，不然被老鴇子發現這一個圈套，她一定會讓人把她打死的。

原來，那日正是胡三給何月娘出了一個主意，要鶯兒也就是劉淑珍裝病，還是很可怕的那種病，如此一來，老鴇子就不得不賣了她，而且賣得一定比白菜價還要低。

劉淑珍臨走前想見見孩子。

何月娘本來是不想答應的，但劉淑珍跪在地上不起來，她哭著懇求說：「娘，我這一走不知道還能不能回來，就算是臨終一別吧，求求娘成全！」

何月娘嘴硬心軟，劉淑珍作么蛾子時，她恨不能痛打她一頓，可她在自己面前哭得那麼淒慘可憐，她又於心不忍了。

於是，她答應了劉淑珍，但只能是劉淑珍偷偷見兩個孩子，兩個孩子不能再見她了。

何月娘的理由也很簡單。

劉淑珍這個親娘對於兩個娃兒來說，早就等同於沒有了。

她走後，兩個娃兒還得跟著二娃與春華過日子呢，如果兩個孩子一直惦念著劉淑珍，那春華再怎麼善良大度也會生氣的，後娘心裡有怨氣，就不能十成十地對繼子、繼女好，何必為了見劉淑珍這一回，毀了兩個娃兒以後的幸福生活呢？

載著劉淑珍的大船緩緩駛離了碼頭。

陳二娃從車子後頭走了出來。

他看著遠處的大船，甲板上站著一個女人，那女人曾經是他的枕邊人，給他生下了一雙兒女。可……唉，這能怪誰呢？

「行了，回吧！天晚了。」何月娘帶著兩娃上了馬車。

「娘，謝謝您，我是替兩個娃兒謝您的。」

車外頭，陳二娃說道。

如果何月娘不把劉淑珍從妖豔樓救出來，等兩個娃兒長大，總歸是會知道他們的娘是個風塵女子，到那時候，無論是二寶出嫁還是大樹娶妻，都會被人詬病，即便兩個娃兒能順利出嫁成親，那無論是二寶在婆家，還是大樹在岳丈家裡，都將是抬不起頭來的那個。

「淨會說廢話，他們是我的孫兒、孫女，我不為他們著想我為誰著想？快點走，老娘餓了！」

馬車裡傳來何月娘沒好氣的一番話。

陳二娃的臉上卻露出了笑，他看著西面的天空，默默地在心裡念叨：爹，您放心吧，只要有後娘在，我們陳家就一定能過得順順當當的。

夏天眼見著就要過去，陳家在東山上種植的金銀花也採摘了四次，每一次李曾衡都是極其滿意的，在錢款上他是大方的，還會自覺自願地加價，所以，這四次下來，陳家除去了人工費以及養護金銀花所需的一切用度，還淨賺了一千一百兩銀子。

這對於一個鄉下的百姓人家來說，無疑是天文數字。

而何月娘從來不會把收入瞞著幾個陳家娃兒，每一回也都會分給各房一些銀子，以示慶祝。

陳家幾個娃兒深知要低調做人，因此心裡再高興，日子過得再富裕，對外也是謙卑有禮，從來不如小人暴富般囂張，人前人後舉止言行始終如一。

這一點，何月娘還是滿意的，也對陳大年的教子有方深表讚許。

有些東西是骨子裡的，不管陳大年在與否，他的娃兒們身上都會保留著他自小就灌輸給娃兒們的一些理念與做人原則。

陳大年時不時夜裡會來，不過來的時候多半何月娘已經睡下了，他就會默默地守在她的旁邊，一待就是一晚上，凌晨才離開。

有時候何月娘醒來，枕邊會多一對珍珠耳墜，亮閃閃的，成色極好。她知道是誰拿來的，放在耳邊比劃好半天，這才心滿意足地裝進盒子裡。

再不然，有時候枕邊會多一盒點心，也非是什麼特別的東西，只是口味是她喜歡的，是鹹口的。

她美滋滋地吃了，心裡便暖暖的。

得了好東西，吃了適口的點心，第二天晚上，她就刻意地不睡，想要等那死鬼來了，跟他說聲謝謝。

但等來等去，那死鬼就是不來。

倒是她的眼皮沈重得抬不起來，身子就歪歪著倒著睡著了。

她剛睡著，陳大年的身影就從暗角裡飄了出來，他唇角微微揚起，看著她酣睡的嬌態。他怎麼會不明白她是在等他來？但他不想聽她說謝謝。

其實，是他該跟她道謝的。他壓根兒沒想到，她會把陳家打理得如此之好，陳家娃兒們都胖了，衣裳不說多華貴，但都是新的，小娃兒們就更不用說了，皆是胖嘟嘟得惹人愛，他這個當爺爺的怎麼會不歡喜？

給她蓋好被子，又從懷裡掏出來一對翡翠玉鐲，輕輕放在她的枕邊，不管她佩戴與否，他都知道，她是喜歡的，這就足夠了。

他不會拘著她的性子，勉強她做任何事。

早上醒來，翡翠鐲子的確把何月娘驚豔了，即便她不是太懂玉質，也能看出來這通體晶瑩的鐲子不是凡物。

他都是從哪兒弄來的這些好東西？不會是在下頭當了官，這是貪來的？

不過，轉而她又笑了。

他志在投胎轉世，怎麼會在下頭當官？可能這都是太爺爺給的吧。

陳家的日子似乎就這樣一直平平順順的過下去了。

眼見著又是月末，吃了午飯，何月娘就吩咐秀兒帶著吳嬤嬤去廚房為晚飯做準備，今兒，五娃要從私塾裡回來，她有小半個月沒見著那孩子了，還真是挺想他的。

菜單是她列好的，基本上都是五娃愛吃的。

因著家裡如今有兩孕婦，飯食上她也是挺上心的，格外又準備了兩、三道營養好的給兩個兒媳。

同樣因為兩個兒媳都懷了孩子，家裡只有秀兒一個人忙家務根本忙不過來，她去城裡找了人牙子，買了一個姓吳的婦人回來。這婦人快四十歲了，孤身一人，早些年倒是嫁過人，但夫妻倆一直沒孩子，日子過得也困苦，沒錢治療，孩子的事也就沒了下文。

年前，她男人病死了。可家徒四壁的，根本沒錢張羅她男人的身後事，無奈之下，她只能把自己賣了。

何月娘聽說她的情況後，人牙子要的八兩銀子她出了，又格外給了吳嬤嬤五兩，要她把後事料理得風光一些，別給人看了笑話。

這舉動直把吳嬤嬤感動得熱淚盈眶。

到了陳家後，她就一直很勤快，什麼事都搶著做，伺候幾個小娃兒也是盡心盡力的。

何月娘也沒把她當外人，吃飯也叫了她一起吃，她不肯，何月娘說：「如今家裡只妳一個人幫忙，跟我們吃也沒啥，就是多雙筷子的事，等家裡請的人多了，妳再與他們一起吃。」

吳嬤嬤千恩萬謝地應下了。

估算著到了下學的時間，何月娘親自跟陳二娃駕車去了劉家莊。

劉家私塾看門的人認識何月娘，見他們娘兒倆來，忙熱情地近前打招呼。

其實，他們想不認識也不成，每個到劉家私塾看門的人到來的第一天就會被管事的揪著耳朵囑咐。「對於那位陳家大嫂子，你們只能恭順，不能慢待，不然這看門的營生你們便幹不長。」

「陳家大嫂子，又來接陳五娃回家去啊？」看門的笑臉相迎。

「是啊，這娃兒有些日子沒回家了，家裡人都挺想他的。」

何月娘是個你隨和，我便隨和，你強橫，我更跋扈的主兒，所以，她也笑著回了一句，這就打算進院去接五娃。

卻聽看門的說：「陳家大嫂子，妳不用進去了，五娃不在裡頭。」

「怎麼回事？」

何月娘臉上神情明顯不悅，目光也變得銳利。

第三十九章

「陳家大嫂子，妳別急啊，怪我話沒說清楚，是則無先生下學後帶著五娃出去了，說是去得月樓，特意要我在這裡等著大嫂子來，轉告大嫂子，讓妳去那裡接五娃。」

看門的不敢再打馬虎眼，趕緊把事情說清楚了。

何月娘知道五娃沒事，便恢復了笑容，道了謝後轉往得月樓。

等何月娘跟陳二娃到了得月樓，陸福已經在門口候了一會兒了。

見他們來，忙上前道：「陳家大嫂子，快上去吧，我們大爺跟則無先生都在上頭等您好一會兒了。」

「我娃兒呢？」何月娘只關心五娃。

「也在上頭，這會兒正吃著點心呢。」

陸福在提及他們家大爺陸世峻時就眼睛不眨地盯著何月娘看，但沒看到何月娘表情有絲毫的變化，倒是在提及了陳五娃時，她的神情真真切切地表現出了一個慈母該有的關切。

陸福在心裡為他家大爺深嘆了一聲。

上回他家大爺在劉家私塾幫了陳家大嫂子一回，第二天陳家就送來了謝禮。

謝禮的內容對於陸家來說，並不算什麼，都是些吃食，據送禮的陳大娃說：「那吃食裡頭有幾樣是他家後娘親手做的。」

本來看著那些吃食興趣缺缺的陸世峻聽了陳大娃的話後，忙不迭地讓人把食盒拿過去。陸福是瞭解他家大爺心思的，就一樣一樣當著陳大娃的面，問哪個是他們家後娘做的。陳大娃也是個實誠的，有一說一，把其中三、四樣何月娘做的都指了出來。

這三、四樣吃食，陸世峻吃了三、四天。

倒不是他飯量小得可憐，實在是他捨不得吃，吃了一口、少一口，他又面子薄，不好意思派人去陳家莊再讓何月娘做一些，就只好如同吃珍饈美味似的，省著吃。

但再怎麼省著吃，那也有吃完的一天。

吃完了何月娘做的吃食，陸大爺又食慾不佳了。

陸福絞盡腦汁地給出了一個主意。

當天，陳家就收到了陸家送的回禮，是陸福親自送的。

陸家出手的回禮，當然是以價值高為上了，幾疋京城流行的錦緞，七、八樣陸家私廚做的點心，還有一套金鑲玉的首飾頭面。

在家裡，陸福跟陸大爺是這樣商量的。「大爺，咱們送的回禮重一點，女子嘛，多半是喜歡首飾衣裳的，咱們送了錦緞、送了首飾，她一定會推辭，到時候小的就說，這是大爺的一點心意，如果大嫂子還看得上眼，那我們大爺是非常高興的。大爺對大嫂子的廚藝也是非常欣賞，您送給我們大爺的吃食，我們大爺讚不絕口呢！」

一般的話說到這種程度，就坡下驢，那何氏也該回說：「那點吃食算什麼？既然你們陸大爺愛吃，那我就再給他做一份就是了。」

如此，目的達到，皆大歡喜。

但人算不如天算，陸福的如意算盤沒打成。

人家何氏根本就沒要那套首飾頭面，連錦緞也不肯收，只是把點心留下了。

弄到最後，吃食的事，陸福根本沒好意思提，就那麼又拎著幾疋錦緞，一套首飾頭面灰頭土臉地回來了。

陸世峻發了好大的脾氣，怪陸福出了餿點子，還說不如他親自去陳家送回禮，說不定陳家就能留下他吃頓飯，那也好過啥吃食都沒撈著啊！

陸福被罵得狗血淋頭，委屈地腹誹：您根本是瞧上了人家小寡婦，這哪是吃食好吃啊？分明就是秀色可餐。

「陸管家，麻煩你上去把我家五娃叫下來吧，家裡都等著他回去呢！」

何月娘這話一出口，陸福愣了一愣，為了把她約到得月樓來，他家大爺可是央求了則無先生好幾天呢。

則無先生都不高興了，若不是礙著他跟陸家大爺是摯友，那都要翻臉了。

「這……」

陸福幾乎都能想到他家大爺沒見著何月娘上樓時的憤懣表情，當即捧出一臉笑來，道：

「大嫂子，不然您就上去一趟，則無先生也在上頭，或許有什麼事是跟五娃相關的，要跟您說呢？」

他看出來了，人家何氏對他家大爺根本就一點意思都沒有，這事從頭到尾都是他家大爺一廂情願。所以，他聰明得不提陸世峻，只提了則無。

「不用了，則無先生若是有事會跟五娃交代的，回頭我問問五娃就行。陸管家不方便上去叫五娃也沒事，二娃，你去把你五弟叫下來，天都晚了，咱們該早早回了。哦，謝謝則無先生的點心。」

「是。」陳二娃應聲後，跟陸管家擦肩而過，蹬蹬蹬就上樓去了。

陸福徹底傻眼。

人家何氏要謝點心，謝的人都不是他家大爺，他家大爺真的……好可憐！

陸世峻立於樓上窗口邊，就那麼看著何月娘牽著五娃的手上了馬車，馬車徐徐駛離了，他的眼神裡有濃重的失落。

「今天我心情不錯，陪著你喝個不醉不休，你看怎樣？」

則無也在他旁邊，不過，他看風景的心情自是跟陸世峻不同。他看到的是一個自尊自愛的婦人，疼娃兒，卻又嚴格要求娃兒，不許他們對學業懈怠，對生活喪失信心，陳家未來可期啊！

他在心裡感慨一句。

「你是看我笑話？」

陸世峻表示不滿，但還是拿起了則無斟滿的酒杯，一飲而盡。

「你自己說，你是不是在鬧笑話？你喜歡人家，但你想過嗎？你能給她什麼？是一個正大光明的身分，還是一份保她平安的承諾？你什麼都給不了，怎麼還不允許人家避開你呢？再說了，人家這位後娘此刻的全部心思都在陳家的這幾個娃兒身上，我問過陳五娃了，她是他爹陳大年臨死前娶的，兩人根本就是剛認識的同天成親的，連個基本的儀式都沒有，陳大年只是跟幾個娃兒承認了她的身分後就死了，為了這份承認，何氏任勞任怨地帶著幾個娃兒過日子，這種女子不是你尋常看到的那些，為了金銀，為了權勢就不顧一切地靠上來，你啊，就歇了這心思吧！」

則無看在是好友的面子上，才掏心窩子的一番勸說。

陸世峻沈默著又喝了一杯酒。

他沒跟則無說，瞭解了何氏跟她的丈夫根本沒有夫妻之實，他對她就更傾心了。

只是，他也明白，何氏非是一般女子，不易得！

可世上人不都一樣，越是難得的，越上癮嗎？

過了七、八日就是立秋，何月娘讓陳大娃駕車去城裡的肉鋪找尤老闆，割了一塊好肉，又拜託尤老闆給剁成肉餡。回來後，吳嬤嬤又把一把蔥，一些西芹剁碎了，跟肉餡和了，幾個娃兒都喜歡吃芹菜餡的餃子，何月娘又親手和麵，打算晌午一過就包餃子。私塾裡立秋這樣的小節氣不放假，她打算餃子包好了，讓大娃給五娃送去，順便也給則無先生送一些。

剛把麵和好，陳家就來人了。

來的是私塾的管事，他說則無先生請陳家大嫂子去一趟，有事要跟她說。

何月娘心裡咯噔一下，這是請家長的意思？

沒耽擱，她當即就跟管事去了劉家莊。

果然一見著則無先生，他的臉色不好看。

「先生，是五娃犯錯了嗎？」何月娘小心翼翼地問。

「陳家大嫂子，妳也知道，我對五娃是懷著希冀的，那孩子是個好學上進的，腦子更是靈光，有些東西很會舉一反三，但做學問這事，最怕的就是虎頭蛇尾，如果他不能沈下心來，不能堅持，那再聰明也等於無！」

則無先生也沒拐彎抹角，直奔主題。

「陳五娃已經有五日沒交課業了，頭一回，他給出的理由是，太累了，沒寫完就睡著了，我沒罰他，可第二回又如此，還是同樣的理由，我不能原諒，就罰了他。但第三日，他該交的課業沒做完，罰寫的就更不用說了，第四日、第五日也都一樣。而且，他最近幾天上課還打瞌睡，有時候竟坐著就睡著了，我打了他的手心，希望他能引以為戒，好生把心思都用在讀書上，可沒啥效果，今日，他又在課堂上睡著了。」

何月娘吃驚了。

這是她家五娃做的事？不寫作業不說，還上課睡大覺？

則無先生讓人把陳五娃叫來後就出去了。

看到何月娘，陳五娃的小臉上露出內疚與懊惱，他站在那裡，低著頭，不說話。

「五娃，你過來。」何月娘輕聲喚他。

陳五娃走了過來，怯生生地喊了一聲。「娘，對不起……」

「五娃，手還疼嗎？」

何月娘拉過他被先生打板子的手，手心微微紅腫，打得不輕。

「不疼，是五娃不對，先生才打的。」

陳五娃還是沒有抬頭，不過，陳五娃拉著她的手，在手背上落下了一滴眼淚。

「跟娘說說，這是怎麼回事？」

何月娘一直都是平心靜氣的，沒有一般娘親聽說兒子在私塾裡做渾事時的那種歇斯底里與震怒。

「沒，沒什麼事，就是……讀書讀得有點累了。」陳五娃說話的聲音都在微微發顫。

「讀得累了？也是，則無先生是位好先生，要求嚴格，課業也重。不然咱們就回家吧，咱們一個鄉下人能識幾個字，會寫名字，不是個睜眼瞎就成。娘可不是那種狠心的娘，硬逼著娃兒讀書，把娃兒累成狗。」

「不，娘，我不回家，我要讀書……」陳五娃猛然抬頭，滿面淚水，堅定地說道。

何月娘心疼了，拿出帕子，給娃兒把眼淚擦拭掉，繼續輕聲細語。「娘知道五娃是個聽話的好娃兒，你愛讀書，你立志讀書考取功名給陳家長臉，可是，你覺得以你目前這種表現，你能考取功名嗎？」

「不……能。」陳五娃又跟霜打的茄子似的垂下了頭。

「那該怎麼辦？」何月娘的聲音越發的溫和。

一盞茶的時間後，何月娘牽著陳五娃的手走進了一間屋子，這屋子屋門上掛著手工製作的牌子，是則無先生單獨騰出來給學生們上手工課用的。

古人曰，百無一用是書生。但在則無先生看來，那是因為教書先生們在教書育人的時候，往往忽視了對學生們動手能力的培養，所以，他名下的學生不但課業要好，動手能力也要強，他可不想培養出一個只會搖頭晃腦讀書的廢人。

「你叫劉豐貴？」

何月娘走到一個胖墩墩的男孩子面前，看年齡，這個小胖子比五娃大一、兩歲，他正笨拙地往一只風箏上畫圖案，被何月娘這樣一叫，他嚇了一跳，手裡的毛筆一滑，那只風箏上就多了一個很大的黑糊糊的墨點。

他頓時惱了，把毛筆一扔，指著陳五娃就叫嚷。「小叫花子，忘記小爺怎麼跟你說的了？你只要敢告訴先生和旁人，我就讓我大哥把你從這裡趕出去。這裡是劉家私塾，小爺我說了算，你沒資格在這裡讀書！滾滾滾，馬上跟你那母大蟲後娘滾……」

「我不許你罵我娘！」

劉豐貴一番叫囂還沒吼完，低頭跟在何月娘身後的陳五娃就發飆了。他像隻靈活的猴子似的，猛地從後頭躥到前方，兩隻手用力抓住小胖子劉豐貴的肩膀，他是想把小胖子給舉起來來個過肩摔的，但上手了才知道，自身的重量跟這個胖子比起來真差別太大了，他根本就扳不動這個小胖子，而後一瞬間，他就改變了方式，雙手迅速往下移動，到了小胖子的水桶腰上，然後用力抱住他，把他往地上摔去。

本來，陳五娃是摔不動劉豐貴的，兩人的體重差太大了。

但劉豐貴壓根兒沒想到陳五娃會有這一個舉動，所以在陳五娃衝過來時，他整個人還是傻著的，是以，就那麼身形一踉蹌，被陳五娃抓住了時機，結結實實把他摔在了地上。

這還不算完，陳五娃像隻發狂的小獸似的，又撲到了劉豐貴的身上，揚起小拳頭，對著他的身上就是一通揮舞。

不過，他就是惱怒萬分也沒忘記何月娘的教誨。「出門在外，咱們不許無故欺負別人，但別人若是無故欺負了你，那你就得勇敢地打回去，而且，打人是有技巧的，打人不打臉，你把人的臉打得血糊糊的一片，給人瞧見了，你就是再有理，那也沒理。」

所以，他只往那人身上肉厚實的地方招呼，讓劉豐貴疼得緊，還不留傷痕，旁人即便驗傷，那也瞧不出啥來。

陳五娃揮拳打的就是劉豐貴的肩膀，打得劉豐貴疼得直號哭。

見五娃氣撒得差不多了，何月娘制止了他，把他從劉豐貴的身上拉了起來。而劉豐貴等在外頭的一個小廝也忙跑進來，把他家少爺給扶了起來。

「我……我要告訴我大哥，我娘，讓他們把你打死，你後娘是叫花子，你也是叫花子，到我們劉家來，不要臉……」

劉豐貴哭著罵，罵得正起勁，外頭就有一幫人急匆匆地奔了進來。

「兒啊，我的心肝兒，這是誰欺負你了？告訴娘，娘定然不會輕饒了他！」

帶頭奔進來的是一個穿金戴銀的婦人，這婦人看起來有五十多歲，臉上塗抹的胭脂水粉很厚，但依舊掩飾不住她蒼老的滿是皺紋的臉。

劉豐貴喊了一聲就撲入她懷裡。「娘，陳五娃無緣無故就打了我，他娘還弄壞了我的風箏，嗚嗚，我要他們滾出去，嗚嗚……」

「你們竟敢在劉家私塾欺負劉家的小主子，真是膽大包天了，來人，馬上把他們趕出去！不，把他們捆起來，送衙門治罪！在本縣我看誰敢跟劉家作對！」那劉夫人氣急敗壞地怒罵著。

幾個下人就朝著何月娘跟五娃圍攏了過去。

陳五娃的小臉白了幾分，下意識地抬頭看何月娘。

「五娃，你怕嗎？」何月娘嘴角蓄著笑，問道。

「我怕……」陳五娃先是一怔，而後就挺起腰桿子，理直氣壯地回道：「娘，我不怕，有理走遍天下，無理寸步難行，我們有理、他們沒理！」

「好，那你說說，他們怎麼沒理的？」

何月娘和顏悅色地跟自己娃兒說話，絲毫沒有把周遭那些窮凶極惡的下人以及那個扠腰耍潑的劉夫人放在眼裡。

「劉豐貴仗著是劉家的小主子，每天晚上強迫我給他打掃內屋，說不打掃就把我趕出私塾，我不想離開私塾，離開則無先生，就聽他的了。可是，每天晚上他都把內屋弄得很髒很髒，我費力地剛把前頭打掃乾淨，他又往地上丟髒東西，我沒辦法只好回頭來繼續打掃，結果幾個時辰過去了，他都睡著了，我還沒把地打掃乾淨。這樣一回又一回的害得我課業做不完不說，因為沒有睡好，白天上課還打瞌睡。先生罰我，問我怎麼回事，我想說的，可是劉豐貴說了，一旦我把事情告訴先生，他就要讓他爹給我增加束脩的費用。每個學生的束脩是五十八兩銀子，他說，他要給我漲到二百兩銀子，我、我不想娘為我的束脩又去山中打獵，那太危險了，所以我就一忍再忍。」

陳五娃的話說完，屋裡的其他學生有的點頭附和，小聲說：「事情就是這樣的，劉豐貴仗著是劉家嫡系嫡脈不但欺負外姓學生，連本家本族的劉姓學生也非打即罵，大家都為了跟則無先生學習，忍他好久了。」

「你胡說，我沒有，我只是讓你掃掃地，誰知道你那麼笨，那麼巴掌大的一塊地面，你硬是掃了大半個晚上。你……你沒睡覺，那是因為你笨，跟我無關！」劉豐貴辯解道。

「就是，本來這劉家私塾就是我們劉家出錢辦的，我們家姑奶奶從京城請來的則無先生，能跟著則無先生讀書，那是你們跟著我們劉家沾光。怎麼啦？我兒讓你幫著掃掃地過分嗎？哼，你不願意，那好啊，滾出去，劉家私塾還容不下外姓人呢！」

劉夫人又不是聾子，自然聽到了旁邊其他學生的議論，但她驕縱劉豐貴已久，怎麼會當眾承認她兒子的不是？

所以，她越發的板著臉，眼神不屑地掃視著何月娘。「妳就是那個什麼母大蟲吧？」

她話說到這裡，陳五娃登時就怒了。「不許妳罵我娘，妳才是蟲子，妳全家都是蟲子！」

他說著，就要衝過去跟劉夫人拚命。

劉夫人被他眼底迸發出來的怒意嚇了一個哆嗦，忙退後兩步，扯了一個丫鬟在自己身前擋著，嘴上卻繼續說著貶低人的話。「我也看出來了，一個小寡婦能教出什麼好孩子來？能讓你來學習，我們劉家就是你的恩人，你就是如此對你的恩人的？不要臉，忘恩負義，無恥之徒……」

她還想要繼續尋一些齷齪的話來謾罵，卻聽到一個冷冰冰的聲音在人群後頭響起。「夠了，依著劉夫人的意思，我也是外姓人，所以，你們劉家這座大廟，我也是不能待的，對嗎？」

不知什麼時候則無先生出現在門口，他邊說邊沈著臉走了進來。

「先生，是五娃錯了，五娃不該在遇到欺凌的時候，還無限地忍耐，讓先生為五娃擔心氣惱了，都是五娃的錯，五娃願意罰寫一百遍課業，求先生別生氣！」

陳五娃說著，重重地給則無先生施了一禮。

則無將他扶了起來，抬手摸摸他的頭，語重心長地說道：「五娃，你知道先生對你是寄予厚望的，所以才要你在私塾留宿，但沒想到這會給你帶來麻煩，是先生我考慮不周了！不過，你放心，以後這種情況不會發生了。」

「對，則無先生說得對，把這個外姓的臭小子趕出去，私塾裡就沒這些雜七雜八的人，也不會有亂七八糟的事情攪鬧先生了。」

劉夫人還沒搞清楚，一臉得意洋洋地道。

則無連個眼神都懶得給自以為是的劉夫人，而是將目光轉向何月娘。「陳家大嫂子，劉家私塾門檻太高，我一個外姓人在這裡是待不住了，所以，想跟妳打個商量，我能不能去你們家教授五娃學習？若是有困難，那我再想別的法子，總之，五娃這個學生我是要定了。五娃學成之日，就是我則無離開這裡之時。」

「沒有困難，則無先生肯屈尊到我們陳家教書，我們求之不得啊！不過，我們陳家不比劉家條件好，有些慢待總是覺得過意不去。」

何月娘臉上先是興奮，而後就是歉意。

「不打緊的！能在陋室教出一個才能頗佳的學生，要比在富貴繁華之地教出一幫廢物好得太多了！」

則無先生這話說完，那邊劉夫人的臉色已經脹成豬肝色了。

她結結巴巴地道：「先生，這……你這樣不好吧！你可是我們劉家姑奶奶請來的，怎麼能半道離開去別的地方教書呢？再說，你走了，我兒豐貴怎麼辦啊？」

「愛怎麼辦怎麼辦！」則無說完扭身就走，走出去幾步扔回來一句。「陳家大嫂子，稍等，我去收拾收拾東西，咱們即刻就走。」

「嗯，好的。」何月娘心裡別提多解氣了，她心情頗佳地看著呆愣原地的劉夫人。「這位夫人，不如我給妳出個主意？」

「什麼……什麼主意？」

劉夫人給這變化嚇傻了，似乎忘記了剛才她跟何月娘還是冤家對頭，這會兒聽她一說，就有種想要抓住救命稻草的衝動，把希望的小眼神巴巴地看向何月娘。

「趕緊回去找三塊豆腐。」

「找豆腐？幹麼？」劉夫人不解。

「讓妳兒子撞死唄！笨人若是肯努力沒準兒還有機會，但又蠢、又自以為聰明的那種是無藥可救的，倒不如早早送他走，免得活在人世間髒了空氣，浪費糧食。」

了。

劉夫人本來就氣惱，這會兒再被何月娘一通損，更氣得渾身哆嗦，眼見著都要厥過去

「妳……妳……來人，給我打……」

這時，有人走了進來，劉夫人一見，更像是見了救星似的，扯了嗓子就號起來。「哎喲喲，豐年啊，你可來了，你再不來，你老娘都要給人欺負死了啊！嗚嗚，你瞧瞧你弟弟被人打成啥樣了，豐貴他在咱們家金尊玉貴的呵護著，什麼時候受過這樣的屈辱啊！嗚嗚，我……我可沒法活了啊！」

她呼天搶地的一通號，直把劉豐年的眉心都號得皺成一個疙瘩。

「娘，您就別哭了，世峻也在，被他瞧著多不好！」

劉豐年對這個娘、對那個比他閨女大不了多少的弟弟也真是頭疼得很，可又無計可施。

「世峻啊，你來得正好，你可得幫我出口氣啊！這個女人，她跟她兒子一起打我們家豐貴，把我們豐貴打得啊，都……都腦袋不好使了，這若是落下個病根可怎麼辦啊？」

劉夫人邊哭，邊訴苦。「我是一把年紀才生下了豐貴，旁人都說我是老蚌生珠，我也不在乎，我只想要這個兒子，讓他生下來跟豐年做個伴。豐年也是十分寵這個弟弟的，兄弟倆關係那麼好，我沒想到啊！一個外姓人來我們劉家私塾卻敢打劉家的小主子，還有那個則無，他真是大儒嗎？怎麼如此的是非不分啊，竟幫著一個小寡婦欺負我們名門望族之後

啊！嗚嗚，我……我要寫信給我們家姑奶奶，要她找人把則無的功名拔了，替我們家豐貴出氣……」

「娘，您別說了，您當姑姑是什麼人？那功名都是皇上給的，哪個能說拔了就給拔了？」

這話若是給別有用心的人聽了，傳揚到京城去恐怕陸家是要受波及的。

陸世峻卻忽然笑了，笑得很是玩味。「豐年表哥，你們劉家人還真是挺有趣的呢！」說完，他轉身就走。

「不是，世峻，你去哪兒啊？」劉豐年在後頭追問。

「我去幫則無收拾東西，看起來，則無真是到了不走不行的地步了。他走了，我娘也免了被按上一個拔人家功名的罪名，那可是要禍及九族，我好怕的。」

陸世峻頭都沒回甩手走了。

第四十章

「豐年，他……他這是啥意思啊？胳膊肘往外拐嗎？我要寫信給……」

劉夫人還在那裡不依不饒地叫嚷著。

「哎呀，娘，您覺得姑母是會向著您，還是向著她親兒子啊？」劉豐年真是被他這個頭大無腦的母親給氣著了，沒好氣地說了一句後，就快步去追陸世峻了。

倒是劉夫人留在原地，呆愣了數息後，扠腰罵劉豐年。「好你個劉豐年，你這是長大了，當了劉家的家主了，你翅膀硬了，敢跟為娘的頂嘴了，我……我回去……」

她驀地打住了話頭。

她回去能跟誰告兒子的狀啊？她老頭子早幾年就死了，如今的劉家家主是劉豐年，管理中饋的是劉豐年的妻子，而她呢？就是一個在後院混吃等死的老太婆。誰會把這樣一個老太婆放在眼裡啊？

「五娃，咱們也走，劉家的大戲看著看著也就厭了，沒啥意思，就是一個蠢老嫗倚老賣老，還沒人買帳的戲碼。」

何月娘牽著五娃的手，不疾不徐地也走了。

「妳……妳一個寡婦，還敢瞧不起我？我可是劉家的老太太，是……」

身後傳來劉夫人的謾罵。

「娘，她不也是寡婦嗎？她罵的是自己吧？」五娃抬頭看著他娘。

「嗯，說得極是。蠢人都這樣，自己罵自己，還挺過癮的呢！」

何月娘笑了。

五娃也笑了。

則無先生被何月娘安置在東山腰的小院裡，這小院環境清幽，除了幾個看山的人，幾乎沒人打擾，正適合先生讀書教書。

當初建造這處小院，何月娘就存了要給五娃當書房讀書的心思，所以她刻意地把其中一間寬敞明亮的大屋建成了書房，書架、書桌、竹床，一應俱全。

這間大屋就給則無先生當了書房。

則無先生到了陳家之後，原本跟著他讀書的一些學生的父母都找上門來，請求則無先生繼續教授他們的孩子。

則無先生思量一番過後，把決定的權力交給了何月娘。「陳家大嫂子，我如今留在這裡的主要因素就是五娃，五娃是大有前途的，至於其他人，教授與否，妳決定就成。」

何月娘把半山腰的院子好生收拾了一番，修整出幾個大屋來，做了則無先生的課堂。

那些上門來的多半都是劉姓人。

他們都挺憎惡劉夫人的，不是她一味地驕縱慣著她那老來子，能把則無先生氣走了嗎？弄到現在可好，他們還得跟陳家這個小寡婦點頭哈腰，怎麼想都覺得憋氣。

劉夫人倒是沒來，但劉豐年來了，他跟則無先生談了一會兒後，則無先生跟他說，如今一切事宜都由何月娘說了算，他就又找了何月娘，問：「能否讓劉豐貴也來這裡學習？」

何月娘沒忍住，笑了。「劉大爺，您覺得那樣合適嗎？」

劉豐年的老臉一紅，接著就訕訕離開了。

何月娘知道劉豐年是被他娘逼著來問的，但再讓劉豐貴來，那在劉家私塾那一回，不是白鬧騰了？

對不起了劉家大爺，小女子是個記仇的，忍不下你那母親對我兒的侮辱！

原本劉姓的那些學生，何月娘也沒全要。

她搞了個入學考試，由則無先生出題，考校他過去的那些學生，合格的就接納進來，不合格的對不起回家玩去吧，這裡不是養有錢公子的地方。

陳家開了私塾，還請了京都的大儒來做教書先生，這消息跟長了翅膀似的很快傳得人盡皆知了。

然後十里八鄉的有錢人家，都忙著來求何月娘收下他們家娃兒，也讓娃兒跟著則無先生讀書。

何月娘的回應照舊是考試。

考試通過，不用多廢話，想來那就來吧，不合格，對不起，請走人，小婦人很忙。

月餘，陳家私塾就收了三十幾個娃兒，比劉家私塾裡的學生還要多。

因為學生的年齡不同，學習的進度也不同，這麼多娃兒都由則無一個人教，能累死。

陳五娃自告奮勇，他可以教授小班的啟蒙，看著他自信滿滿的樣子，則無笑了，說：「你小子這是想搶先生我的飯碗啊！」

「先生，理論結合實踐，我是想把跟著您學的東西都教給他們，這個過程裡，我能更深一層的理解貫通，對於我，是有百利而無一害啊！」

「哼，就你聰明。」

則無先生背著手走了，走出去幾步，又丟回來一句，都要當人家的小先生了，還不趕緊跟上來拿教授要點？

「是，先生！」陳五娃蹦蹦跳跳地跟了上去，歡悅得跟隻兔子似的。

小班的先生暫時是解決了。但中班的呢？

則無先生是負責年紀大一些孩子的課業的，這部分的孩子早先跟著旁的先生學過一些，有些東西理解得雖然有些偏頗，但則無並不愁，畢竟他曾經在京城的禦仿椛學院跟全體師生辯學問，結果，十天下來，無人能把他辯倒，遑論應對這些孩子。

在京城的學問圈裡，則無是一個傳奇，引得不少京都名媛對他芳心暗許，但他卻好像把全部心思都放在讀書上，其他的一概不懂、不理。就這冷冰冰的大學究的樣子，不知道傷了多少名門閨秀的心。

他正犯愁著沒找到先生，有人就自薦上門來當老師了。

來的還是倆，一位大爺，一位狗腿。

當然，不用說也知道，來的大爺是陸世峻，而狗腿那位正哭唧唧地咕噥。「大爺，您出來的時間不短了，咱們該回了吧？再不回恐怕少夫人跟老夫人都要派人來催了。」

「閉嘴，不然我現在就讓人把你押送回去，以後你再別想跟我出來！」

陸世峻這一番話果然厲害。

陸福一下子捂住自己的嘴，可憐兮兮地看向他，那意思是：別啊，主子，您多仁善，多體恤下人啊，出門逛四方這種好事，您可千萬別把小的落下了啊！

「哼，非得爺罵你，你才知道大嘴巴，掉大牙！」

陸世峻不理會他，徑直去見則無了。

「等等，我這裡不收你這樣的先生。」則無看到他就搖頭。

「憑啥？我雖然不及你學問高深，但我也是正兒八經的進士出身，教授這些小娃兒，我自認還是能擔當得起吧？」陸世峻表示很憤懣。

「我可沒說，你不能勝任先生一職。」

「那啥意思？」

「你目的不純！」則無盯著他的眼睛。「你說實話，你真的是為了傳道授業解惑來的？

說出個大天來，我也不會信的。我早就跟你說過了，她不是你想的那種人，也斷斷不會做什麼人的外室，你怎麼就不撞南牆不回頭呢？」

還追上門來了，你家裡的母老虎知道嗎？

「許是日久生情呢？我……實在是沒法子。」

情動了，心就不在自己身體裡了，他控制不住啊！

「唉，你說你這人，不是一向瀟灑不羈出名的嗎？怎麼現在如此執拗了？」則無搖頭。

陸世峻無言以對。

則無雖是如此說，但陸世峻仍是待了下來，陳家私塾的先生由此就算是齊全了。

陳五娃教小班，陸世峻教中班，大班歸則無先生。

這三位先生有一個共同的下人可以使喚，那就是陸福。

陸福每天都忙得腳不沾地，不是這邊喊陸福倒水，就是那邊叫陸福過來磨墨，再不然就是三人異口同聲。「陸福，我餓了，快去準備茶點。」

陸福欲哭無淚，天天累得爬不上炕，叫苦不迭。

隔了幾日，就在陸福忙得一通狂奔應付幾個先生時，何月娘來了，跟她一起來的還有秦鶴慶。

「陸管家，私塾裡事多，你一個人忙太辛苦，我請了鶴慶來幫你，以後有什麼事，他跟你一起做，那就事半功倍了。」

「陳家大嫂子啊，妳……妳可真是救命的活菩薩啊！」

若不是怕他家大爺看到他哭哭啼啼的嫌晦氣，這會兒陸福真的要大哭一場。

因為陳家地方有限，所以學生們就是白天在山上小院學習，晚上下學了都是要被家裡人接回去的。

但中午是要在山上吃一頓飯的。

如此做這三十幾個師生們的飯食也是一件大事。

何月娘在隔壁村尋了兩個做事麻利、手腳勤快的婦人做幫工，至於主廚，她暫時沒找到人，就挽起袖子，親自上山掌勺。

本來秀兒說她要上山做飯，秀兒的廚藝還是值得信任的。

但家裡李氏跟春華都是孕婦，更需要一個好廚子給她們做些吃得下，也喜歡吃的飯食，何月娘可不是惡毒婆婆，她得為媳婦以及即將出生的孫子著想。

見到她來掌勺，某大爺那臉上都笑開花了。

陸世峻原本還盤算著，要怎麼才能一日下山去陳家一回，尋個由頭見見那個讓自己日思夜想的女人。

沒想到，這法子還沒想出來，人家便自己送上門了。這可是天助我也啊！

「咳咳，陸大爺，注意德行，你再盯著人家看，眼珠子都要掉出來了。」

則無低聲提醒，心裡覺得這個姓陸的朋友似乎不能要了。

以前怎麼就不知道他是這樣一個黏糊女人的主兒呢？

不過，何月娘在山上做了兩日飯食，陸世峻卻坐不住了。

他看著不停在廚房忙忙碌碌的何月娘，心疼了。這萬一累壞了，怎麼辦？

第二日，他尋了個理由下了趟山，傍晚回來時，身後跟著一個胖子，一看這胖子肚子大，脖子短，就能猜著他是個廚子。

果然，陸世峻介紹說，這人叫于富貴，是得月樓後廚的，他給挖來了，留在山上給學生們做飯。

于富貴這人廚藝不錯，做出來的飯菜孩子們都很喜歡吃，但某大爺卻沒了胃口。

他看著通往山下村子的小路發呆。

陸福則看著他們家大爺發呆，滿頭迷惑。

至於嗎？陳家大嫂子姿色是不錯，但大爺在京都這些年也是吃過見過的，怎麼就在這小山村裡翻了船，非人家小寡婦不可了呢？這事可怎麼辦？

狗腿子之所以叫做狗腿子，那就是給主子出謀劃策，外帶著跑腿完成既定任務的。

想了想，陸福湊到陸世峻跟前。「大爺，剛小的聽廚房老于說，沒有大蔥了，得派人去陳家取。」

「啊？那好，我這就去。」

陸世峻一陣驚喜，撒腳如飛就直奔山下了。

「大爺，您慢點，別摔著了！」

追女人，追成重傷的都是腦殘，他們家大爺，原本不殘啊。現在，呵呵，未知。

山下陳家。

秀兒看到陸世峻來拿大蔥，還有點奇怪。「陸先生，您不用教課嗎？」

「剛下課了，我聽于富貴說沒蔥了，廚房的人又走不開，我就自告奮勇走一回。」

陸世峻對自己編這瞎話是信心滿滿的。

但接下來秀兒一句話，就讓他的理由崩了，她納悶地問：「您可以讓陸叔來拿啊。」

「陸福他……他也在廚房幫忙，走不開。」

阿嚏，阿嚏！

坐在上山的半道等著他家大爺的陸福狠狠打了兩個噴嚏。

一個噴嚏有人想，兩個噴嚏有人罵。誰罵我？不要臉！

走進陳家廚房，看著地上那一大捆沾著泥的大蔥，陸世峻有點傻眼。

他是含著金湯匙出生的，生下來就是陸家的長子長孫，那地位甚至高過了他娘陸劉氏。

養尊處優這些年了，他什麼時候搬過東西啊？更不要說，這些沾著爛泥的大蔥了。

「陸先生，怎麼了？」

秀兒見他沒有把大蔥抱起來的意思，有點納悶。「您是不是搬不動？」

自古都說，書生手無縛雞之力，這捆大蔥可比一隻雞重多了。

「不，我能搬得動！」陸世峻說著，就彎腰把那捆大蔥抱起來了。

好端端的衣裳瞬間沾上了泥巴，膈應得陸世峻都想把大蔥丟地上。但這是在陳家，來拿大蔥又是他搶著來的，如果他這回沒把大蔥拿回去，估計下回廚房再少什麼是怎麼都不會讓他下山拿的。

「妳娘呢？怎麼沒看見她啊？」快要離開了，陸世峻還是沒忍住，問秀兒。

「我娘……」

秀兒往窗戶那裡看，隱約看到她家後婆婆在朝著她擺手。那意思秀兒明白了，婆婆這是不想見陸先生，為啥啊？

不過，秀兒儘管心存疑惑，還是說：「我娘去旁人家串門子了，剛走沒一會兒，估計得兩個時辰才能回來。」

兩個時辰才回來？

陸世峻的心涼涼的，好不容易得了機會往陳家跑了一趟，別說是跟何氏搭訕幾句，那就是見一面都成，這何苦來著？

直到他走後，秀兒才進屋。「娘，陸先生是個好人，您怎麼不見他呢？」

「明兒他若再來，妳讓他把那隻母雞殺了，燉給妳兩個嫂子補身子。」

「啊？讓先生殺雞？這……合適嗎？」秀兒驚訝地看著她古怪的後婆婆。

「陸先生是個勤快的人，動手能力很強，他來陳家就是想來幹活，咱們得有成人之美。」

「哦，知道了，娘。」

秀兒就這點好處，對何月娘全然的信任，不管何月娘說什麼，哪怕就是告訴秀兒，今晚的月亮是個方的，秀兒也會毫不猶豫地點頭贊同道：嗯，娘看的天準了，月亮一早就是個方的呢！

秀兒知道月亮不可能是方的，不過她也知道她家後婆婆知道月亮是圓的，但後婆婆卻說月亮是方的，這肯定就是後婆婆故意為之，那她故意如此說的原因一定是有人使壞，她家後婆婆這是以惡制惡，想把那人揪出來呢！

但陸先生是個壞人嗎？不像啊。

私塾這邊情況漸漸穩定了下來，陳五娃的學業也是突飛猛進，則無先生時不時興奮地跟陸世峻說：「我這輩子啊最榮光的時刻不久後就要到來了，此子未來可期啊！」

這樣的話傳到何月娘耳中，她自然是很歡喜。

歡喜之餘，她就親自下廚做了些好吃的，準備去城裡皮貨店看看四娃，這段時間家裡一直忙著私塾的事，她有好些日子沒見四娃回來，家裡也沒人去。

但她還沒走出去，皮貨鋪的馬老闆就打發馬二苟來了，說請何月娘去鋪子裡一趟，馬老闆有事跟她相商。

何月娘到了皮貨店才知道原來馬老闆在鄉下的老娘病了，他得回家去伺候老娘，店裡的生意就直接交給了馬二苟，馬二苟跟馬老闆的閨女已經訂親了，婚期定在一個月後。

「我這個小店呢，以後就交給二苟跟我閨女了，我會留在鄉下盡孝，所以，把大嫂子妳請來，是想徵詢妳的意見，四娃怎麼辦？是留下來幫二苟他們呢，還是另有打算？」馬老闆話也直接，並沒有拐彎抹角。

「馬老闆，我想問問四娃的意思，這孩子從小就主意大，我也不想干涉他的意思。」

何月娘把陳四娃叫出了皮貨店，兩個人依舊去了朱記灌湯包。

老闆娘尤朱氏見到他們娘兒倆來，忙迎上來。「大嫂，妳又來看四娃啊？四娃這孩子有福氣啊，攤上妳這樣的好娘！」

她說著已經麻利地端過來四個小涼碟。

「娘，我想單幹。」沒等何月娘問，陳四娃就說了這話。

看著自家兒子發亮的眼睛，何月娘忽然就笑了。「嗯，我就知道你小子不是個省油的燈。」

「哎呀，娘，您這是誇我嗎？怎麼聽怎麼像是貶啊？」陳四娃也笑了。

他說了自己想單幹的理由。

一個是雖然從上回那事發生後，馬二苟對他的態度好了不少，但總歸心裡是有芥蒂的，一旦馬老闆走了，他成了老闆，那四娃的日子未必就能好過了。

離遠點還能有三分情。

二呢，陳四娃覺得他這幾個月在處理皮毛上學了不少東西，不能說跟馬老闆有一樣的水準了，但比起馬二苟來，那是強了不少。

馬老闆是這城裡數得著處理皮貨的好手，他一走，那大家的水準都差不多。

陳四娃覺得他不會是最差的。

「好，娘支持你，咱們單幹，開鋪子。」何月娘一錘定音。

「娘，我就知道您會同意的，真是太好了！」陳四娃激動得臉都脹紅了。

「怎麼，是要當老闆了，覺得了不得了，所以興奮？」

「不是，娘，學以致用啊，我是想，我努力學了這半年終於可以大展身手了。我想試試，我到底學到了處理皮貨的幾成手藝。」

陳四娃冷靜下來，他悶頭想了想，又不無遺憾地說道：「只可惜，師父走得太突然，有一個染色的絕技他施展過一回，我看過了，學了一點，本來想著，反正以後還有機會，就沒再試著去做，誰知道，師父這就要走。」

「那沒關係，你開了鋪子再繼續練，娘閒著沒事就去給你打獵物來，不管什麼麃子啊、野兔啊，用牠們的皮子來練手。」

「那怎麼可以，那些獵物都是娘辛苦打來的，我不能浪費。再說了，我不想讓娘繼續去打獵了，我可以收購皮貨，打獵太冒險了，我擔心……」

陳四娃眼神裡的擔憂是真實的，何月娘看了，心裡挺欣慰的。

「傻孩子，打獵是你娘的愛好啊，等你們都成家立業，有自己的事做了，娘就天天去打獵，打得著、打不著的都沒關係，娘就圖一樂。」何月娘安慰他。「你放心吧，娘沒事，你忘啦，娘可是打過大蟲的。」

「不成，娘，打大蟲那種事，您以後再也不許做了，我……我們不想沒娘……」

說著，這小子竟就流出眼淚來了。

「瞧瞧你都多大的小夥子了，還哭？丟不丟人啊！」

何月娘眼圈也紅了，娃兒這是真心話，她一個當後娘的能得到繼子如此的敬愛，她心頭是滿足的。

商議過後，何月娘娘兒倆吃完便回了皮貨店。

得了何月娘的答覆後，馬老闆倒是一點沒吃驚，他笑著說：「我這輩子啊，就教過兩個徒弟，一個是二苟，一個是四娃。四娃是個有靈性的，他將來在皮貨上的成就絕對比我強。唉，只可惜我那閨女眼瞎啊！」

這話說得就有些直白了。

陳四娃低下頭，不好意思了。

其實，之前馬老闆一直試圖撮合四娃跟他閨女，想把四娃招贅入門，但他那閨女偏生瞧上了會說甜言蜜語的馬二苟，跟他早就暗生情愫，廝混在一起了。

無奈，馬老闆只好認命。

第四十一章

既然要開鋪子，那首先就得有鋪子才行。

何月娘託人打聽了幾個想要出售的鋪子，但都沒成，不是地方太偏僻了，就是鋪子太小。以她的意思，但凡要開鋪子，那就得開一個寬敞的、大一點的，最起碼不亞於馬老闆那家鋪子的。

可這樣的鋪子在城裡最繁華的這條街上，不是太多。

一時，何月娘竟愁眉不展了。

馬老闆是在他閨女跟馬二苟成親後就搬了家當離開了鋪子，而陳四娃也因此搬回了家。

倒不是他小氣，不肯留下幫馬二苟這個師兄，完全是因為馬二苟沒有馬老闆在一旁拘著，又犯了小心眼的毛病了，成天說些鹹的、淡的，嘲諷陳四娃一個鄉下娃兒還想在城裡開皮貨店，他後娘有錢，可他有那本事嗎？

陳四娃也是個有脾氣的娃兒，聽不得他那些閒言碎語，尤其是馬二苟數落他後娘什麼年輕貌美，什麼寡婦門前是非多，你們兄弟幾個可要上點心之類的扯淡的話，讓他更是火冒三丈。

臨走時，陳四娃撂給馬二苟一句話。「師兄，咱們江湖再見！」

這話就等同於跟馬二苟宣戰了。

咱們是一個師父教出來的不假，你也是我師兄，學的時間也比我長，可是我不怵你，咱們騎驢看帳本，走著瞧！

四娃回了陳家莊的第二天，嘴上就起了一嘴的水疱。

何月娘知道，四娃這是被他那缺德師兄給氣得。當下讓二娃去張老大夫那裡給四娃討個祛火的方子，也順便調養調養身體。

陳二娃把馬車套好，人還沒走呢，朱記灌湯包的朱老闆竟打聽著找上門來了。

原來朱記灌湯包的對面有一家做家具的，想要往外出售，朱老闆從她男人尤老闆那裡得知何月娘想買個鋪面，就急急忙忙地趕來告知了。

何月娘也沒耽擱，當即就隨著朱老闆去了一趟城裡，看了那間家具店。

果然鋪面寬敞，位置也好，家具店的老闆是個木匠，常年給人做家具，但他來這條街做生意卻沒幾年。

朱老闆回憶說：「這個老闆說他姓嚴，叫嚴廣福，家裡祖輩都是做木匠的，到他這一代已經是第五代了。嚴廣福的木匠手藝還算不錯，在這城裡家具行當裡算是口碑比較不錯的。不過，他單身一個人來這裡，連個家人都沒跟來，他自己說，家裡有八十歲的老母親需要妻子照顧，兒女也還小，所以都留在家鄉了。」

朱老闆在路上把這鋪子以及嚴廣福的情況都一一跟何月娘說了。

「他這一做就是兩年多。今天嚴廣福忽然找到我，說是要出售鋪子，問我有沒有合適的人接手？我一聽就想到大嫂妳了，這不是個好機會嗎？」

何月娘像是無意地問了一句。「朱老闆，妳沒問問他為啥好好的就不做了呢？」

「我問了啊，他說家裡有急事。他沒再說細的，我自然也不好意思打聽人家的家事，反正一手交錢，一手交鋪子，這銀貨兩訖的事，管他為啥不幹了呢。」

「嗯，也是。」

何月娘笑了笑，雖不知道總覺得這理由有些蹊蹺，仍是去見了嚴老闆。

嚴廣福看上去很精明，話不多，但一雙眼睛卻透著精光。

他跟何月娘說：「鋪子是捨不得出售的，實在是沒法子，家裡出了事，得回去料理。但鋪子的價格定好了，一百五十兩銀子，不議價，另外鋪子裡有幾樣做好的家具樣品，是另外算錢的，想買鋪子就得買這些家具，這個也不容商議！」

「嚴老闆，你這也太苛刻了吧？價格那麼貴不說，還要買你的家具？這算起來都快二百兩銀子了，你出去打聽打聽這條街上的鋪面有那麼貴的嗎？」朱老闆急了。

何月娘是她叫來的，她就是想幫這常光顧又順眼的老客人一回，可沒想到這個嚴廣福會獅子大開口，她有點惱怒了。

「朱老闆，咱們也算是兩年多的鄰居了，當著妳的面呢，我也不怕說實話。其實這鋪子，我也可以不賣的，我回去處理家事有個兩、三月就成了，到時候我再回來繼續做我的家具，什麼都不耽擱。但是我娘子來信央求我把這裡的事情了結了，回去跟她長相廝守。孩子也大了，該入學了，有些事情她一個婦人家是無法處理的，所以我這才想著賣鋪子。我也是做了兩手打算，能賣出去呢我就不回來了，賣不出去，我還回來，這回會帶著妻子、兒女一起回，我們就在這裡扎根了！」

嚴廣福的話說得倒也在情在理。

「嚴老闆這話說得也對，不過呢，我這裡也是可買可不買的，價格合適我就買，不合適就換一家。」何月娘看著他，面上帶著淡然的笑。

「就是，嚴廣福，你好好想想，若是你妻子不願意跟你來這裡呢？我想你妻子的娘家一定也在你們家鄉吧？她的娘親、爹爹也都上了年紀吧？」

朱老闆開始潑嚴廣福冷水，目的其實也簡單，就是想和他講講價。

嚴廣福登時沈默了。

「不然這樣，嚴老闆你再琢磨琢磨，我們呢，也看看別家。」

何月娘說著，就拉著朱老闆往外走。

走到門口，朱老闆還回頭朝嚴廣福道：「嚴老闆，你想想，這年頭誰手裡能一下子拿出一百多兩銀子啊？也就陳家嫂子，所以，過了這個村可就沒這個店了，你想好嘍！」

「好，那我就給朱老闆妳這個面子，一百八十兩銀子買這個鋪子外加這滿堂的家具，怎樣我痛快吧？」嚴廣福一跺腳，說了這話。

朱老闆跟何月娘兩人對視了一眼，朱老闆暗暗地在何月娘手心寫下了一個數字，何月娘點點頭。

「一百六十兩，我們就買了你這鋪子！」朱老闆爽利地道。

「不成，不成，朱老闆，妳這不地道啊！我已經讓價了，妳還砍，我這鋪子的大小以及這位置，那都是極好的，再加上這滿堂的家具……」

他的話還沒說完，朱老闆就撇撇嘴說：「嚴老闆，可能你覺得你這滿堂的家具做工極好，都是值大錢的，可問題是，我們嫂子買下這鋪子又不是做家具生意的，你的這些寶貝家具我們都用不上啊！我給你在一百五十兩的基礎上加了十兩銀子，就算是你做這些家具的手工費了，已經算是盡心盡意了。」

嚴廣福再次陷入了沈默，不過這回他的臉色很不好看。

「朱老闆，咱們先回吧，讓嚴老闆好好……」

何月娘這會兒心裡一直有種莫名的不安的情緒，她說不上是怎麼了，就是覺得這事前前後後有點太過順利了。

為了找鋪子，她忙了快十天了，一直都沒聽說這家家具店要賣，今兒忽然就要賣，又如此順遂，真是巧得過分了。

「好吧，一百六十兩就一百六十兩，我認了，只可惜了我這上下兩層的寬敞鋪子，還有這滿堂的家具。」嚴廣福這話裡頗有些憤懣。

但事已至此，他既然要走，就不可能把鋪子也揹走，只能出售。

「好，咱們馬上簽訂合同，然後去衙門改名字。」

朱老闆的鋪子也是從旁人手裡買的，對於買賣鋪子的流程她是清楚的。

趁熱打鐵，三人簽了合同之後，就去了衙門，又在那裡辦好了一系列的手續之後，這間鋪子的名字就換成何月娘了。

當天下午，嚴廣福就套了車，把自己早就打包好的東西搬上車，鋪子鑰匙交給朱老闆，他就駕車匆匆離開了。

「他幹麼走得這樣急啊？我也沒催著他搬家啊？」

何月娘看著嚴廣福的身影消失在巷尾，不解地跟朱老闆說道。

「哎呀，嫂子，妳管他呢，反正咱們拿到房契了，而且鑰匙也給咱們了，這房子就是咱們的了，至於前房主急著走還是不急著走，都跟咱們沒關係啦！」

朱老闆是個爽利人，說話辦事都不拖泥帶水。

「也是。」何月娘看看手裡攥著的房契。

有了房契，這房子就是我的，誰還能來搶嗎？

回到家後，她把買下鋪子的事跟幾個娃兒說了，幾個娃兒都替四娃高興。

何月娘跟四娃說：「你這就回去好好想想，開鋪子還需要置辦什麼東西。趕明兒，我跟你二哥帶你去趟知州城，把你要的東西都置辦全了，以後就看你自個兒的了。」

「嗯，知道了。」

三日後，陳家一家子一起去了城裡。

他們都是來幫四娃收拾鋪子的，連懷孕的林春華也跟來了。

陳二娃原不讓她來，因為馬車要拉東西，所以他們只能走著去，這要走七、八里路呢。

陳二娃怕累著春華，但春華說：「不礙事的，我多走走，對生娃有好處。」

林春華這胎脈象穩健，甚至沒什麼害喜，但她身子骨兒單薄，陳凡吉讓她平日多走走，強健身體。因此見她堅持，何月娘便允了，不過特別囑咐了二娃要跟在她左右照看著，不能出一點岔子。

六朵是第一個跑到鋪子門口的，後頭春華還笑著說：「瞧瞧六妹妹急得，怕是等四弟把買賣做起來，六妹會賴在四弟這裡不肯回家了呢！」

這話剛說完，何月娘他們還沒來得及說什麼，就聽到陳六朵在那裡喊：「娘，大哥、二哥，怎麼鋪子的門沒鎖啊？」

門沒鎖？怎麼回事？

何月娘心頭猛一跳，像是被什麼東西狠狠地揪了一把似的，她的眉頭緊緊蹙了起來。

「娘，您沒事吧？」

秀兒是個仔細人，她一直跟在何月娘身邊，看她臉色驟變，忙扶住了她，小聲問道。

「我沒事。」何月娘拍拍她的手，兩人腳下加快，直奔鋪子。

他們剛到鋪子門口，那虛掩著的大門反倒是吱呀一聲開了，緊跟著從裡頭走出來七、八個上了年紀的老人，走在最前頭的一個拄枴的老頭兒撩起眼皮，斜瞄了一眼何月娘。

「什麼人啊？到我們家門口吵吵嚷嚷的，我這一把年紀了，想睡個安生覺都睡不好。咳咳……你們瞧瞧，我家這老婆子都六十八了，去年剛病了一場，這好不容易撿回一條命，怎麼，你們大喊大叫地想把她嚇死啊？」

「這位老人家，您是怎麼進去這鋪子的？明明鋪子大門的鑰匙還在我們手裡啊？」最憨厚老實的陳大娃簡直傻了，他說這話的同時還扭頭看了一眼何月娘，那意思是：娘啊，咱們買的是這間鋪子吧？不會是記錯地方了？

何月娘點了點頭。

對面那老頭兒臉色卻馬上就變了，他拿了枴杖狠狠地戳著地面，怒罵道：「哪兒鑽出來的小兔崽子說什麼渾話呢？這是你們的鋪子？瞎了你的狗眼，你是看我們幾個年老體衰，想要來這裡騙我們的房子吧？呸呸，小兔崽子，我可告訴你，老子年輕的時候可是方圓百里出名的練家子，對付你這樣的七、八個都沒問題，識相的趕緊滾，別惹得老子動怒，那你就跑不了了！」

他罵聲很高，很快就吸引了街道兩邊的人。

正在後廚包包子的朱老闆也聽到動靜，聽她兒子說是對面家具鋪子出事了，她就急吼吼地跑來了，兩手的麵粉都沒來得及洗乾淨。

「喂，不是，他們這是……怎麼進去的？我怎麼沒看到啊？」朱老闆也傻了。這鋪子可是她極力推薦何月娘買的，真出了事情，那何月娘會不會猜想，是不是她夥同了家具鋪子的前老闆一起黑了她啊？

「這……這……」她急得一臉汗。

「沒事，許是誤會呢！」

說來也怪，自從談論要買這個家具店的時候，何月娘的心裡就隱隱的不安，總覺得要發生點什麼事，包括今天早上從家裡往城裡趕，她那心還是七上八下的，可到了這裡，見到了這幾個猶如從天而降的老人時，她的心倒忽然定了下來。

「大爺，我想問問，您說這房子是您的，您有房契嗎？」何月娘問了最關鍵的問題。房契這會兒正好端端地放在她兒媳婦秀兒那裡呢，那可是經過縣衙蓋了大印的真正的房契，她不信，這幾個老人的手裡還會有另外一份房契，如果真是那樣，那她就可以去找縣太爺申訴了。

「房契？我要那玩意兒幹啥？」那老頭兒一臉不屑。「我要是有房契，還租什麼房子？」

「啥，您這是租的？」陳家人跟朱老闆齊齊地驚呼。

「哎喲喲，老太婆我耳朵本來就不太好使，你們這大聲嚷嚷的勁兒是想把我的耳朵徹底震聾了啊！」那老嫗捂著耳朵叫嚷起來。

「哼，你們把我老伴的耳朵弄聾了，我們就去縣衙告你們！」老頭兒也惱了。

「不是，大爺，您能告訴我，這房子是誰租給您的？」何月娘問道。

「還有誰？就是那個姓嚴的唄，他說了，主要我租的時間長，那租金一個月便宜十文錢呢！」老頭兒說道。

「嚴老闆？他……那個王八犢子，他怎麼敢這樣做啊？」朱老闆氣得開罵了。

何月娘苦笑。「朱老闆，妳也別氣了，現在姓嚴的已經走了，咱們再說別的也沒用，再說了，真要去追那姓嚴的，跟他掰扯掰扯，可他具體是哪兒的人，到底往哪兒走了，咱們也一無所知啊！」

「啊？那就吃啞巴虧了？陳家嫂子，我……我真不知道他是這種人啊！這事都怪我，唉，我怎麼能辦出這種事來呢！」朱老闆痛心疾首。

「朱老闆，妳別這樣，我知道，妳也是好意，既然事情發生了，那咱們就想法子解決唄！」

「可是，我看這幾個……不太好對付啊，咱們也不能硬把他們趕走，萬一他們往地上一躺，再賴著咱們，那更……」

朱老闆是開門做生意的，對於那些市井腌臢們的卑劣手段略知一二，什麼碰瓷，什麼空手套白狼，什麼仙人跳，這都是被小人們玩爛了的伎倆，可偏生好人一不留神還是會上當。

就如此次，她不還是拉著何氏一起上了個大當？

「大爺，您看這樣好不好？我們買了這鋪子是給兒子做買賣用的商鋪，你們住著也不方便啊。這是兩層的，你們上下樓梯也不方便，所以呢，你們給姓嚴的多少房租，我補償給你們，你們就搬出這鋪子，讓我兒子安生地做買賣，好不好？多謝老人家了！」

何月娘說著，就給他們幾個施了一禮。

哪知道，那老頭兒眼眉都豎起來了，枴杖又敲得砰砰響。「妳說得輕巧？妳補償我們房租？妳補償得起嗎？」

「大爺，您說說看。」

朱老闆也明白了何月娘的意思，無非就是破財消災，不然跟這幾個上了年紀的掰扯，輕了人家不理，重了人家倚老賣老，往地上一躺，得了，還不能打、不能罵，只能任由他們耍賴！

「那姓嚴的說了，一個月一百文錢，以死為期，租給我們三十年。」

「啥？三十年？」這下連何月娘都覺出事情棘手了。

還是以死為期？敢情這七、八個老頭兒、老太婆們，啥時候最後一個死了，她才能拿到鋪子？

「一個月一百文錢，一年一千二百文，三十年下來就是三萬六千文，合三十六兩銀子！這……是不是有點多啊？大爺，您看，您是被姓嚴的給騙了，他把鋪子賣給了陳家嫂子，人家現在要用鋪子，人家手裡是有房契的，這若告到縣衙，你們可是一文錢的補償都拿不到。不然這樣，讓陳家大嫂子補償你們十兩銀子，你們就從這裡搬走吧，好歹還得了點銀子不是？」

朱老闆試圖勸幾個老人離開。

那老頭暴跳如雷。「我才要去告你們，想坑我們的銀子，門兒都沒有！這鋪子我們是租的，一租就是三十年，我們不死，這房子都是我們住的，旁人想趕我們走……」

說著，他對身後幾個老人一使眼色，那幾個人齊齊地蹲下、倒地，四仰八叉堵住了鋪子門口。

老頭兒得意地冷笑。「想要鋪子？成啊，踩踏著我們幾人的屍體過去！」

第四十二章

雙方在鋪子門口對峙了一上午，老人們不搬，何月娘他們連鋪子都進不去，一時間，陳家的幾個娃兒都氣得個個雙拳緊握。

若對方是幾個壯勞力，他們早就動手揍他們了！

可是，對方偏生是些老不修，打不得、罵不得，跟他們交涉還得和顏悅色，對於他們的謾罵，只能還以微笑，不然再把其中一、兩個老人氣死了，擔不擔責另說，這心裡也過不去啊！

「可真是太氣人了！」

朱老闆包子都不包了，就在那幾個老人跟前來回地走，時不時地央求那幾個老不修幾句，但人家彷彿根本聽不見似的，依舊該躺著堵門的躺得四平八穩，該拄枴叫罵的拄枴叫罵，那老太婆還回鋪子裡燒了熱水，煮了茶給老頭兒端了出來。

而老頭兒自己拎了個凳子出來，就在眾目睽睽之下，人家一邊喝茶、一邊罵，那叫一個為老不尊！

何月娘偷偷去了一趟縣衙。

她跟縣丞王中海說了這事。「縣丞大人，您能不能派人過去，把那幾個老人勸走啊？那鋪子我們用真金白銀買了，這您也是知道的，現在那姓嚴的把房子租給幾個老人，他們賴著不走，這不是坑我們老實人嗎？」

王中海直搖頭，他瞧了一眼四周，接著壓低了嗓音道：「我就是個縣丞，在縣衙是沒有權力派人出去辦差的，那得岳縣令下令。但我不怕告訴妳，咱們這位岳縣令最是小心謹慎，他在這裡當縣令，眼見著任期就要滿了，他現在最不想多管閒事，妳說，真要他派了公差過去，把那幾個老不修再嚇死幾個，他這個縣令就別想當了……不過……」

王中海看了看何月娘，接著說：「陳家大嫂子，妳是個好人，為咱們縣裡打大蟲立下功勞，這事我跟縣令以及全縣百姓都是感念妳的好的，我試著進去跟縣太爺把事情說說，到底能不能派人去辦，我可不能保證！」

「那就有勞縣丞大人了。」

何月娘這會兒其實已經明白，這事成不了。

換了別人，大概也不會在自己任期將滿的時候去攬這樣的事情的。

不出事就好，出了事呢，他這個小小的縣令可是兜不住的。

果然，一會兒後，王中海出來，老遠就對著她擺擺手，搖搖頭。

何月娘悻悻地回去了。

鬧騰了整整一天，天擦黑，陳家人無功而返。

第二天上午，里正陳賢彬就來了。

他問了何月娘事情的始末緣由，想了想說，他去找找人，看看那幾個老人都是誰家的老子、老娘，讓他們的子女出面，把老人們領回家去，這房子也就騰出來了。

這倒是個主意。

何月娘對陳賢彬這時候能出手相幫很是感激。

臨走時，她讓秀兒拿出兩疋布，兩斤點心，說是捎回去給嬸子和小娃兒。

陳賢彬自是不肯受的。

但他走後，秀兒腳跟腳地就給里正家送了過去。

不管陳賢彬說的那事能不能辦成，人家的心意是好的，最起碼沒有像其他人那樣對陳家這番遭遇幸災樂禍。

消息很快傳回來。

陳賢彬皺著眉說：「也真是奇了怪了，這十里八村的里正我都識得，也都親自去問了，他們村裡沒一家老人走丟，更沒一戶人家把自家老爹、老娘趕出去，逼著他們在城裡租房子住的。」

「這些老人到底是從哪個地方來的？」

對何月娘這問題，陳賢彬也犯難了。

最後，他說：「大年家的，妳在家裡等著，我再去找找縣丞。」

陳賢彬去了縣衙，找到縣丞把他拉到了得月樓。

兩杯酒下肚，王中海說：「陳老弟，我知道你是為啥事來的，可我得告訴你，你這頓酒啊算是白請了，我真的幫不上何氏的忙。」

接著他就把前天何月娘來找他，他又去跟縣令大人說了，縣令大人當即就拒絕派人，說這是民間小糾紛，他不能拿牛刀派個公差去，萬一把那幾個老頭子、老太婆嚇死幾個，他可擔待不起。

一句話，岳縣令得安全卸任，不能多管閒事。

「王大人，我可不是讓你去找縣令大人的。」

陳賢彬的話讓王中海疑惑。「那你啥意思？」

「咱們倆這樣……」陳賢彬把自己的打算說了。

「這個……」

王中海猶豫了一番，低頭沈思不語，後來架不住陳賢彬央求，再兩杯酒下肚，他一拍桌子。「成，不能白喝了你這酒，我就陪你走一趟！」

然後他們兩人就直奔何月娘買下的鋪子。

家具鋪的大門敞開著，有兩個老頭兒正坐在門口對弈呢！

有一個老太婆端著一壺茶放在旁邊的小几上，小几上還有兩盤子小點心。

陳賢彬跟王中海對視一眼，心道：這幫老不修還真挺會享受生活的！

「大爺，我是縣衙的，聽說你們在這裡租住，所以來給你們登個記。」

王中海說著，就拿出了紙跟筆。

「登記幹啥？為了趕我們走？」老頭兒當即橫眉豎目地道。

「不是，大爺，就是衙門的正常流程，但凡在這城裡住的人家都要登記在冊，這不是針對你們幾個，是全部的人都要這樣做。而且，並沒有人到縣衙告你們欠租金，我為啥要趕你們走呢？」

王中海說話時態度是不冷不熱的，一雙犀利的眸子帶了些官差的煞氣，讓幾個囂張跋扈的老頭兒稍稍有些懼意。

另一個老頭兒忙接了話說：「既然大人不是來趕我們走的，那我們什麼都配合，您就問吧！」

不消一刻鍾，王中海就把這八個老頭兒、老太太的原籍所在、姓名、家裡有什麼人都記錄下來了。

這不記還好，一記他跟陳賢彬都傻眼了。

原本陳賢彬是琢磨著，他訪問過十里八鄉的里正，查問後都沒這些老人的紀錄。

那麼是不是這些老人是百里之外的人？

所以，他才想了個主意，找王中海協助來這裡打著登記人口的幌子，把這些老人的原籍以及姓名都給弄清楚，到時候，不管是百八十里，還是三十里、五十里的，他再派了人去跟這些老人的家人協商，讓他們來人把老人們請回去也就是了。

萬沒想到，這些老人登記的原籍竟都不是同一個地方的。

而且，他們的家鄉，可不是百八十里那麼簡單，在大越國四面八方都有，最遠的地方距離這裡有一千多里，最近的只有七、八里。

這裡頭也就那個帶頭的老頭兒跟那個老太婆是一家子，其他人原來根本不認識，都是住在這裡之後才結識的。

陳賢彬回來，到了陳家，搖著頭說：「大年家的，這事啊十有八九是有人想算計你們，這算計的人還不是一般的有本事，咱們惹不起啊！要我說，妳只當這一百多兩銀子丟了，這鋪子暫且就不管了，讓那些老不修住著吧。老天如果開眼，讓他們兩、三年就死了，那房子還是妳的房子，除了這樣，再沒別的辦法了。王縣丞臨走前還囑咐我告訴妳，千萬不能對那些老人用強迫手段，不然真死了人，那就是人命案，就不是一百多兩銀子能解決的了。」

陳賢彬走後，陳家一屋子人，你看我，我看你，都滿面愁容的。

「娘，鋪子我不開了，我再出去打工，左右我處理皮貨的手藝還不太好，我再練幾年，等那些個老人……沒了，我再開鋪子。」陳四娃很努力才冷靜說道。

「鋪子咱們一定得開！」何月娘咬著牙道。

她來陳家的最終目的，就是拉拔這些孩子，讓他們都成器、成才！

當然，像陳大娃那樣拉腳，算不上什麼成器，可他拉腳賺的錢足以養活大房一家了，這就是他養家餬口的本事，也是他成器的表現。
二娃接手了山上的金銀花種植，錢不可能少賺了，她也放心。
至於三娃，在山下的大屋掌管著晾曬金銀花這道工序，跟二娃兄弟倆是一上一下，就把金銀花的種植與銷售都給完成了，錢也就能順利到手了。
如今四娃皮貨手藝學成，想開個鋪子，原本鋪子都買成了，可偏偏出了這樣的么蛾子。
何月娘怎麼能不鬱悶，上火呢？
但生氣上火是拿不回房子的。
入夜，娃兒們都睡著了，她卻沒睡，一直等到夜深，陳大年急匆匆地出現了。
「買的鋪子出了問題？」
「嗯。」
何月娘也顧不得問他怎麼又好久沒來家裡，直接把事情的前後經過都說了一遍。
「鬼不是能夜行一千嗎？現在唯一的法子就是你去他們的家裡，跟他們的家人說說，要他們來把老人們帶走了。」
「我跑不到那麼遠，妳忘記了啊，我現在魂魄不全。」陳大年沮喪了。
何月娘沈默。
是啊，她倒是把這事給忘記了。
「俗話說，知己知彼、百戰百勝，我有個主意，妳不妨試試看。」

陳大年俯身過來，在何月娘的耳邊說了一番。

何月娘點頭。「看來，也只能這樣一試了。」

隔天，朱記灌湯包裡多了一個年輕俊俏的小夥計，這小夥計穿戴得整整齊齊的，雖說不是全新的衣裳，但勝在衣裳漿洗得乾乾淨淨，越發襯托得小夥計行事俐落，樣貌不俗。

朱老闆喊這小夥計小四。

小四自從來了朱記灌湯包就很勤快地幹活，店裡活忙的時候，他腿腳麻利，跑起來兩腿生風，把一屋子客人都伺候得很滿意。

閒下來呢，他就會去附近的店面裡閒逛，跟別的夥計聊天。

小四嘴甜，人也精神，大家都挺喜歡他的。

尤其是對面家具鋪兩邊的鋪面，小四跟那兩家鋪子的小夥計來往得很是密切，有時候，他會在其中一間鋪子裡一坐就是一下午，直到傍晚鋪子來客人了，他才會回到朱記。

一個月後，眼看著就要八月十五了。

在大越國，八月十五可是一年之中的大節日，這是家家戶戶團圓的日子，所以，不管離得多遠的人，都會在這一日之前趕回家，跟家人團聚。

何月娘得了一個信，說賴在家具店的那幾個老人會在八月十五這天去知州城一趟，說是要去跟他們的家人見面。

而且，他們只去一天，晚上就回。

這些人的行徑實在是透著古怪，為啥他們的家人會把家中七老八十的爹娘送到這裡賴在家具店裡不走？到底這事背後是個什麼設計？那個想要算計自己的人到底是誰？

但何月娘現在沒時間與心思去弄清楚，她覺得當下最最要緊的就是把鋪子拿回來。她是答應小四開皮貨鋪的，小四也努力去學了，如今學會了，那她這個當娘的就要兌現諾言，支持娃兒把這個鋪子開起來。

擋娃兒路的別說是些七老八十的老頭子、老太婆，那就是天王老子，何月娘也會讓他們知道，她何氏不是好惹的，想欺負她，欺負她的娃兒，沒門兒！

提前一天，何月娘讓大娃帶著李氏回了趟娘家。

陳二娃則去了瓦工黃文虎家裡，回來的路上又上山，除了留下兩個守在小院幫忙則無先生照看學生的，把秦鶴慶以及山上看山的幾個壯漢都帶下了山。

八月十五那天，天剛矇矇亮，陳四娃就從城裡騎著一頭小毛驢跑了回來，他進院就喊：「娘，娘，他們都走了，是被兩輛大馬車載走的，那馬車我找人打聽過了，不是咱們城裡這邊的，是從知州城過來的。」

看著四娃急得滿頭大汗，何月娘掏出帕子給孩子擦汗。「四娃，今兒過後，娘就讓你風風光光的把鋪子開起來！」

「娘，您都是為了我，這些天吃不好、睡不好的，是四娃不孝，讓娘跟著操心！」

陳四娃說著，眼淚都流出來了。

「沒出息！誰辦事能一點阻力都沒有？再說了，這叫好事多磨！」

她說著，扭頭看著一院子的青壯年，有李家幾兄弟，有黃文虎以及他的幾個瓦匠朋友，還有山上雇的看山護院的壯漢，高高矮矮的足足有三十幾個人。

「咱們出發吧！」

何月娘一聲令下之後，這近乎四十人的隊伍就浩浩蕩蕩地出發了。

他們徑直奔去了城裡家具鋪。

家具鋪門口，三十多個人七手八腳地把鋪子裡的家具都搬了出來，隔壁黃老闆有一間空庫房，就在家具鋪後頭的小巷子裡，他友情支援免費給陳家人使用，大家把家具都搬進了他的庫房中。

還有那八個老人的東西，他們也都打包整理好，還把左鄰右舍叫來，當著他們的面把東西一一裝箱後，擺放在家具鋪門口一側。

而後，三十多個人又在門口集合，每人手裡都拿著農具，隨著何月娘一聲令下。

「砸！」

全部的人都湧進了家具鋪。

這條街上每一戶開鋪子的老闆以及夥計都聽到了從家具鋪傳來的響動，但是誰都沒有出去看，街上閒逛的行人有的好奇地站在家具鋪門口向裡張望，旁邊鋪子裡的小夥計就會跑出來，很熱情地跟行人打招呼。

「大爺，我們鋪子裡新進了各種新品種的貨色，您進來逛逛唄？」

行人很納悶地指著塵土飛揚的家具鋪。「這裡頭在幹麼啊？怎麼好像不過日子了，啥都砸了？」

「唉，您哪知道啊，人家這是在修整呢！換了買家了，老闆嫌棄原先的裝飾不好，這是打算徹底重裝呢！走走，咱們看看貨品去吧，包您滿意！」

就這樣，只要有行人在家具鋪前駐足，馬上就有人過來往自家鋪子裡拉。

小半天，三個時辰，從早上一直到下午，整個家具鋪裡但凡能砸的都砸了。

廚房的灶臺、臥室的窗戶、門，以及各處可以供應人生活的用品，只要是搬不走的，全部砸了。

砸完的磚頭瓦塊全部都堆積在原處，如此便導致臥室進不去，門口堵了一大堆的石頭瓦塊，廚房裡頭更是狼狽不堪，各種雜物堆積成山了，別說是進廚房，就連站腳的地方都沒有了。

整個家具鋪如今再看，那就跟遭了地震一般，除了房子還是好端端地立著，牆壁什麼的沒有損壞，其他的都不能用，連進也進不了。

傍晚，兩輛馬車在家具鋪門口停下。

八個老人下了馬車就傻眼了。

帶頭的老頭兒愣了好一會兒，這才拿了枴杖狠狠地戳地面，叫罵。「這是哪個缺德玩意兒把我們的房子給毀了啊？我們住哪兒啊？」

何月娘從院裡走了出來，渾身都是髒兮兮的泥土，施施然地拍了拍手上的灰。

「到底咱們哪個缺德，你心裡不是明鏡一般嗎？你倚仗著自己老就可以為所欲為嗎？哼，在我這裡不好使！這房子是我買了有大用處的，不能讓你們這些老不修就這樣耍賴地霸占。如今，房子已然這樣了，你要是再想住，我也不攔著，不過，你只能住在磚頭瓦塊上了，不然你就出銀子把房子重新裝修，那我倒是不攔著。舊的不去，新的不來，我更盼著不出一分銀子，有人替我把鋪子給重新裝修了呢！」

說完，她側開身子，對八個老東西做了一個請的動作。

帶頭那老頭兒幾乎氣絕，他手指顫抖地對著何月娘。「妳……妳這賤婦如此不尊老，會遭天譴的！」

「尊老？那也得你有做老者的仁慈寬厚啊！就你們這種賴皮的渾貨，若不是為你們豁出去性命實在是不值得，我早就一掌拍死你們了！我何氏這手掌可是拍死過大蟲的，你們那把老骨頭，不比大蟲的骨頭還硬吧？」

「妳……妳……」老頭兒面色駭然，半晌說不出話來。

「上車，走！」

忽然，從其中一輛馬車裡傳出來一個男人尖著嗓子說話的聲音。

八個老人你看我，我看你，最後還是那帶頭的老頭兒怯怯地朝著傳出聲音的馬車央求道：「趙……這可不是我們的錯，您也看見了，咱們遇上潑婦了，您可得幫我們說說話啊！」

說著，他顫顫巍巍又要跪下，車裡那個尖細的嗓音低低地怒斥道：「你們還嫌不夠丟人嗎？一幫老狐狸行走江湖多少年，這伎倆也耍了幾百回了，怎麼就敗在一個小女人的手裡！再磨蹭，可別後悔！」

說完，那輛馬車就徐徐地往街口駛去。

後頭八個老人忙不迭地去拿自己的行李，擠上了另一輛馬車。只是車裡實在是擠不下，外頭車架上還坐了倆，惹得駕車的車伕低低地謾罵。「該死的老騙子，往旁邊點，不然老子一鞭子打死你！」

那兩個老人被疾言厲色的車伕嚇得忙往一邊擠，眼見著他們只坐了半邊身子，馬車每回顛簸，他們都好像要掉下去似的，他們只好兩人相互拽住對方，生怕一個不小心兩人都會喪生在車輪下。

「大嫂子，怎麼就讓他們這樣走了？這幫人明顯就是江湖騙子，不教訓那些個老東西一頓，車裡那個人是他們的頭兒，把他拽下來教訓一頓，也幫妳解解氣！」

黃文虎對著車子遠去的方向狠狠啐了一口。

「就是，咱們人多，不怕他！」有人附和著。

「不必了，我買這鋪子是給娃兒做買賣的，所謂和氣生財，既然已經把他們給送走了，俗話說，窮寇莫追，省得再招惹是非。」

何月娘這會兒懸著的一顆心才算放下。

剛才馬車裡那個尖細嗓子的人一說話，她的心就懸了起來。

她兩世為人，雖說都沒去過皇宮，沒接觸過太監，但這個人分明聲嗓是個男人，說話的聲音卻尖得跟女人似的，甚至比女人更尖細，肯定是個太監！

大越國能跟太監扯上關係的，那都是皇家的人。

她只是個想拉拔著幾個娃兒過好日子的小寡婦，不能去玩雞蛋碰石頭，跟皇家的人爭是非，那樣的結果一定是他們敗，對方贏。

哪怕她想做到玉石俱焚，兩敗俱傷，都幾乎是不可能的。

是以，用這點小聰明把他們逼走就好，其他的以後再說。

眼看著天色晚了，大家也跟著忙了一天，中午為了節省時間，趕在老頭子們回來之前把鋪子砸完，他們連飯都沒吃。

這會兒何月娘很歉意地跟大家說：「感謝你們幫我陳家的大忙。走，今晚這頓飯咱們去得月樓吃，大家敞開了吃，吃最好的，算我何月娘向大家致謝！」

「不用那麼破費了，這事呢，也是那些老不修的太過不要臉，不然我們也不會來幫這忙。大嫂子妳也知道，我這個人是個瓦匠，是蓋房子的，所以我一般是不會參加這種砸房子的舉動的，我心疼！但今日，我砸了，還砸得極其痛快，因為我砸的不是房子，而是那些老東西的臉面，讓他們沒皮沒臉地滾了，我心裡別提多高興了，吃什麼都不重要了。」

「對，對，我們也是，咱們不麻煩大嫂子了，我們各自回家吃去。」

其他人都附和著。

「別啊，你們哪兒也不用去，去得月樓幹麼啊？我都已經準備好了，走！到朱記吃包子、吃豬頭肉、啃大骨頭去。今兒，為了支援陳家嫂子這事，我們當家的宰了一頭豬，上午就處理好了，也滷上了，這會兒那滷豬頭肉爛乎乎的，咬一口別提多香了。對了，我們當家的還給諸位準備了燒刀子，這酒是咱們城裡最好喝的，也最夠勁兒，你們啊，能喝多少就喝多少，不醉不休！」

朱老闆邊說話邊走了進來，巧笑倩兮的。

「妹子，不能這樣，這也太麻煩你們兩口子了。」

何月娘拉著朱老闆的手，眼圈微微泛紅。

「嫂子，瞧妳說的，正如黃師傅所說，那些糟老頭子太可惡了，我這些天看著他們就恨得牙根癢癢，心裡對妳不住啊！如今把他們趕走了，我這心情也好得不得了，別說是請大夥兒吃頓豬肉席了，那就是要我當眾給大夥兒唱個小曲、跳個舞，我都沒問題啊！」

朱老闆這話一說，就有男人起鬨了。「朱老闆，妳這可是說真的？一會兒妳可別耍賴啊，我們就等著一邊大碗喝酒，大塊食肉，再欣賞朱老闆的舞姿了。」

「哼，跳就跳，誰怕誰啊？老娘今兒高興！」朱老闆說著，親熱地挽著何月娘的胳膊。

「嫂子，走，咱們喝酒吃肉去，不理這幫爺們了！」

第四十三章

鋪子砸了，那就得重建，當天喝酒的時候，何月娘就跟黃文虎師傅約好請他帶人幫忙把鋪子重新修建起來。

黃文虎師傅在陳家幹了好一陣子的活，何月娘是個爽利的女人，他是很瞭解的，而且，這女人在給雇工發薪酬這方面，是從來不吝嗇的，只會多給，絕不會少給。

因此，黃師傅當然是一口答應了。

在場的還有他的幾個工匠朋友，他們也表示願意跟黃師傅一起幹。

這天晚上，何月娘喝醉了，連怎麼回家的都不知道。

後來，秀兒跟她說，是四娃把她從朱記揹出來的。

大娃、二娃覺得四娃年紀小，力氣也小，恐怕揹不動後娘，原本不讓他揹，哪知道陳四娃哭著說：「就讓我把娘揹出去吧，娘為了我，冒險進山打獵，都送給了我師父，後來又攤上這事。娘為了這房子寢食難安，她卻從來沒有埋怨我麻煩，更鼓勵我一定要把鋪子開起來，我……我真不知道娘為啥對我這樣好？就是咱們親娘活著，她也做不到這些的……嗚嗚……娘，您就是我的親娘，我最親的娘，我揹您回家啊！」

四娃這一番話說完，在場的人都紅了眼圈。

何月娘為了陳家，為了這幾個娃兒，遭受的苦楚，很多人都看在眼裡，但這女子就是那麼的堅強，從來沒有在娃兒們面前哭過，她一直都是堅定地站在娃兒們的身後，做他們的依靠，讓他們放心大膽地去做自己想做的。

這是怎樣一個了不得的後娘？

聽了秀兒的話，何月娘眼底閃出了淚光。

她喃喃道：「小四這娃兒，是個知道感恩的，這樣好的娃兒，老娘哪怕是豁出去性命也會助他成功的。」

「娘！」秀兒撲在她懷裡，哭了。

「秀兒，別哭，咱們陳家好日子在後頭呢，哭啥！」

「娘，我這是高興得，我們上輩子一定是做了很多好事，這輩子才攤上您這樣好的娘！」

吃過早飯，何月娘頭還有點暈乎乎的，昨天晚上喝得太多了，她跟朱老闆兩人都醉了，兩人不光當眾唱了小曲，還跳了舞，不過，因為都醉了，那舞跳成啥樣秀兒都不好意思說，只說：「挺好的，娘跳舞好看。」

呵呵，好看個鬼啊！

何月娘老臉泛紅。她暗自琢磨著，黃師傅他們也喝醉了吧？要是有一個沒醉的，看到她跟朱老闆昨天那亂舞，今兒再見著一定會取笑她的，這可怎麼辦？她可跟黃師傅約好了，一起去買修建鋪子的材料啊！

正盤算著，黃師傅就來了。

他進門就帶來一個不好的消息，這消息，把黃師傅氣得直跳腳。「昨兒就該把那些玩意兒揍一頓，讓他們服氣了，也就沒今天這些事了。」

問了才知道，原來城裡所有磚瓦窯在聽說黃師傅是給陳家莊的何氏購買磚瓦時，都不肯把磚瓦賣給他。

黃文虎不信邪，跟幾個磚瓦窯的老闆都吵了一回。

他是常年做瓦匠活的，跟這些磚瓦窯的老闆打過不少交道，有些還是經常湊在一起喝酒聊天的朋友，可是沒想到，就是這些人也不肯把磚瓦賣給他，理由只有一個。「你要用磚瓦怎麼都成，但陳家莊的何氏用，對不起，不賣！」

何月娘也沒想到，在把那些老頭子趕走後，事情還會如此。

原本她是想息事寧人，只要能把四娃的皮貨店開起來，旁的她都略過了。但看來，背後算計她的那人，卻不肯就此罷手了。

「陳家大嫂子，妳說吧，怎麼辦？我們都聽妳的。」黃師傅說道。

「這事，你且容我好好想想。」

何月娘安撫了黃文虎一番後，把他們送走了，商定好明日再來，相商具體的做法。

陳家一家子再次陷入愁雲慘霧中。

就在這時，城裡得月樓二樓最東面的一間包廂裡，啪嚓啪嚓，一陣砸破杯盞的聲響，夾雜著一個男人的怒吼。「趙富貴，你這是仗著你主子的勢，要跟我對著幹是不是？還是你們主子要你在外頭丟盡我的顏面？」

「姑爺，小的怎麼敢下您的顏面啊？小的這回來，其實也是例行公事啊！您也知道，主子在外頭是有那麼一批人做著一些不可說的事，這回那些人到了這裡，住進了那個家具鋪，小的這才去家具鋪，這期間壓根兒沒人告訴小的，您跟那家具鋪有什麼關聯啊！」

趙富貴跪在地上，額頭上冷汗涔涔，渾身抖若篩糠。

他可是知道他家主子的這位夫君，那是面熱心冷的人物，看著是個熱心腸，其實動起手來，不亞於大漠草原上的孤狼，殘忍狠戾！

如果惹惱了他，在這個小城要了自己的性命，那主子也不會把他怎麼著的，畢竟，他只是個下人，而姑爺是主子中意的人，不，是主子執拗地想要攥在手心裡的人，只可惜，這位又非是一般的軟柿子，可以由著主子揉捏。

「世峻，我看這事非得你回去跟你們家那位姑奶奶解釋清楚不可，不然陳家這一家子能被那位姑奶奶算計死，到死都不明白是怎麼死的。」

則無在旁邊搖著扇子，一臉鄙夷地看向趙管家。

其實就是陸世峻也明白，趙悅然這就是得了信，知道他對何氏動了心，所以弄破醋缸，想要謀害陳家一家子。

這還只是前奏、是警告，不讓人家得償心願開鋪子。如果陸世峻不管，那下一步大概就是派了武林高手來，把陳家一家子都給悄悄滅了吧？趙悅然手裡的人命還少嗎？

陸世峻的眼底劃過一抹冷厲。「你馬上傳信回去給她，告訴她，在我抵達京城之前，如果她再對陳家、對何氏做出一點小動作，那就別怪我無情。哪怕是拚了一死，也要金殿面君請皇命休妻！」

「啊？休了主子？姑爺，不可啊，你們可是皇上賜婚的……」趙富貴嚇得面如土色。

「閉嘴，馬上去做，再囉嗦一句，老子割了你的舌頭！」陸世峻狠狠地一腳踹翻了趙富貴，很快就有兩個勁裝打扮的壯漢進來，把趙富貴拖了出去。「好好看管他，明日一早就帶著這狗奴才回京城！」

「是。」

那兩個勁裝壯漢恭順地應聲後，捂了趙富貴的嘴，將人拎野狗似的拎了出去。

「你看看吧！我就說，你不要害人家陳家大嫂子，你非不聽，現在好了，你是偷雞不成蝕把米也就罷了，卻連累陳家一家子啥事都不順當，還險些給一幫的無德老人賴上。」

則無不滿地瞥了陸世峻一眼，這男人的臉色鐵青，眼底殺機盡顯。

「你打算怎麼辦？如果趙悅然不聽你的，非要對付何氏呢？」

「休妻！」這兩字是從陸世峻的牙縫裡擠出來的。

「你可得想好了，你族裡那些老傢伙恐怕不會同意你那麼做的，還有你母親，她對趙悅然可是一直都挺好的，她會答應你休妻嗎？」

「那我就雲遊四方，永不回京城，讓趙悅然獨守空房一輩子！」

何月娘當晚就知道了為啥那些磚瓦窯的老闆不肯把磚瓦賣給他們家了。

消息是死鬼陳大年帶回來的。

他夜裡去了距離陳家莊最近的一個磚瓦窯，偷聽了那老闆跟他娘子的談話。

他娘子說：「當家的，你幹麼不肯把磚瓦賣給黃文虎啊，他一直都挺照顧咱們生意的，萬一你這回得罪了他，以後他只給東家們介紹旁的磚瓦窯的磚瓦，咱們不是乾瞪眼嗎？」

「妳放心吧，咱們這裡全部的磚瓦窯都不會把磚瓦賣給他。這可不是衝黃文虎，而是衝著他這回的東家，就東山陳家莊那個姓何的小寡婦，是她啊得罪了人，人家背後要算計她，不讓她修整屋子呢！」

老闆壓低了嗓音繼續說：「我也知道賺錢要緊，可是命更要緊啊！有人來窯裡威脅我了，說只要我敢把磚瓦賣給何氏，那他們就殺咱們全家！我原本並不當回事，可是，王老五前天晚上來窯裡找我，問及這事，他也說，他的磚瓦窯也去了幾個穿黑衣的人，那些人凶巴巴地要脅他，不讓他賣磚瓦給何氏，不然就殺頭！我跟王老五琢磨了半天都覺得，那些人肯定不是本地的，是從上頭下來的，也就是說，這事背後的主謀是天子腳下的重要人物，咱們啊，可開罪不起！」

「真的啊？那還是當家的你做得對，咱們不能為了賺錢丟了性命啊，咱們這上有老、下有小的……」老闆娘子的聲音都瑟瑟發抖起來。

說到這裡，陳大年皺起眉頭。「要說妳得罪了人，那也就是張家，再早些是林家，可是，他們都沒這樣大的能耐啊！」

「你說，會不會是劉家？這回為了五娃上學的事，我們可是把劉家給得罪了個徹底，就是劉豐貴想來這邊上學，我都沒答應。」

說到這裡，何月娘心裡沒底了。

「似乎也不可能啊！陸世峻還在山上學堂當先生呢，劉家就是真的要報復我們，最起碼也得等陸世峻走了吧？不然陸世峻是不會讓他們那麼做的。」

「理是這麼個理，可萬一呢？要不，我去劉家瞧瞧？」陳大年說著要飄走。

「你站住！」

何月娘情急，伸手去扯他衣袖，卻一下子扯了個空，她不由得惱怒地跺腳。

「哎呀，你好不容易能讓我看出個人模樣來了，還要離開下頭給你限定的範圍，你是不是還想我給你太爺爺燒紙啊？」

劉家莊距離這裡可是不近，遠遠超出了陳大年鬼魂可以活動的範圍。

「妳是擔心我了？」陳大年的臉上顯出一抹笑意來。

「滾一邊去，我才懶得管你呢，我是……是怕以後再有啥事，你不能幫我去聽牆根了。」她白他一眼，沒好氣地道：「滾滾滾，我只要知道了事情的原因就行了，其他的事我明天會去處理，用不著你！」

把陳大年趕走後，何月娘卻一夜沒睡。

不是她不想睡，實在是心裡有事，睡不著。

她想了半宿也沒想出個實在主意，但天亮時分，她打定主意要去磚瓦窯一趟。

怎麼也要打聽出那幕後主使之人到底是什麼來頭。哪怕知道個姓名，她也好想辦法應對啊！如果那人真的是京城的，那她就要去一趟京城，怎麼也要找到這人，當面問問對方，到底想幹麼？

其實，她不是沒想過把鋪子賣了，重新再買一家。

但問題是，若那背後的人如今就想要針對她或者是陳家，那她就是換一家，那人也不能罷手，所以，去病就得去根。

吃早飯時，一家子娃兒都盯著何月娘看，看著她黑眼圈都出來了，明顯是沒睡好，每個娃兒心裡都不好受。

尤其是陳四娃，那眼睛紅紅的，眼淚都要落下了。

「我還沒死呢，一個個擺那麼喪氣的表情出來是想氣死我？」何月娘啪一聲把筷子拍到桌子上。「都不許說話，吃飯，誰不吃，以後不許叫我娘！」

這話一說，一窩娃兒，連最小的大樹，都緊忙拿了筷子，低頭吃飯。

用完飯，她丟下一句「該幹麼幹麼，天塌不下來」後，就叫上大娃，駕車去了陳大年昨晚說的那家磚瓦窯。

看到有客上門，老板胡友財馬上迎了上來。「這位小嫂子，妳是想買磚瓦修繕房子嗎？我們這裡有上好的磚瓦、木料，這樣說吧，只要是修繕房子能用得上的東西，我這裡全有，妳一起購齊了，不用到處跑。」

他看看何月娘的臉色，似乎不太高興，又忙加了一句。「我們可是送貨上門的，不收你們的運費呢！」

何月娘直等他把話說完，這才緩緩地開了口。

「我娘家姓何，夫家姓陳，我是陳家莊的……」

自報家門後，胡友財臉上表情一怔，一絲尷笑就浮出嘴角了。「呵呵，我看著小嫂子這樣聰慧，就知道一定不是一般人。」

「把你說好聽的那一套收起來吧，你很清楚我今天來是為了什麼。」

「這個……其實，小嫂子，這事還真不怪我，妳說我是開門做生意的，我還怕錢多了咬手嗎？只是，這人命跟錢，我不敢選錢啊！」

胡友財的話跟陳大年聽來的沒什麼區別。

不過，何月娘還是有些疑惑，本來她還擔心這個老闆會不肯告訴她實情，沒想到，他竟也是個直爽的，馬上就告訴她，不賣磚瓦給她是實屬無奈。

「那就請胡老闆告知我，到底是誰在背後害我？」

「這個……我也不知道啊，對方凶神惡煞一般，我哪敢問啊！」胡友財的臉上表情是極為難看的。「他們一來，就把我按住了，有個人還踢了我兩腳，險些把我的肋骨給踹斷了，所以，我知道那些人是有腿腳功夫的，就更不敢不聽他們的了。這一點，還請小嫂子妳多多寬宥啊！」

「那你現在就不怕了？」

何月娘對他竹筒倒豆子似的說出了真實情況的模樣，很有些疑惑。

「現在？現在我怕啥啊？今天一大早又來了一個人，他說了，要我把磚瓦直接給送到妳家，不會再有人阻攔了。這不，我剛吩咐夥計把磚瓦以及木料都給妳裝車了，還沒出發，妳就來了！瞧瞧這多湊巧！」

胡友財說著，對何月娘露出一臉討好的笑。

「那人是誰？」何月娘更是疑惑了。「就是前幾日的黑衣人嗎？」

「不是，跟那些黑衣人是不一樣的，這人穿戴打扮就是有錢人家的管家，一副我家主子說了算的架勢，我猜他不是吹牛的，所以就信了。」胡友財說道。

「像個管家？」

何月娘的腦子裡一下子就想起了陸福，陸福平常的穿戴打扮可不就是有錢人家的管家嗎？難道這回又是陸世峻在背後幫了自己？也不對，為啥背後那主使之人如此聽從陸世峻的呢？

但再問胡友財，他也說不出什麼了，何月娘只好回家。

不過，好在這一回重修皮貨鋪的材料買到了，離小四開鋪子的日子不遠了。

這讓何月娘鬆了一口氣，不過一想起胡友財的話，她心裡更疑惑了，到底這事跟陸家有沒有關係？

陸世峻對她的好感她不是感覺不到，正因為感覺到了，所以才想要對他敬而遠之。

不然上回去接小五，明知道陸世峻就在得月樓的二樓，她不會不上去見個禮，這是做人做事最起碼的禮節。

但她不能再跟陸世峻有更密切的接觸了。

倒不是怕陸世峻會對她做出什麼不可控的舉動來，主要是她一個小寡婦，沒怎麼著那流言蜚語都能滿天飛，更別說跟某個男人走太近了。

況且，她確實沒那個心思。

就是這回則無先生在陳家的小院開了私塾以後，她都很少上山去了，她一個寡婦被人說道沒啥，則無先生是個好先生，最注重清譽，她不能累及人家。

至於陸世峻，她覺得那就是個偶然經過這裡的過客，他待膩了就會離開的，畢竟陸家大爺是陸家如今的家主，不可能把京城陸家所有的事情都放下，任他一個人在這裡逍遙。

但今天這事得以解決，按理她是該去跟陸世峻表達謝意的。

此刻，她已經確定那個去胡友財家裡的管家就是陸福了。陸福是聽陸世峻的，所以，這一切還是陸世峻的功勞。

「大娃，跟我去趟山上吧，我有事跟先生說。」

她敲了敲車架，對外頭駕車的陳大娃說道。

「嗯，好。」

陳大娃是從來不會對他家後娘的決定有什麼異議的，當下就在村頭拐彎駛往東山的山路。

從何月娘租下東山後，她就雇人對通往東山山頂的山路做了整修拓寬，這也是為了採摘金銀花時方便，不然馬車上不去，收穫的金銀花全靠著人工揹下來，又是一筆額外的支出，費力又費錢，還怕金銀花出問題。

如今的山路，雖然不是太寬，但可以供兩輛馬車堪堪地擦身而過，花費算是便宜的了。

馬車停在半山腰的小院門口。

娘兒倆進院就碰到則無先生，他正背著手，在院子一側的荷花池邊駐足，不知道是在觀賞荷花還是思慮學問。

「先生，我想……」何月娘的話還沒說完，則無先生就遞給她一封信。

「陸兄回京城了，這是他留給妳的，妳所有的疑惑都在這信裡有答案。妳慢慢看，我去上課了。」

則無先生表情淡淡地看了何月娘一眼，轉身回了屋。

「我們也回吧。」

何月娘沒想到陸世峻竟會這個時候離開，那就更說明了，這事是跟陸家有關係的。

問題是，到底是什麼關係？難道是……

回到陳家，她一個人在正屋打開了信。

信很快就看完了，也沒多長，但字裡行間都是一個男人對於他既定人生的困惑與懊喪。只在末了，他說：「月娘，請允許我這樣稱呼妳，其實妳不允許也沒用，我也喊了，而且在夢裡不止一次、百次地喊過。我知道我太貪心，貪心地想要擁有妳，可是，正如則無說的，我又能給妳什麼呢？我很沮喪，我什麼都給不了妳，卻還在這裡心心念念地想要從妳那裡得到想要的。我很自私，我恨自己自私，但我控制不住地想妳，請妳原諒！經此一別，後會無期！不是我不想再重逢於妳，實在是我太瞭解她，我不停止，她是不會罷手的！只有我回到她身邊，她才會恢復一個貴婦應有的雍容與大度。對不起，月娘，此生我沒有機會，但求來世！」

後面這一番發自陸世峻肺腑的話，倒是沒讓何月娘怎麼驚奇。

她兩世為人，沒真正成為誰的娘子，但沒吃到豬肉，還沒見過豬跑嗎？男人思慕一個女人，會怎麼表現，不都這樣情話滿篇，意亂情迷嗎？

她本來還怕陸世峻待在東山時，做出什麼糊塗事強逼她，但信裡闡述的關於這回皮貨鋪的亂事，竟是陸世峻的夫人悅然郡主一手主使的。

這麼做的理由，無非就是醋缸倒了。

她分明啥事沒做，卻惹來一身腥，就這事，四娃還以為是自己的錯呢！碰上這對拎不清的夫妻，可真是倒楣。

——未完，待續，請看文創風1106《見鬼了才當後娘》3（完）

2022年9月出版

閒閒來養娃

文創風 1100～1101

丈夫學問好、皮相佳，偏偏胸無大志，
原本她是恨鐵不成鋼，負氣跟對方鬧和離，
老天卻透過夢來提點她，這婚姻一旦一步錯，
結局就是他失蹤了，她早逝了，兒子變壞了。
行，她不逼他考取功名，他倆好好帶娃總不會錯吧？

描繪日常小事，讀來暖心寫意／君子一夢

因為一場夢，蘇箏看見賭氣和離後的人生是一場悲劇——
兒子長大後成了惡貫滿盈的大貪官，最終不得好死，
她作為生母，在野史記載中則是愛慕虛榮、拋夫棄子的形象……
這一覺醒來，她摸著未顯懷的小腹，心想著這婚可不能離！
既然丈夫無心於仕途，只想在村裡私塾當個教書先生，
她也把名利視作浮雲，這輩子就安分跟著他在鄉下養娃吧～～
正所謂沒有比較沒有傷害，夢中她是一人苦撐孕期不適，
如今她不孤單了，身邊有個體貼又稱職的神隊友，
不僅平時幫忙打點吃食、包辦家務這些芝麻蒜皮的小事，
就連她害喜像孩子般發脾氣時，他也是各種包容呵護，
更別提兒子出生後，帶孩子、換尿布成了他倆的日常。
說實話，越是與他相處下去，越是感受到這個男人的好，
更重要的是，在他悉心指導下，兒子應該不會長歪吧～～

2022年9月出版

娘子別落跑

文創風 1097～1099

從中醫世家傳人變成乾癟的小丫頭，還被賣進王府，這重生太套路了吧！罷了，聽說她的新主子是個清心寡慾好打點的，自己又是心思純正，只要安分上工、準時領錢，贖身出府的日子應該不遠吧……

丫鬟妙手回春志氣高，
少爺求婚追妻套路深 ／折蘭

中醫世家傳人卻得了絕症而亡，再睜開眼，成了一個京城牙行裡的小丫頭？
長得瘦瘦乾乾不起眼，怎麼一不小心也被睿王府挑進去當丫鬟，
兩個月後還被老夫人安排去了世子爺的院落當大丫鬟，升職也太快了吧？!
據說這位睿王世子幼時體弱多病，在白馬寺裡住到了十二歲才回府，
是個清心寡慾又喜靜的性子，可怎麼……跟她遇到的完全不一樣啊！
他不但半夜偷偷摸摸地回府治傷，行為又怪裡怪氣瞧不懂，
待她表面客氣，暗裡可是恩威並施，不早點出府還留著過年嗎……

2022年9月出版

全能女夫子

文創風 1095～1096

沒有金手指、沒有法寶或空間，
穿越過來的蘇明月，就是個平凡無奇的文科生。
那些偉大發明雖然她做不出來，但當個生活智慧王還是沒問題的——
不管吃的、用的、穿的，讀書寫字、強身健體，
只要有困擾，全能的她都有辦法解決！

妙筆描繪百味人生／滄海月明

一覺醒來發現自己穿越，成了個嬰兒，蘇明月十分無言。
不過她現在的確是有口難言，只能哇哇大哭，內心無比崩潰。
至於要怎麼當嬰兒她不太會，為了避免超齡表現被當妖孽，
她成天吃飽睡、睡飽吃，畢竟少說話少犯錯嘛。
結果裝傻裝過頭，被街坊鄰居當成傻子欺負，
這哪成？藉此機會教訓那群小屁孩一頓之後，她也不演啦！
從今以後，她要當蘇家聰慧的二小姐！
父親屢試不中，她想出模擬考這招，克服考試焦慮，順利上榜。
出外求學不知肉味？她提供肉鬆食譜，讓學子人人有肉吃。
發現問題再研究解決方法，成了蘇明月最大的樂趣，
靠著一架新式織布機，她成了大魏朝紅人。
可他們安分守己過日子，卻因昔日風光遭人嫉恨，
在毫無防備的狀況下，落進別人下的連環套……

1105

見鬼了才當後娘 2

國家圖書館出版品預行編目資料

見鬼了才當後娘 / 霓小裳著. --
初版. -- 臺北市 : 狗屋出版社有限公司, 2022.10
冊 ; 公分. --(文創風 ; 1104-1106)
ISBN 978-986-509-364-8(第2冊 : 平裝). --

857.7　　111014670

著作者　霓小裳
編輯　林俐君
校對　沈毓萍
發行所　狗屋出版社有限公司
地址　台北市104中山區龍江路71巷15號1樓
電話　02-2776-5889～0
發行字號　局版台業字845號
法律顧問　蕭雄淋律師
總經銷　知遠文化事業有限公司
電話　02-2664-8800
初版　2022年10月
國際書碼　ISBN-13　978-986-509-364-8

本著作物由北京晉江原創網絡科技有限公司授權出版

定價280元
狗屋劃撥帳號：19001626
網址：love.doghouse.com.tw　E-mail：love@doghouse.com.tw